여행의
품격

박종인의 땅의 역사

여행의 품격

글·사진 | 박종인

상상출판

봄이 오면 농부는 씨를 뿌린다

나는 여행을 한다

봄

여름이 오면 농부는 비를 맞는다

나는 여행을 한다

여름

가을이 오면 농부는 들판을 거닌다
나는 여행을 한다

가을

겨울이 오면 농부는 숲으로 간다

나는 여행을 한다

겨울

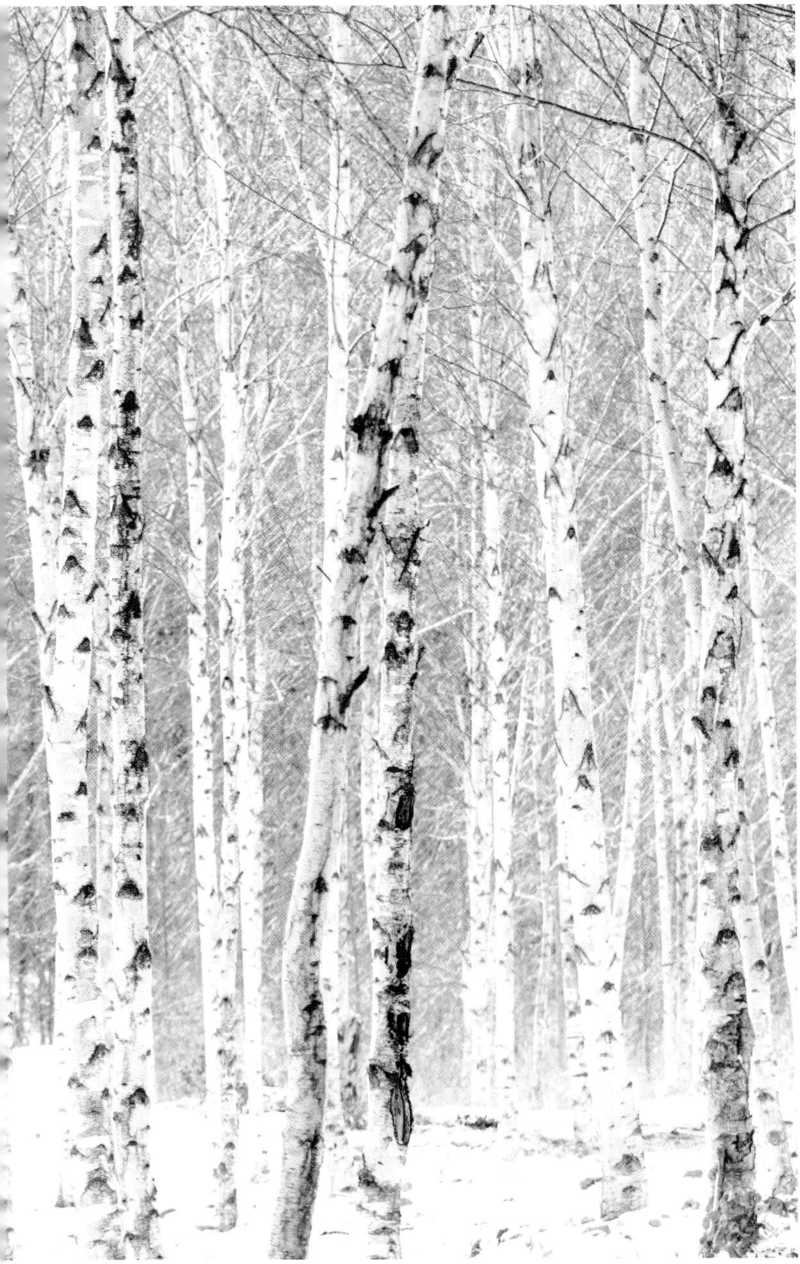

한 눈에 보는 **여행의 품격**

1. 양구 펀치볼
2. 태백 매봉산
3. 단양 온달산성
4. 홍천 은행나무
5. 돌의 땅 철원
6. 뿌리 깊은 땅 성주
7. 신비한 땅 산청
8. 왕궁리 유적이 있는 익산
9. 김포, 강화 신미양요 전적지
10. 오래된 도시 연산
11. 인제 원대리 자작나무숲
12. 인제 마의태자 루트
13. 서천 신성리 갈대밭
14. 충주 중원 고구려비
15. 목포 다순구미
16. 천안 아우내장터
17. 서울 북촌
18. 서산 부석사
19. 원주 신림(神林)
20. 지리산과 섬진강
21. 망국 수도 부여
22. 시화 대평원과 시화호
23. 은둔의 땅 진천 농다리
24. 양평 사나사
25. 농민의 땅 고창
26. 운염도와 모도
27. 천년 역사가 공존하는 연천
28. 김신조가 지나간 파주
29. 문학의 땅 장흥
30. 문경새재와 아리랑
31. 세 사내의 꿈이 잠든 아산
32. 고인돌이 있는 화순
33. 당진에서 태안까지 내포 마을
34. 달이 머무는 영동
35. 파로호와 화전민

1
27
5
28
35
11
12
4
9
17
26
강원도
인천
서울
24
19
22
경기도
2
14
3
33
23
충청북도
30
18
16
31
충청남도
경상북도
대전
21
34
10
13
8
6
대구
전라북도
울산
25
7
경상남도
부산
광주
20
32
전라남도
15
29
제주

내가
여행하는 법

이 땅을 여행하는 모든 사람들이 조금은 더 풍부한 여행을 했으면 좋겠다. 사람은 땅에서 태어나 땅에서 죽는다. 하늘로 영혼이 올라간다는 말도 들었는데, 믿지는 않는다. 공자님이 그랬다. 사는 것도 힘들어 죽겠는데 죽어서 일까지 어이 말하냐고. 우리는 땅에 산다. 그 땅에서 우리는 여행을 한다. 모든 사람이 사학자일 필요는 없지만, 여행길을 떠난 사람이라면 그 땅에 얽힌 이야기를 눈곱만치라도 알고 떠났으면 좋겠다.

충북 단양에 나루가 여러 개 있었다. 병두 나루에서든 느티 나루에서든 덕천 나루에서든 강 건너 하늘 꼭대기에 늘 보이는 산성이 하나 있었다. 사람들은 바보 온달이 만든 성이라고 했다. 아득한 옛날부터 단양 사람들은 강 건너 마을 사람이 오면 "저기 신라 놈 온다"고 했고, 별 볼 일 없는 쓸모없는 사람은 "온달 장군이 성 쌓고 남은 돌"이라고 불렀다. 그 말 듣고 자란 아이가 면서기가 되더니 온달 장군이 쌓은 그 성을 주제로 박사 논문을 썼다. 아이 이름은 윤수경이고 성 이름은 공식적으로 온달산성이다.

강원도 홍천 내면에서 류기춘은 은행나무를 길렀다. 길 뒤에 숲이 숨어 있어서 아무도 모르는 사이에, 은행나무 3,000그루가 울울창창하게 자라나 20년 만에 숲이 되었다. 그 숲을 2010년에 슬그머니 사람들에게 개방을 했다. 원래 자물쇠가 없었으니, 개방이라는 말은 어울리지 않는다. 그 뒤로 홍천 8경이 홍천 9경으로 바뀌고, 지금은 해마다 10월이면 56번 국도는 난리가 난다. 류기춘이 숲을 가꾼 이유를 아는가. 속병을 앓는 아내를 위해 약수를 뜨러 다니다가 숲을 만들었다는 사실을 알고 있는가.

조선 성군 세종 임금이 낳은 왕자들 태실(胎室)이 집단으로 경북 성주에 모여 있다는 사실도 희한하다. 그런데 그 태실지를 쓰기 위해 전주 이씨와 상극인 성주 이씨 선산을 갈아엎었다는 사실을 알면 갑자기 역사가 보인다. 그 조선 왕조를 돕기 위해 임진왜란 때 군사를 이끌고 온 명나라 장군 이여송이 이 성주 이씨 후손이라는 사실을 알고 나면 성주가 달리 보인다. 세종의 둘째아들 수양대군이 자기를 반대한 형제 다섯을 척살하고 성주에 있던 형제들 태실을 깨부순 흔적도 성주에 그대로 남아 있다.

1871년 미국 해군과 조선 해군이 한판 붙은 강화도와 김포 사이 염하 전투. 조선군은 전멸했다. 미군이 본국에 보낸 보고서에는 이렇게 적혀 있다. "조선군은 낡고 뒤떨어진 무기로 용감하게 싸워 진지를 사수하다 죽었다. 가족과 나라를 위해 그처럼 장렬하게 싸우다가 죽은 군인을 다시는 찾아볼 수 없을 것이다." 신미양요 당시 미군 포 사격을 받은 소나무가 지금도 자라고 있다면, 당신은 강화도로 가보고 싶지 않을까. 150년 전 전투 현장을 목격하고 싶지 않은가.

여행은 그런 것이다. 문화재청장을 했던 유홍준이 일찌감치 말했다. "아는 만큼 보인다." 여행은 레저와 쾌락을 위한 행위라, 꼭 다 볼 필요는 없다. 하지만 보면 더 좋다. 의심할 수 없는 사실이다.

충남 논산 연산에는 40대 형제들이 운영하는 대장간이 있다. 신문 방송에 숱하게 나온 대장간이다. 그런데 이 대장간을 창업한 류영찬이라는 사람이 황해도 구월산에서 상제교를 믿던 사람이고, 1924년 상제교가 계룡산으로 본령을 옮기면서 함께 내려와 정착한 곳이 연산이라는 사실은 잘 모른다. 6.25가 끝나고 그때 거문도에서 풀려난 반공포로들이 계룡산으로 몰려와 정착하면서 대장간들이 성업했다는 사실도 잘 모른다. 그런데 알면, 여행이 재미있다.

해마다 겨울이면 강원도 인제 원대리 자작나무 숲에는 많은 사람이 찾아온다. 왜 이곳에 자작나무가 있으며, 그 용처(用處)가 무엇인지에 대해서는 아무도 몰랐다. 그런데 이 원대리가 기실은 광복 후 마을 한가운데로 38선이 지나가 토막이 났었으며, 그래서 소련군이 수시로 들락거리며 좀스러운 절도 행각을 벌였으며, 1988년 원대리 송림을 휩쓴 솔잎혹파리로 인해 소나무밭을 갈아엎고 그곳에 자작나무를 심은 게 지금 원대리 자작나무 숲이라는 사실을 알면, 우리는 숲의 뿌리를 알면서 숲을 즐길 수 있게 된다. 처음 심은 날이 1989년 4월 11일이고 모

두 2,900그루를 심었으며, 2,900그루 가격이 22만 5000원이라는 사실도 우리들이 쓰는 기행문에 남을 기록이다.

이 책이 바로 그 기록이다. 이 땅에 흔적을 남긴 모든 역사에 대한 기록이다. 모든 여행에 대한 기록이다. 망국 신라를 떠나 강원도에 신라 부활국을 꿈꾼 마의태자, 모시를 만들다가 훗날 자기 조상이 왕실에 모시를 납품하는 관리였다는 사실을 알고 소스라치게 놀란 서천 여자 박예순, 미궁에 싸여 있던 중원 땅의 비밀을 중원고구려비 발견으로 단숨에 풀어버린 검사 유창종, '조선왕조 500년 양반마을'이라고 서울시가 허무맹랑하게 홍보하고 있는 친일파 거두들의 땅 서울 북촌을 근대한옥마을로 재건설한 독립운동가이자 부동산재벌 정세권….

그 기행(紀行)의 흔적을 모아보았다. 역사에 일천하고 아직 돌아보지 않은 곳들이 허다하지만, 적어도 내 신발 자국이 밟힌 곳들에 대해서만큼은 이렇게 조금 다른 흔적들을 남겨보았다. 잘난 척하려는 은근한 자만심도 없지 않다. 여행자들께서는 이 자만심에 물을 끼얹어 더 훌륭하고 더 깊고 더 울림이 큰 여행을 하시기 바란다.

2016년 11월 1일

박종인

목차

01

영신약방 김영숙과 양구 펀치볼

펀치볼 파파할머니 김영숙

산으로 에워싸인 마을에는 약방이 하나 있다. 56년 전부터 지금까지 하나뿐이다. 약방 이름은 영신약방이다. 마을 이름은 펀치볼이다. 강원도 양구 북쪽 끝에 있다. 김영숙은 오늘도 약방에 앉아 하루 종일 창밖을 본다. 2016년 현재 김영숙은 여든한 살이다.

창밖 풍경은 많이 변했다. 56년 전 나이 스물다섯에 고향 청평을 떠나왔을 때 황톳길이던 도로는 새카만 포장길이 되었다. 북풍한설에 풀 한 포기 제대로 자라지 않던 자갈밭은 사과밭으로 인삼밭으로 변했다. 사람들은 인민군 포격에 노출될까 창문에 담요를 꼭꼭 두르고서 전등을 켰다.

그 민통선 마을이 지금 은하수가 흐르는 별천지로 변했다. 김영숙이 젖먹이 딸을 업고 이틀 걸려 들어왔던 마을에, 그 별천지를 구경하려는 사람들은 서울에서 두 시간 걸려 찾아오니 이 또한 꿈같다.

땅은 늙는다. 사람들 흔적을 안고 함께 늙는다. 펀치볼 마을 사람들, 그들이 땅에 남긴 흔적 이야기.

돼지 해(亥)에 편안할 안(安), 해안면과 펀치볼

금강산에서 남쪽으로 내려오는 물건은 해안면 장터에 모였다. 남에서 올라가는 물건은 험준한 돌산고개를 넘었다. 이틀이 걸렸다. 고개 마루를 넘으면 고산준령에 에워싸인 마을이 나타났다. 돼지 해(亥)에 편안할 안(安), 해안면은 강원도 양구군 동북쪽 끝에 있다. 북쪽 가칠봉 능선은 군사분계선 남방한계선이다.

해방이 되고 38선 이북 해안면은 북한 땅이 되었다. 전쟁이 터졌다. 8000명이 넘던 인구는 급감했다. 피비린내 나는 전투가 벌어졌다. 피의 능선, 단장의 능선, 가칠봉과 도솔산과 대우산에서 흘러내린 핏줄기가 마을을 적셨다. 봉우리들은 스탈린고지와 김일성고지, 모택동고지로 불렸다. 종군기자들 눈에 산에 360도 에워싸인 마을은 화채를 담는 펀치볼(Punchbowl)처럼 보였다. 지금도 해안면은 펀치볼이라고 불린다. 펀치볼은 무른 땅이 침식돼 생긴 지형이다. 별똥별이 떨어진 지형, 혹은 끝없는 폭격에 패어버린 폐허라는 말도 있지만 거짓말이거나 근거 없는 말이다. 펀치볼 마을은 분지 안에 있는 해안면의 다른 이름이다.

약초 半, 지뢰 半

"해발 700m니까 공기야 말할 필요도 없겠고. 웬만한 데는 땅을 파면 물이 나오니까 이번 가뭄도 여기는 그렇게 힘들지 않았다. 이 물, 얼마나 좋은지 손이 다 미끌미끌하다니까." 서울에서 귀농한 금종근이 말했다. 2016년 여든한 살 된 금종근은 4년 전 들어왔다. 금종근이 사는 곳은 펀치볼 마을 현3리다. 전쟁이 끝나고 인제에서 이주한 사람들이 자리 잡은 곳이다. 지금도 그때 만든 집들이 남아 있다. 어떤 집은 기둥만 남기고 싹 뜯어고쳤고, 어떤 집은 유리창 깨진 빈집으로 남아 있다.

집 주변은 텃밭이다. 그가 만든 텃밭에는 토마토와 가지와 상추가 무성하다. "한여름에도 자고 일어나면 이슬이 비 온 것처럼 내린다니까. 뒷산은 약초밭이다, 약초밭. 더덕, 두릅, 고사리, 없는 게 없다. 이런 데가 또 어딨겠나."
약초도 지천이지만 지뢰가 지천이기도 했다. 수효를 알 수 없는 지뢰가 전쟁 동안 적과 아군에 의해 뿌려졌다. 나물을 찾아 산으로 들어갔던 아녀자들 발목이 민들레 홑씨처럼 날아갔다. 그럴 때면 사람들은 다친 사람을 둘러업고서 김영숙네 약방으로 달려갔다.

펀치볼 약방

1956년 인제 주민 160세대가 펀치볼로 집단 이주했다. 포격으로 만신창이가 된 벌판에 모진 바람이 불었다. 이주는 2회에 걸쳐 이뤄졌다. 사람들은 지뢰밭으로 들어가 나물을 캐고 자갈밭을 일구고 나무를 베 땅을 넓히며 삶터를 만들어갔다. 해안면 한가운데 있는 해안 재건비에는 이리 적혀 있다.
'오랑캐를 무찔러 정의의 피를 뿌린 이 고장 쑥대 우거진 옛 터전에 단기 4289년 4월 헐벗고 굶주린 전쟁농민 160세대가 삶의 보금자리를 찾아 돌아왔으나 한설과 덮친 폭우에도 몸 둘 곳조차 없어 신음하매 이에 제6사단 전 장병은 슬기로운 뜻에 뭉쳐 그들에게 주택 80동과 학교 1동, 공공시설 4동을 이룩하여 자유와 행복의 마을을 마련하다 – 단기 4289년 8월 15일'
김영숙도 그 즈음 펀치볼에 들어왔다. 어릴 적 청평에 대한 기억은 두 가지다. "전쟁 때, 하루는 집 앞으로 중공군 하나가 총을 메고 오는 거야. 말은 못 알아듣고, 보아하니 나더러 길을 알려달라는 게지 아마?" 열여섯 살 소녀가 총부리를 잡고, 개머리판을 병사가 잡고 승강이를 하다가 마을 어른이 몽둥이로 병사를 쫓아냈다. "최승억 선생님이라고 계셨어. 아이들을 호명산으로 자주 데려갔지. 땅을 파면 시체들이 나왔어. 선생님은 아이들이랑 시체를 가져와서 양잿물로 삶아. 그걸 인체 표본으로 만들어 공부했어, 우리." 전주 이씨네 둘째 아들 이병철에게 시집간 김영숙은 맏딸을 낳고서 펀치볼로 들어왔다. 인제에서 약방을 하던 시숙이 주선해 펀치볼에 약방을 냈다. 약사가 있는 약국이 아니라 약을 팔 수만 있는 약종상이다.

"길섶에 천막 치고 살았어. 머리에 헌데 난 애들, 발 튼 애들, 지뢰 밟고 피투성이 된 여자들, 그런 사람들한테 약 팔았어. 수색부대에 오 중위라고 있었는데, 그 사람이랑 우리 남편이 다 치료했어. 남편은 약사가 아니지만, 그래도 어떡해. 사람 살려야지."

2년 만에 벽돌로 집 짓고 이사 한 번 하고 김영숙은 지금까지 그 집에 산다. 밤에는 전등도 밝히지 못했다. 15촉짜리 전구를 켜도 창문에 담요를 둘러야 했다. 겨울날 방앗간에 가서 불쏘시개용 왕겨를 얻어올 때면 옆집 창고 가득한 땔감을 보고서 한숨이 나오기도 했다.

"눈밭에서 훈련받다가 탈진해서 약방으로 데려온 애들이 나한테 그래, 아줌마는 아들들 꼭 대학 보내서 장교 시키라고. 자기네는 돈 없고 빽 없어서 처맞는다고."

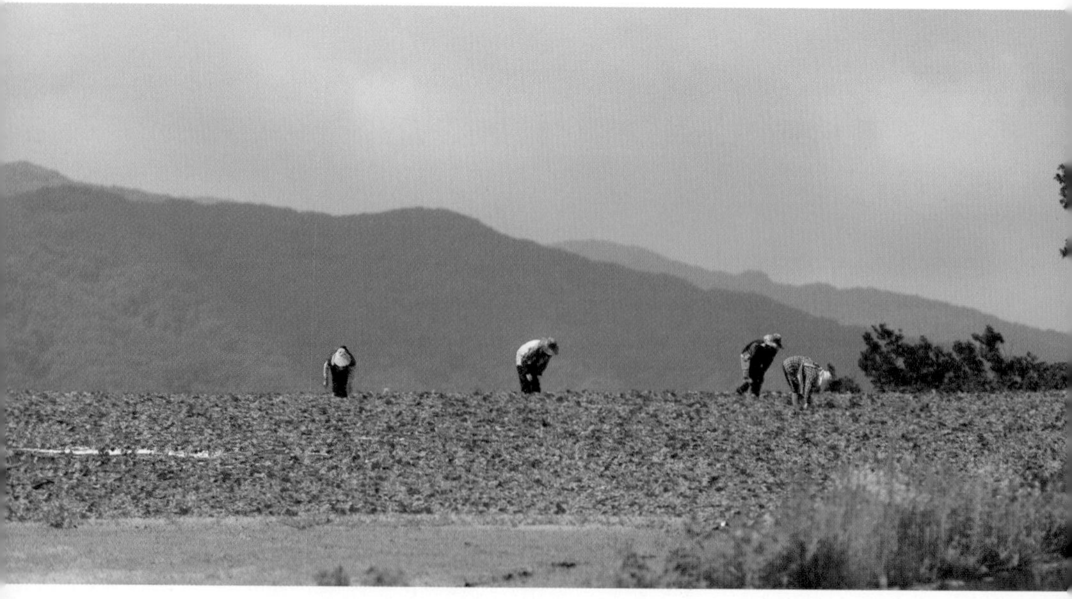

딸 아래로 아들을 셋 낳았다. 다들 대처로 나갔지만, 셋째 아들은 "세종대왕이 셋째라 효자였으니, 나도 효도하겠다"며 양구에 남았다. 새 이불도 장만해주고 용돈도 주던 효자 아들은 5년 전 잠자다가 기도가 막혀 죽었다. 중공군을 만났을 때도, 펀치볼을 처음 봤을 때도 그때만큼 기가 막히지는 않았다.

흔적이 많은 땅이 완만하고 무르듯, 상처 많은 노인은 지혜롭다. 김영숙은 천붕(天崩)의 슬픔을 성모 마리아에게 의지하며 이겨냈다. 제대한 군인들이 놀러오면 아들 보는 것 같아 반겨주지만 "이 파파할머니는 기억 못하고 술집만 알아보는 젊은 심보가 얄미울 때도 있다"고 했다.

주유소도 하나, 이발소도 하나, 미장원도 하나요 파파할머니가 하루 종일 약방을 지키는 이 마을에 몇 년 전 터무니없이 기이한 일이 벌어졌다.

지구 온난화와 펀치볼의 부활

들깨도 제대로 자라지 않던 들판에 사과가 자라기 시작한 것이다. 참깨가 꽃을 피우는가 하면 포도가 자라고, 하우스에는 수박과 멜론이 큼직하게 맺히더니 마침내 이 동토(凍土) 기슭을 인삼밭이 가득 채웠다. 온갖 욕 다 먹는 지구 온난화 현상이 준 선물이었다.

"이상하지, 어느 날 보니 펀치볼에 참깨가 되는 거다. 사과가 되는가 하면 하우스에 수박도 되고. 저기 봐라. 저거 다 인삼이다." 펀치볼에서 태어나 50년을 살아온 현3리 이장 신현근이 말했다. 나라님도 못 구하던 가난을 지구 온난화가 구제한 것이다.

첫 번째 구원은 시래기였다. 1980년대 초 펀치볼에서 시래기를 처음 출하하자 당시 신생 농산물시장이던 서울 가락시장이 이를 수매했다. 고랭지 시래기는 불티나게 팔렸다. 이후 사람들은 무 뿌리는 거름으로 쓰고 무청만 거둬서 팔았다.

그리고 전 지구대적 은총이 강림했다. 초목은 심는 족족 무성하게 자라나고, 현란한 일교차에 열매들은 당도가 그 어느 고장 과실보다 높으니 양구는 어느 틈에 사과, 수박에 인삼까지 브랜드로 내건 고장이 되었다.
그 개간지 소유권이 정리되지 않아 지금도 정부와 개인 사이에 큰 분쟁으로 남아 있다. 사람들은 "기껏 개간해 놓으니 땅을 뱉어내라고 한다"고 한다. 김영숙네 약방 현관에서 신현근은 지구 온난화에 대한 진지한 토론을 서둘러 끝냈다. "얼른 참깨밭으로 가야 한다"고 했다.

선녀폭포와 미스코리아

펀치볼 동북쪽 능선에 을지전망대가 있다. 전쟁 때는 모택동고지라 했다. 전망대 북서쪽에는 가칠봉이 있다. 금강산 마지막 자락인데, 이 봉우리가 있어야 금강산 일만이천봉이 완성된다고 해서 더할 가(加)에 일곱 칠(七), 가칠봉이다. 가칠봉 북쪽, 군사분계선 안쪽에는 스탈린고지가 있고 전망대 동쪽에는 김일성고지가 있다.
스탈린고지에서 군사분계선을 따라 동쪽 끝으로 금강산이 보인다. 그 사이에 북한 인민군 초소가 숨어 있다. 망원경으로 보면 초소 옆 짙푸른 골짜기에 하얀 물줄기가 떨어지는, 대단히 아름다운 폭포가 보인다.
1970년대 후반 북한 여군들이 폭포에서 나체로 목욕을 했다. 망원경으로 핥듯이 감시하는 국군 초소병들 앞에서 거풀거풀 옷을 벗는 그녀들을 보고 어느 틈에 폭포는 선녀폭포로 명명됐다. 1980년대까지 계속된 이 나체 미녀 선동 쇼에, 병사 하나가 홀린 듯 월북했다. 가만히 있을 우리가 아니었다.
1992년 해발 1200m가 넘는 가칠봉 초소에 수영장이 설치됐다. 그해 5월 미스코리아 수영복 촬영이 이 수영장에서 이뤄졌다. 소문에는 탈의실 북쪽은 투명한 통유리벽이었다고 한다. 2015년 7월 3일 미스코리아 32명이 을지전망대를 찾아와 또 이벤트를 벌였다. 그때는 메르스가 한창이라 일반인은 물론 군 관계자도 출입이 금지된 때였다. 군사지대니까 가능한 일이었다. 심리전 목적이 아니라면 달리 짐작할 이유가 없다. 어찌 됐든, 전망대에서 보는 북쪽 풍경은 참으로 아름답고 평화롭다. 녹음 가득한 경사지에 연기가 날리고, 그 뒤로 첩첩산중이다.

남쪽을 본다. 반구형으로 푹 꺼진 분지가 펼쳐진다. 동서로 한눈에 겨우 들어오는 거대한 분지다. 가슴 무거운 옛 역사를 생각하지 않는다면, 그 장엄한 풍경에 감탄하지 않는 사람은 없다. 분지를 채우는 녹지대 사이사이 새카만 장막들은 모조리 인삼밭이다. 인삼밭, 참깨밭, 시래기밭, 논, 과수원 모두 일하는 사람은 필리핀, 태국, 베트남과 러시아 사람들이니, 이 땅이 겪어보지 못한 또 다른 흔적이다. 분단만 생각하지 않으면 펀치볼 남과 북 풍경은 비현실적으로 아름답다. 그 풍요로운 풍경을 감상하는 데 60년이 걸렸다.

펀치볼마을에 해가 진다. 노을 너머에 휴전선이 숨어 있고
그 뒤로 금강산이 서 있다.

고단했던, 그러나 추억이 된 흔적들

중공군에서 선녀폭포까지 말 폭포를 쏟던 김영숙이 파리채를 휘두르며 파안대소했다. "옆집이 이발소야. 여기 하나밖에 없어. 근데 이발사가 관둔대. 재미없다고. 그럼 어떻게 돼? 머리 깎으려면 읍내 나가야지 뭐. 우리 영감 죽으면 약방도 없어지는 거고." 그러면 이제 젊은 50대 이장 신현근과 여든 살 신참 농부 금종근도 70리 밖 양구읍내로 나가 머리를 깎아야 한다. 인삼밭, 참깨밭, 시래기밭, 논, 과수원에서 일하는 필리핀, 태국, 베트남, 러시아 사람들도 모두 읍내로 나가야 할 것이고.

역사는 흉터로 남았다. 전쟁이 났고, 사람들이 돌아왔고, 개간을 했고, 굶주렸고, 고통스러웠으며, 통제 속에서 목숨을 걸고 고단하게 살았다. 지나고 나면 흔적은 추억이다. 그 추억을 훔쳐보려는 사람들이 펀치볼로 틈입한다. 거기 김영숙이 산다. 열다섯에 전쟁을 만나 열여섯에 중공군 만나고, 스물둘에 시집와서 스물다섯부터 지금까지 펀치볼을 지키는 파파할머니가 산다.

볼거리

펀치볼 마을 내비게이션에 '해안면사무소' 검색.

을지전망대 양구통일관에서 방문 신청. 제4땅굴 포함해 입장료 2500원. 월요일 휴관.
전화번호 033-480-2674

펀치볼 둘레길 들판과 지뢰밭, 저수지와 인삼밭 사이를 안전하게 걸어 다니며 체험할 수 있는 둘레길이다. 맛집, 숙박도 안내. 홈페이지 www.dmztrail.or.kr

시와 철학의 집 평남 출신인 안병욱과 김형석은 연세대학교에서 철학의 길을 걸으며 둘도 없는 친구가 되었다. 생전에 고향 갈 방도가 없으니 고향에서 가장 가까운 곳에 뿌리를 내리자고 작심했다. 그리하여 고른 곳이 양구다. 2013년 하늘로 간 안병욱은 양구읍내 파로호변에 묻혀 있다. 그 옆에는 시와 철학의 집이 있다. 안병욱과 김형석이 기증한 자료들, 그리고 양구가 고향인 시인 수녀 이해인의 자료들이 전시돼 있다. 홈페이지 ymunhak.or.kr

박수근 미술관 화가 박수근은 양구 사람이다. 그의 유족과 뜻있는 사람들이 양구 생가터에 박수근 미술관을 만들었다. 홈페이지 www.parksookeun.or.kr

관광정보 전화번호 033-480-2251 홈페이지 www.ygtour.kr

펀치볼로 들어온 농부
금종근의 밀짚모자

02

태백 매봉산과 농부 이정만

매봉산 배추밭

강원도 태백 매봉산에는 배추밭이 넓다. 40만 평이다. 400평도 4만 평도 아니고 40만 평이 해발 1250m 고산에 펼쳐져 있다. 산꼭대기의 높이는 1303m다. 산으로 운무가 올라오면 천지사방이 반짝이는 잿빛 장막 속에 숨는다. 장막 위로는 거대한 풍력발전기가 돌아간다. 산 아래 고개에 빗물이 떨어져 북으로 흐르면 한강, 동으로는 오십천, 남으로 흐르면 낙동강과 만난다. 고개 이름은 삼수령이다. 주변에는 자작나무 숲이 하얗다.

매봉산 아침 노을

그 거대한 풍경 속에 집이 한 채 있다. 농부이자 철학자요 화가인 이정만과 한 살 아래 아내 최진영, 딸 곤지(12)와 아들 바우(10)가 사는 집이다. 가족은 매봉산에 사는 유일한 주민이다. 해마다 인구가 빠져나가는 이 작은 도시에 이정만은 귀향을 감행했다. 그 도시, 그 사내 이야기다.

광산촌 태백과 막걸리집 정병운

낙동강과 한강 발원지가 태백에 있다. 한강이 시작하는 샘물 이름은 검용소다. 시내 한가운데에 있는 낙동강 발원지 황지(黃池)는 비현실적으로 맑다. 거대 하천 발원지를 소유한 도시지만, 태백은 삼척시에 속해 있었다. 태백은 1981년에야 황지읍과 장성읍이 떨어져 나와 시로 독립했다.

매봉산 아래 삼수령은 피재라고도 했다. 곤궁하던 옛날, 삼척 사람들이 난리를 피해 이상향인 황지를 찾아 넘었다고 해서 피재다. 전설은 일제강점기 이후 태백에서 석탄이 발견되면서 현실화됐다. "지나가는 개도 만 원짜리를 물고 다니는" 석탄 부자의 시대가 온 것이다. 1960년대 대한민국이 성장을 시작하면서 태백은 자본주의적인 이상향이 되었다. 목숨을 걸었으되, 자식새끼들 다 키우고 큰돈 거머쥐던 그 검은 시대가 태백을 관통했다. 피재에서 갈라진 세 줄기 강물은 1960년대 이후 온통 검디검었다. 도심을 흐르는 골지천도 검었고 태백을 빠져나가는 강물도 모두 검었다. 태백이라는 도시를 잉태했던 석탄산업이 만든 풍경이었다.

황지동 주민센터에서 일하는 정병운(53)은 기억한다. "중학교, 고등학교 때 집에서 막걸리 직매소를 했다. 똥 푸는 차와 똑같이 생긴 막걸리 차가 큰 호스로 막걸리를 부어 놓으면 짐자전거에 막걸리 통을 싣고 술집과 식당으로 배달했다. 막걸리 상했나 본다는 핑계로 한두 잔씩 먹는 재미로 친구들도 신나게 같이 다녔다."

그 막걸리, 광부들이 다 먹었다. 그 돈으로 병운네 집이 먹고살았고, 병운도 제대하고서 1년 동안 광부로 일했다. 술집, 식당, 살림살이, 여행, 사랑, 이별.

어떤 방식으로든 태백의 삶은 석탄과 관계가 깊었다.
대신 아무도 신비한 샘물 검용소와 황지에 대해 이야기하지 않았다. 누구 하나 숨긴 적 없지만, 근원에 대한 호기심을 갖기에 막장으로 향하는 남정네들 발걸음은 너무 바빴다.
1989년 석탄산업합리화정책과 함께 잿빛 이상향의 시대가 끝났다. 탄광은 모두 문을 닫았다. 부귀영화는 가뭄 때 갈라진 논바닥처럼 사라졌다. 10만 5000명이 넘던 인구는 순식간에 5만 명으로 급감했다.

농부 이정만, 고원(高原)에서 깨닫다

2005년, 쇠락할 대로 쇠락한 그 도시에 이정만이 돌아왔다. 원래 집은 태백 화전동에 있었다. 이정만이 말했다. "울 아버지가 절대로 땅속에서는 죽지 않겠다고 목재소를 차렸다. 그러고 내가 열두 살 때 서울로 떠났다." 이정만은 사춘기 동안 김소월을 읽었고 그림을 그렸다. 마흔이 될 때까지 이정만은 서울이며 포천에서 사업을 했다. 그림 그리는 게 좋았고 책 읽는 게 좋아 산천을 떠돌며 여행을 했다.
이유는 몰랐지만, 조금도 행복하지 않았다. 대신 서울 인사동 화랑에서 화가 김점선의 작품을 보고선 "열 달 할부로 살 테니 돈 다 치를 때까지는 다른 데 팔지 말라"고 큰소리치며 살았다. 이틀이 멀다 하고 찾아오는 사내에게 질려, 화랑은 "장사 방해하지 말고 가지고 가라"며 그림을 싸줬다. 그렇듯 근본이 도시생활과 거리가 먼 사내였다.
그러다 2004년 아내와 함께 매봉산을 찾았다가 정주를 결정했다. 이유는 간단했다. "풍광 좋고 물 좋은 곳은 많은데, 매봉산처럼 모기 없는 곳은 없더라." 부동산업자는 헛소리를 들은 줄 알았다. 이 고산지대에 사는 사람은 하나도 없고 보조리 십을 빨겠다고 내놓은 사람들밖에 없었다. "정말인가." "정말이다. 나, 여기 살 작정이니 집 내놔라." 본인이야 그렇다고 쳐도 아내 최진영에게는 날벼락이었다. "울 엄마가 그러더라. '억지로 서울 여자 만들어놨더

이정만

니 네가 촌년이 돼서 거기까지 기어들어가겠다고?'"

세월이 흘러 2015년 9월 현재 이정만은 매봉산 마을 영농회장이다. 딱 한 집 사니, 그러할 수밖에. 배추밭에 남아 있던 유일한 집주인을 설득해 집을 샀고, 이듬해에 두 아이를 끌고서 산으로 들어왔다. 마구간을 고쳐서 거실로, 창고를 고쳐서 부엌으로 만들고, 남들 하듯 텃밭에 배추를 심었다.

여름 한 철이야 그림 같은 풍경에 날씨까지 선선하지만, 겨울에는 영하 20도요 물 구하기도 힘든 고신이다. 지금도 설거지물, 세숫물, 빨래물 모두 하루 일곱 바가지로 해결해야 한다. 눈이 쏟아지면 집 앞 돌배나무까지 100m 눈 치우는 데 3시간이 걸린다. 한동안 아내 최진영은 우울증을 심하게 앓았다. "내가 첫사랑이 실패해서 너랑 만났으니 행복한 줄 알라"고 큰소리치는 남편이 기가 막혔지만, 어찌 하겠는가. 살아낼 수밖에.

첫 해 농사, 완전히 망했다. 열심히 공부해서 다음 해에 두 번째 추수를 했더니 마을 노인이 말했다. "팔 거 아니지?" 또 망했다. "내가, 머리만 쓸 줄 알았

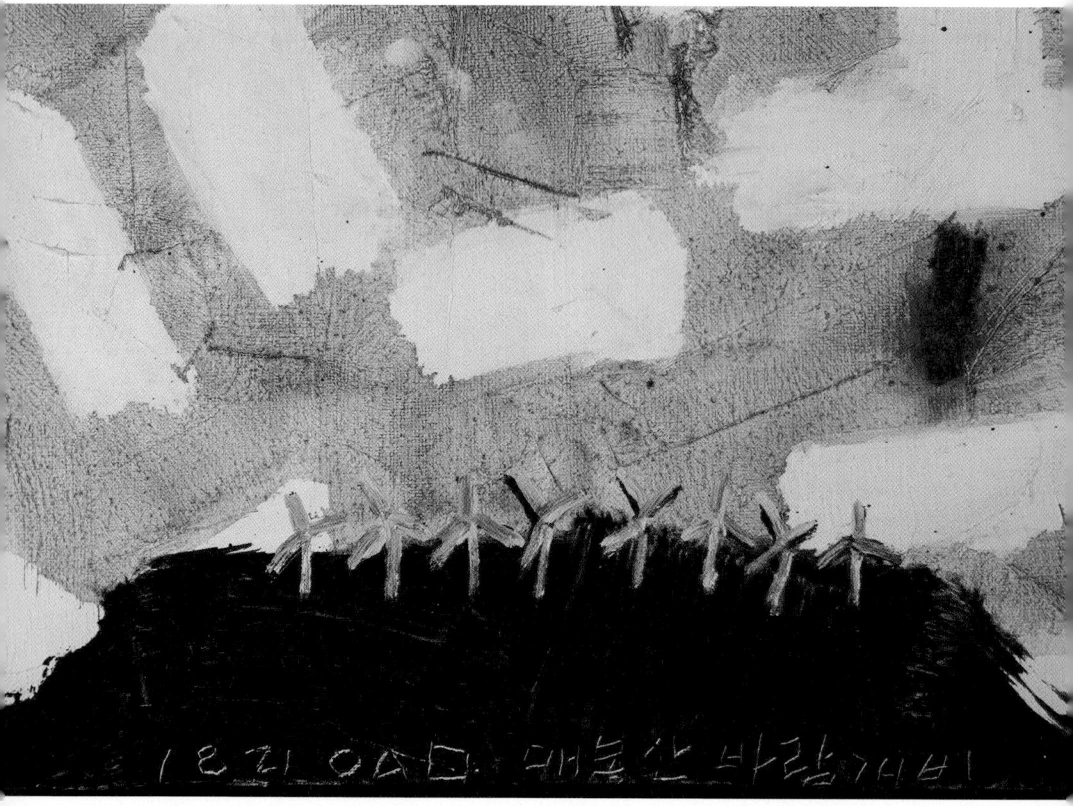

이정만이 그린 바람의 언덕 풍경 '매봉산 바람개비'

지 농사에 관해서는 불구자였던 거다. 그때 알았다. 내가 재능만 믿고 최선을 다했다고 깝죽대봤자, 우리 위에는 '하늘'이라는 섭리가 있음을."

그림이나 그리며 살려고 들어왔다가 농부가 되었고, 농부는 그 와중에 철학자로 변해갔다. 폭설이 내린 아침 문을 열면 건너편 설산에 나목(裸木)이 보였다. 눈밭 위에서도 나목이 또렷하게 보였다. "흰 눈 속 흰 나무들… 그걸 어떻게 표현할까. 도시에서 못 본 풍경이 집 앞에 있었다." 섭리를 의식하며 농사를 짓고, 낯선 풍경에서 대장엄을 찾아 그림을 그리다보니 또 깨달았다.

"능력? 견디는 게 바로 힘이더라. 호랑이가 사람 됐나? 곰이 됐지. 곰이 능력자다. 남이랑 비교 않고 스스로 견뎌야 능력이 생긴다. 때를 기다리며 견뎌야 한다. 뱀이 때를 무시하고 지 멋대로 승천하려다가 용이 되지 못하고 이무기가 되는 거다. 매봉산에서 배웠다."

적응이 되고 나니 행복이 찾아왔다. 아내 최진영도, 딸 곤지와 아들 바우도. 이정만이 말했다. "토끼는 토끼답게 거북이는 거북이답게 살아야지, 세상에 토끼와 거북이가 어떻게 경주를 하나. 설정 자체가 모순이다. 우리는 매봉산에서 우리답게 산다. 배추를 보니 그렇더라. 돌을 다 골라내면 배추가 죽는다. 돌이 있어야 고산지대에 이슬이 맺히고 그걸 배추가 먹고 산다. 막말로, 그냥 놔둬도 잘 사는 생명체들이다. 때를 기다리고 하늘을 기다리면 되는데, 그걸 모르고 사십 년을 살았다." 힘들었던 지난 가뭄 때, 이정만은 배추밭에 물을 대지 않았다. 배추가 말라죽지 않을 정도로 물맛만 보여줬다. 몇 주 늦긴 했지만, 배추는 스스로 뿌리를 내리고 예년과 똑같이 잘 자랐다.

이정만이 사는 매봉산은 바람의 언덕이라 불린다. 태백시와 민간기업이 운영하는 풍력발전기 열일곱 대가 능선에서 돈다. 푸른 배추밭 40만 평과 거인처럼 버티고 선 풍차는 봄부터 가을까지 관광객을 부른다. 능선에서 보면 배추밭 한구석에 오렌지색 지붕이 보인다. 철학자 가족이 사는 집이다. 겨울이면 철학자의 언덕은 은빛 적막에 싸인다.

찾아오는 사람들에게 이정만은 배추를 선물하고, 철학을 선물하고, 때로는 잠자리도 선물한다. 그리고 잊지 않는다. "비교하지 말고, 스스로 행복하자"

고. 딱 한 집 사는 매봉산 바람의 언덕 풍경이다.

잿빛 시대의 종언과 근원의 부활

삼촌 수양대군에게 죽임을 당한 어린 임금 단종은 죽어서 태백산 신령이 되었다. 1457년 사약을 받고 죽은 지 사흘째 되던 날, 백마를 타고 산으로 가던 단종 혼령이 태백 부근 만항재를 눈앞에 두고 잠시 발걸음을 쉬었다. 이후 혼령은 한걸음에 내달려 태백산으로 들어갔고, 그가 쉬었다 떠난 장소는 어평(御坪)이라 불린다. 단종이 택한 산도 태백이고 삼척 사람들이 택한 이상향도 태백이고, 이정만이 택한 정주지도 태백이었다.

그 태백에 지금 사람들이 몰려온다. 잿빛 코팅이 벗겨지고 민낯을 드러낸 낡은 도시 태백이 잊혔던 보석들을 찾아냈다. 검용소. 한강 발원지가 삼수령 너머 숨어 있다. 동쪽으로 가니 골지천이 바위를 뚫어 거대한 통문(通門)을 만들어 놓았다. 구문소다. 물이 산을 뚫다니. 황지에서 솟은 물이 남쪽으로 흐르다 석회암 절벽을 뚫어버린 구멍이다. 구문소는 천연기념물이 되었고 검용소도 당연히 천연기념물이 되었다. 목숨 걸고 땅을 파서 먹고살았던 태백 사람들은 그저 일상적인 풍경이지만, 외지인에게는 진귀하기 짝이 없는 풍경들이다.

고단한 옛 기억들도 태백을 총천연색으로 색칠했다. 막걸리를 광부들에게 팔았던 정병운은 동료와 함께 상장동 광부 사택촌을 재현했다. 6.25 전쟁 때 상장면 중학생 124명은 양구 피의능선과 가칠봉, 김일성고지와 건봉산에서 학도병으로 싸웠다. 그리고 고도성장의 시대, 상장동은 광부들 사택촌으로 변했다. 정병운은 짐자전거에 실려간 추억들을 담벼락에 그렸다. 배추 잎을 물고 있는 강아지, 막장 광부들과 생사를 함께한 쥐들, 진폐를 안고 하늘로 간 노(老) 광부, 출근하는 남편 등을 바라보는 여인들의 눈망울까지, 샛노란 담장에 녹아 있는 옛 추억 앞에서 외지인들 카메라 셔터소리가 숨 가쁘다.

*

^
물이 산을 뚫은 구문소

구문소 통문 아래 반석에는 정감록을 인용한 글귀가 새겨져 있다.
五福洞天子開門(오복동천자개문)
"낙동강 위에 오르면 더는 갈 수 없는 석문이 나온다. 자시에 열리고 축시에 닫히는데, 들어가면 사시사철 꽃이 피고 흉년이 없으며 병화도 없고 삼재가 들지 않는 이상향이 나타난다."
만물의 시작은 볼품이 없는 법. 초라한 새싹도 떡잎을 떼면 거목이 되고 초라한 샘물도 궁극에는 바다로 흐른다. 어찌 보면 정감록은 바로 2016년 지금을 예언한지도 모른다. 고단한 잿빛 시대가 각인된 우리네 삶이 어느덧 그 시대를 추억하는 시대가 되었다.
매봉산 철학자의 집에서 대화가 끝났다. 마구간이던 거실에는 고서(古書)가 쌓여 있고 100호짜리 대형 캔버스가 포개져 있다. 나와 동갑내기인 이 농부가 권하는 녹차 향을 음미하는데, 현관문 밖으로 운무가 피어오르는 것이다. 온 천지가 찬란한 잿빛이었다.

볼거리

매봉산 농번기에는 산 아래 삼수령에서 셔틀버스나 택시 이용. 이정만의 집은 배추밭 오른쪽 끝.

만항재 함백산 중턱에 있는 고개. 야생화와 낙엽송 단지.

삼탄아트마인과 정암사 폐탄광을 개조한 예술공간과 석가모니 진신사리가 있는 적멸보궁.
홈페이지 samtanartmine.com

검용소, 황지, 구문소, 상장동 벽화마을 내비게이션에 각각 이름 검색. 검용소는 주차장에서 숲길 2km.

관광정보 홈페이지 tour.taebaek.go.kr

맛집

윤가네 한우마을 한우 등심 3만 원. 전화번호 033-592-2920

약산정 곤드레밥 1만 원. 전화번호 033-591-2024

숙박

오투리조트 홈페이지 www.o2resort.com

카스텔로호텔 홈페이지 www.castellohotel.co.kr

매봉산을 닮은
바람개비

03

단양 온달산성과 성주(城主) 윤수경

고집불통 농사꾼 아버지 강압에 공부를 포기했던 중졸 소년 윤수경은 단식농성 끝에 고등학교에 들어가 꿈에 그리던 고향 면서기가 되었다. 고향은 충북 단양군 영춘면이다. 그 어느 때든 윤수경은 멀리 산꼭대기에 있는 산성을 보며 살았다. 어른들은 온달산성이라고 했다.
후반부 삶은 순서가 상식적이지 않다. 나이 마흔일곱에 온달산성을 주제로 논문을 썼다. 논문에 세상이 뒤집히는 걸 보고서 대학교에 입학하고 대학원까지 졸업했다. 그리곤 절에 가서 2년 동안 도를 닦다가 군의회에 당선돼 의장까지 지냈다. 전직 군의회 의장은 2016년 현재 본인에게 득 될 거 별로 없는 문화해설사로 일한다. 4년째다. 근무지는 논문 주제였던 온달산성 아래 온달관광지다. 육십 갑자(甲子) 한 번 돌고도 남는 세월, 고향을 떠나본 적 없는 이 사내 별명은 '온달(溫達) 성주(城主)'다.

윤수경 어린 시절

대대로 농사를 지었던 윤수경네 집은 잘살지도 못살지도 않았다. 중학교를 졸업하고서 아버지가 말했다. "무학(無學)도 농사는 잘만 한다. 중학교도 호강이니, 한학(漢學) 일 년 배우고 농사지어라." 쌀 한 가마는 예사로 들어 올리는 아버지 말씀에 수경은 꼼짝없이 서당에 다녔다.
아버지는 무학이었다. 큰아버지는 만주에서 교사를, 둘째아버지는 면서기를, 셋째아버지는 운동을 했다. 그런데 이 넷째 아들인 아버지는 힘이 장사라, 진즉에 할아버지가 선언했다. "공부할 생각 말고 농사해라." 6.25 전쟁 때 인민군이 들이닥치며 먹물 잔뜩 든 형들은 다 도망 다녔지만, 손등과 손바닥에 느티나무 껍질 같은 굳은살과 옹이투성이인 넷째는 '전형적인 무산계급(無產階級)' 판정을 받고 살아났으니 농사보다 귀한 직업은 없었다.
서당 훈장 고우규는 기인이었다. 발이 워낙 커서 공장에서 버린 불량품 고무신을 신는 8척 거구에다 해장술을 여든세 잔 마시는 술고래요, 마을 아이가 아프면 침을 놓고 주문을 외어 병을 고치는 도사(道士)였다. 윤수경은 점괘 보고

^
면서기로 시작해
온달산성의 비밀을 풀어낸 윤수경

병 고치는 비결(秘訣)을 가르쳐달라고 졸랐다. "명심보감 닷새 만에 다 외우면 가르쳐주겠다."
비현실적인 훈장님 말에 윤수경 또한 지금은 납득 가지 않는 초능력으로 사흘 만에 다 외웠다. 그랬더니 훈장이 말했다. "이런, 바보 온달 같은 놈이구나." 시험 삼아 시켰더니 진짜로 해냈다는 뜻이다. 그리고 한마디 더 했다. "이런 거 배우면 야바위꾼 되는 거다. 고등학교 가서 큰 인물 되거라."
죽어도 안 된다는 아버지한테 단식농성을 벌인 끝에 조건부 허락을 받았다. "영월공고, 제천농고, 단양공고는 절대로 안 된다." 1960년대 방학만 되면 영춘시장에서 놀다가 패싸움을 벌이는 이 세 명문 학교는 농부 아버지에겐 불량배 소굴이었다. 윤수경은 충주농고에 당당하게 합격했다. 그리고 특전사에 자원해 군대를 마치고서 고향 영춘면 면서기로 금의환향했다. 1974년이었다.

영춘면, 그리고 온달산성

한강 하구 광나루에서 떠난 소금배가 올라가는 남한강 최북단은 병두(秉斗) 나루다. 윤수경이 태어난 용진(龍津)의 다른 이름이다. 소백산에서 베어낸 통나무를 뗏목으로 만들어 서울로 향하던 출발지이기도 했다.

뗏목을 몰고 서울로 가면 사내들은 떼돈을 벌었다. 출발지인 병두에서 제일 먼저, 그리고 중간 기착지인 느티(納台)가 두 번째, 마지막으로 덕천(德泉)에서 뗏목꾼들을 태웠다. 뒤로 갈수록 자리 구하기가 쉽지 않았다. 그래서 '일병두(一秉斗) 이느티(二納台) 삼덕천(三德泉)'이라는 말이 나왔다. 단양을 벗어나면 사내들은 열두 자짜리 뗏목 아래에 숨겨둔 아홉 자짜리 통나무를 꺼내서 서울까지 들르는 나루마다 앵두 갈보, 댕기 갈보, 넓적 갈보 웃음과 바꿔 먹었다.

병두에서든 느티에서든 덕천에서든 강 건너 하늘 꼭대기에 늘 보이는 산성이 하나 있었다. 사람들은 바보 온달이 만든 성이라고 했다. 아득한 옛날부터 단양 사람들은 강 건너 마을 사람이 오면 "저기 신라 놈 온다"고 했고, 별 볼 일 없는 쓸모없는 사람은 "(온달 장군이) 성 쌓고 남은 돌"이라고 불렀다.

단양은

삼국시대부터 6.25 전쟁 때까지 단양에는 전쟁이 끊임없었다. 충청, 강원, 경상 3도 접경지에, 남한강을 감싼 군사 요충지였다. 단양 군내에 있는 산성이 20개가 넘는다. 고구려, 신라, 백제 세 나라가 단양, 특히 영춘면 지역을 두고 엄청나게 싸웠다. 최종 승자는 신라였다. 이름은 을아단(乙阿旦 · 고구려), 자춘(子春 · 신라), 영춘(永春 · 고려)으로 바뀌었다가 1914년 단양군과 합쳐졌다.

과거의 군사 요충지는 대개 지금의 천혜의 관광지로 바뀐다. 단양이 그러하다. 그 옛날 영춘 현감은 이 첩첩산중에 울면서 부임했다가 그 절경과 순박한 인정에 울면서 이임했다고 했다. 하늘이 좁아 보이는 이 산골에 정도전이 찬양한 도담삼봉이 있다. 낮도 낮이지만, 조명 속에 빛나는 물속 세 봉우리는 사람이 만든 듯 정교하다. 전쟁 때 고씨 가문이 피란했다는 고씨동굴 또한 아이들과 놀러가기 딱 좋다. 패러글라이딩 활공장에서 내려다보는 조망은 속이 다 후련하다. 북쪽으로는 영월이, 남쪽으로는 충주와 영주가 코앞인지라 단양에 숙소를 두고 며칠씩 여행을 다니기에도 효율적이다. 군청이 있는 읍내는 시골보다는 번화하되 단정한 어느 작은 도시를 떠올린다. 천하절경을 편히 즐길 수 있는 숙소와 맛집이 산재한 도시다.

신참 면서기, 온달을 만나다

그 천하절경에 갓 부임한 신참 면서기 윤수경이 제일 먼저 맡은 일은 국민투표 투표함 운반과 화전(火田) 정리였다. 무시무시한 유신 시절, 툭하면 벌어진 국민투표 때 공무원들은 투표함을 짊어지고 60리 길을 걸어 군내를 훑었다. 마을 이장 집에 도착하면 막걸리 판을 벌였다. 밤새 대통령부터 군수, 면장까지 문제점과 비리를 취중 작파하고는 다음 날 "그래도 찍어줘야 우리 마을이 발전하지"하며 다음 마을로 떠나곤 했다. "마당에 (불법) 땔감 많이 쟁여 놨구만" 하고 으름장을 놓으면 웬만한 사람도 손을 들곤 했다.

화전 정리도 만만치 않았다. 그 언젠가부터 단양 의풍계곡에는 정감록을 믿는 평안도와 황해도 사람들이 화전을 하며 살았다. 1975년 화전 정리 사업이 시작되자 정감록파 주민들은 낫을 들고 격렬하게 저항했다.

머리에는 한학(漢學)이, 몸에는 특전사에서 배운 생존기술과 살인기술이 꿈틀대던 윤수경이었다. 낫 든 청년들에게는 "당신이 주먹을 지르면 나는 주먹과 발이 같이 나가니 죽어도 책임 못 진다"고 배짱을 부렸고, 노인에게는 한시(漢詩)와 보학(譜學)을 읊었다. 유식한 면서기와 밤새 대작한 노인은 다음 날 "나라 정책이 그러하다니…"하며 퇴거 통지서에 도장을 찍어줬다. 그렇게 윤수경은 단양군내 발길 닿지 않은 곳 없이 훑으며 청년기를 보냈다.

그런데 어디를 가든 마을 어르신들이 이상한 말을 하는 것이었다. 군간나루 속세목이에 살던 한춘봉은 "여기가 온달 부대가 부상병 고치던 '군간(軍看)'"이라고 했다. 방터에 사는 노인 최용수는 "저기는 온달 부대 최전선인 꼭두방터

^
온달산성, 그리고 城主 윤수경

고, 여기 중간방터는 보급부대 군량미 창고"라고 했다. 면위실(免衛谷)에 살던 할머니 김부덕은 "온달이 신라 포위망(衛 · 위)을 뚫고(免 · 면) 살아난 골짝"이라고 했다. 문득 정신을 차리고 보니, 천지사방에 온달이었다.

하늘 꼭대기에 보이는 온달산성은 400번도 넘게 올랐다. 면서기는 출장 갈 때마다 노인들 구술(口述)을 채록했다. 군관, 깃대봉, 대진목, 장군목이, 은포동, 장방터, 망굴여울 기타 등등 온달과 관련된 이름을 가진 마을이 120군데가 넘었다. 온달 무덤이라는 사지원리 적석총, 온달이 죽고서 바위로 굳은 마고 할멈이라는 선돌(立石)까지 적어뒀다.

단양과 온달산성과 고졸 공무원

그런데 세상 사람들은 고구려 장수 바보 온달은 서울 광진구와 경기도 구리시 접경 아차산에서 죽은 줄 알고 있었다. 진단학회를 만든 사학자 이병도가 그렇게 추리한 이래 모두 그리 알고 있었다. 1990년 '고졸' 윤수경은 전국 문화원 연합회가 주최한 논문 공모전에 논문을 출품했다. 제목은 '단양 · 영춘 지역의 지명 유래와 전설에 관한 연구'. 투표함과 화전민 퇴거통지서, 각종 민원서류를 들고서 군내를 훑으며 축적한 자료들을 근거로, "지역민들의 생활사에 온달이 녹아 있으니, 온달산성 위치는 아차산이 아니라 단양"이라는 논지였다.

온달산성에 관한 한 그만큼 풍부한 자료와 사실관계를 담은 문화인류학적 논문은 유례가 없었다. 주최 측은 특별상을 만들어 윤수경에게 안겼다. 광진구로 확정될 뻔했던 온달산성 위치는 이후 논쟁 끝에 단양으로 기울었다. 윤수경이 묻는다. "삼국사기에 따르면 온달은 계립현(峴 · 문경새재 동북쪽이다)과 죽령(단양과 경북 영주 사이에 있다) 서쪽 땅을 회복하겠다고 출정했다가 전사했다. 계립현이랑 죽령이 서울에 있으면 온달산성도 가져가라." 1990년대 내내 학자와 기자들이 단양을 찾아오면 어김없이 그 자리에는 열변을 토하는 윤수경이 있었다.

논문이 발표되고서 단양에서 존경받는 원로 향토사학자 장충호가 윤수경을 찾아왔다. "윤형, 학위를 받으시게. 고졸 면서기 말은 씨알이 먹히지 않아." 1999년 윤수경은 군청 공무원을 때려치우고 대학교에 들어갔다. 죽령 너머 영주 동양대학교 문화재발굴보존학과를 졸업하고, 중한문화재언어학과 대학원에서 산성(山城) 논문으로 석사 학위를 받았다. 말발이 먹히는 사학자가 된 것이다.

학교를 다니며 윤수경은 천태종 구인사에 입산해 2년 동안 도를 닦기도 했다. 주위 권유에 2002년 군의원 선거에 출마해 의장도 하면서 팔자에 없는 기초의원도 해봤다. 그 사이에 온달산성 아래에는 온달관광지가 들어섰다. 60억 원 들여 만든 드라마 촬영장이 해마다 벌어들이는 입장료만 8억 원이다. 온달기념관에는 윤수경의 논문의 지명을 인용한 대형 지도와 모형도가 각종 사료와 함께 전시돼 있다. 2016년 현재 온달산성은 세 번째 발굴조사가 진행 중이다. 그렇게 온달의 흔적은 공식적으로 역사가 되었다.

중졸 농부에 고졸 면서기, 사학자에 의장 나리까지 지낸 윤수경은 지금 온달관광지에서 문화관광해설사로 일하고 있다. 밑바닥부터 꼭대기까지 다 겪은 사내에게 붙일 호칭이 따로 없는지라, 사람들은 그를 성주(城主)라고 부른다. 지금까지 1500년 전 전쟁터에서 죽은 장수 온달과 그를 쫓아다니다 역사를 만들어낸 사내, 그리고 그 역사가 기록된 땅 단양 이야기였다.

볼거리

온달산성 온달관광지에서 걸어서 1km. 남쪽 성곽은 무너지기 쉬우므로 건드리지 말 것. 무료.

온달관광지 입장료 5000원. 각종 드라마 촬영 세트장. 온달전시관에서는 온달에 관한 일목요연한 사료와 해설 전시.

온달동굴 온달관광지 내. 길이 800m짜리 종유동굴. 온달이 이곳에서 무술을 연마했다는 전설이 전해진다. 천연기념물 제261호.

석문 도담삼봉 전망대에서 산길 300m. 거대한 바위에 난 자연 통문(通門). 주소 매포읍 삼봉로 644-33

구인사 천태종 총본산. 가을 단풍 속에 오르는 산길이 장관이며, 역사는 짧지만 경내 분위기는 한적하다. 주소 영춘면 구인사길73 전화번호 043-423-7100 홈페이지 www.guinsa.org

관광정보 20명 이상 단체는 문화관광해설사 해설 문의 가능. 온달에 얽힌 지명에 대해서는 윤수경 해설사 해설을 부탁. 전화번호 043-420-2553 홈페이지 tour.dy21.net

맛집

온달관광지 내 단고을한우마을 등심 7000원. 전화번호 043-422-5411

으뜸식당 산채정식, 더덕정식(2인분) 2만 4000원. 전화번호 043-421-6849

온달산성

04

홍천 은행나무와 기인 정무진 부부

달둔계곡 은행나무숲

강원도 홍천 서쪽 끝 두촌면에 사는 사내 이름은 정무진이고 동쪽 끝 내면에 사는 사내 이름은 유기춘이다. 이들이 홍천에 온 이유는 동일하다. "아픈 아내를 위해 홍천에 정주(定住)했노라"고.

정무진은 서쪽 끝 용소계곡 자은리(自隱里)에서 차향(茶香)을 맡으며 아내 마야와 함께 산다. 인도 대륙을 5년 동안 유랑하던 삶도 잠시 멈췄다. 떠돌이 행자 생활로 얻은 진리를 설파하려는 철학자도 아니고 10만 부가 팔려나간 베스트셀러요 배낭족들의 경전이 된 인도 여행 가이드북 저자도 아니다. 한국과 인도 교류를 위해 힘쓰던 문화 인사이기도 잠시 그쳤다.

동쪽 내면에 사는 유기춘은 아픈 아내를 위해 은행나무를 심었다. 그 은행나무가 25년 만에 숲을 이뤘다. 이제 유기춘은 사업도 접고 오로지 은행나무 숲과 아내만을 위해서 산다. 대한민국에서 군(郡) 단위로 가장 넓은 땅 홍천과 거기 사는 두 사내 이야기다.

바람 같은 사내 정무진

정무진은 아내 마야와 함께 홍천 두촌면 자은리에 산다. '스스로 숨는다'는 뜻이다. 부부가 말했다. "원래 여기가 인제로 가던 길목이었다. 말발굽소리가 끝없어서 '징골'이라 했는데 지금은 자은리가 됐다. 시끄럽다가 은둔하게 된 땅 운명이, 우리네 살아온 거랑 참 닮았다."

1952년생이니 2016년 예순네 살인 정무진의 삶은 이러했다. 윗입술이 코와 붙어서 태어난 정무진은, 당연히 고민이 많았다. 친구들은 놀렸고 놀림받은 무진은 자기 속으로 숨었다. 중학교 때 헤르만 헤세가 쓴 『싯달타』를 읽고서 인도行을 꿈꿨다. 성자가 제자에게 세상을 가르쳐 주는 인도를 꿈꿨다. 두 번 수술로 정상에 가깝게 되었지만 세상 눈은 변하지 않았다. 전북대에 들어갔다가 2년 만에 등록금 들고 변산 내소사로 도망갔다. 그리고 요가를 배우고 스스로 사람들에게 요가를 가르쳤다. 특별한 목적이 없으면 여권 발급 자체가 불가능하던 시절이었다. 밀항까지 꿈꾸다가 1986년 가족과 함께 미국으로 이민을 가서 3년 만에 인도 여행을 실천에 옮겼다. 뉴욕에 있는 인도영사관에 가서 비자를 신청했다. 영사가 물었다. "체류 기간은?" "내가 원하는 만큼." "그게 얼만데?" "스승을 만날 때까지."

이틀 뒤 오라고 해서 갔더니 3개월 체류 비자가 나와 있었다. "스승을 어떻게 석 달 만에 만나냐"고 대들었지만 영사는 "만날 수 있다, 행운을 빈다"며 진반 농반으로 대답하고선 창구를 닫아버렸다. 그해, 돈 1000달러 들고서 인도로 떠났다. 스승은 없었다. 싸구려 여관방에서 자고 일어나면 파도처럼 망상만 밀려왔다. 그래도 믿는 구석이 있었다. 그가 말했다.

"무하마드가 설법을 했다. '겨자씨만 한 믿음만 있으면 산도 옮길 수 있다'고. 사람들이 '그럼 저 산을 옮겨보라'고 하자 그가 산에 대고 외쳤다. '산이여, 이리로 오라!' 당연히 꿈쩍도 하지 않았지. 그러자 무하마드가 '그럼 내가 가겠다!'며 그리로 뚜벅뚜벅 걸어갔다. 여관방 망상 속에서, 나는 산이 움직이리라고 믿었다."

그리하여 정무진은 구도자들이 집단으로 수행을 하는 아슈람(Ashram · 명상센터)을 유랑하며 수행을 했다. 두 달 동안 참선과 공부만 하는 정무진을 보더니 란치에 있는 요가난다 아슈람에서 미국인 원장이 체류기간 연장 추천서를 써주고 뉴델리 영사과로 보냈다. 인도 영사의 예언은 맞았다. 비자는 무사히 연장됐다. 이후 정무진은 "4년 동안 인도를 뺑뺑이 돌며 공부를 했다"고 했다. 못 먹고 용맹정진만 한 끝에 현실과 비현실도 분간 안 되는 상태까지 갔다.

그러다 남인도 첸나이 크리슈티나무르티 아슈람에서 제정신을 한 번 찾고, 힌두교 성지 강고트리로 가다가 대지진을 만나면서 똑바로 현실로 돌아왔다. 그가 말했다. "마날리라는 곳이었는데, 호수물이 하도 파래서 죽음의 물이라고 불렀다. 눈 내리는 소리가 서걱서걱 들리는 곳이었는데, 거기에 난생 처음 지진을 겪었다. 모든 게 덧없다는 거 그때 깨달았다." 마날리에 일곱 달 있는 동안 묵언(默言) 수행을 하고 하산하던 날, "고마웠다"는 인사에 사람들은 "말을 못하는 줄…!"하고 대경실색했다.

그리고 1992년 망명한 티베트인들이 사는 다람살라에서 한국 스님들이랑 유학생들과 친해졌는데, 이들이 "가이드북 써서 우리들 성지순례 도와 달라"고

졸랐다. "찾을 거 다 찾고 이제 구름처럼 사는 일만 남았는데 책은 무슨!"하고 거절했다. 그런데 한 불교 성지(聖地)에서 스리랑카 순례단이 다가와서는 "뭐 하는 사람이냐"고 묻기에 저절로 "나는 작가요"라고 자기가 대답하더라는 것이다. "곰곰이 생각해보니, 나를 자유롭게 해준 인도와 나를 낳아준 한국에 빚 갚는 일이겠다 싶었다." 그래서 인도 대륙을 훑으며 1년을 보냈고, 책을 쓰느라 또 1년을 더 인도에서 살았다. 1995년 한국으로 돌아와 원고 고치는 데 또 1년을 보냈고 1996년『우리는 지금 인도로 간다』가 출판됐다. 대학생은 물론 종교인, 문인, 예술가, 학자 할 것 없이 인도 여행 광풍이 불던 시대였다. 책은 2003년 절판될 때까지 10만 권이 넘게 팔렸다.

도반(道伴) 마야와 무진, 결혼하다

마야는 본명이 정윤숙이다. 정무진보다 다섯 살 아래다. 마야는 힌두말로 '착각'이라는 뜻이다. 마야는 초등학교를 마치고 곧바로 절을 돌아다녔다. 혼자 철학책을 읽고 그림을 배우고 옷감을 배우고 염색을 배워 서울 인사동에서 염색공방을 운영하며 무시로 절을 찾아다녔다. 남자처럼 거센 그녀를 사람들은 '인사동 왕이빨'이라고 불렀다. 그런데 마음은 늘 허했다.

그녀가 말했다. "말을 떼자마자 내가 한 말이 '죽어도 결혼 안 해' 그리고 '학교 필요 없어'였단다. 우주의 이치를 알고 싶어서 절들을 돌아다녔는데, 무진이 쓴 가이드북을 알게 됐다. 인도에 가면 숙제가 풀리겠다 싶어서 무작정 동행하자고 찾아갔지."

정무진의 책은 말이 여행안내서지 웬만한 학자들이 쓴 인도 서적보다 넓고 깊은 인문교양서였다. 바라나시 뒷골목에서 불교성지까지 인문학적 공부를 하며 여행을 할 수 있는 책이었다. 5년 동안 산전수전을 겪은 수행자 정무진과 그가 쓴 책은 그만큼 인도 여행자들에게 둘도 없는 귀한 존재였다. 가이드북이라는 포장만 아니라면 일찌감치 정무진을 잘난 척하는 저명인사 반열에 올렸을 책이었다.

거칠고 자유롭게 세상을 헤매다
홍천에 정착한 인연,
정무진과 마야

그해 마흔넷, 서른아홉 먹은 총각 처녀가 인도로 갔다. 불꽃처럼 사랑을 했고, 함께 살다가 2000년 4월 6일 뉴델리 프라사드 가문 저택에서 결혼식을 올렸다. 11년 전 비자를 연장하러 온 구도자 무진을 재워준 가족이었다. 정원에는 생화 수만 송이가 꽂혔고 사람들은 개울에 촛불을 띄우며 결혼을 축복했다.

정무진을 알고 마야 정윤숙을 아는 사람들은 놀랐다. 결혼을? 그것도 저 왕이빨, 거지 수행자와? 훗날 마야가 전남 곡성 태안사에 들렀더니 주지스님이 부들부들 떨면서 말했다. "무진 수행자를 망쳐 놓은 년이 제 발로 나타났구나!"

축복과 놀람에 상관없이 부부는 이후 서로의 동반자로 서로를 인정하면서 행복하게 살고 있다. 남자 무진은 여행사 '인도로 가는 길', 사단법인 '한-인도교류협회'를 설립하고 인도대사관 산하 인도문화원을 맡아 일했다. 지금은 한국차인연합회 정인오 교수와 함께 녹차와 홍차의 접점을 찾는 작업을 하고 있다. 여자 마야는 염색 공예를 계속하며 세상을 떠돌았다. 그런데 마야가 당뇨병에 걸린 것이다.

^
취소폭포. 규모는 작으나 눈으로 느껴지는 웅장미는 크다.

부부가 정착한 자은리

명산대천에서 요양을 해도 차도가 없었다. 영혼은 명징했으나 몸은 피폐해갔다. 그러다 2013년 9월 마야가 아는 친구가 '홍천 자은리에 5년째 빈집이 있다'고 했다. 부부는 집 보러 가서 사흘 만에 이삿짐 들고 자은리로 들어왔다. 젊은 날과 중년기를 바람처럼 떠돌던 남자와 여자가 인도를 인연으로 만나서 이 깊은 산중으로 숨어든 것이다. 하루가 한 달이 되고 한 달이 2년이 되면서 아내 마야는 몸이 무척 좋아졌다. 남편 영혼에 몰아치던 유랑의 바람도 잦아들었다. 널찍하고 천장 높은 실내에는 친구들과 부부가 만든 작품들을 걸었다. 인도와 네팔에서 모아온 수집품들도 많다. 한마디로, 아름답다. 『스타트업 수트라(Start-up Sutra)』라는 영문 책자가 눈에 띈다. 2013년 인도 명문 MID 경영대학원 교수인 프라사드 가문 맏아들 로히트 프라사드가 쓴 책이다. 주인공은 정무진. 책 속에서 무진은 프라사드와 대화를 하며 창업을 하려는 사람들에게 조언을 던지는 현자로 나온다. 번역하면 '무진 현자가 창업을 하려는 사람들에게 들려주는 규범집'쯤 된다.

이곳에서 남자와 여자는 자유를 꿈꾼다. 삶에 불어오던 바람은 멎었다. 대신 부부는 이곳을 찾는 사람들에게 자유를 나눠준다. 괴롭고 힘들고 귀찮고 지질하게 버티다 찾아온 영혼들에게, 경험에서 배운 시행착오와 지혜를 공유할 채비를 하고 있다.

정감록과 삼둔사가리

강원도에는 삼둔사가리가 있다. 삼둔(三屯)은 홍천에 있는 살둔, 달둔과 월둔이고 사가리는 인제에 있는 아침가리, 적가리, 연가리, 명지가리다. 접근하기는 어렵지만 풍광은 수려하기 그지없는 곳이어서 오지 여행가들에게는 낙원이었다. 1990년대 삼둔사가리에는 '정감록에 적혀 있는 십승지 가운데 하나로 난을 피하고 화를 면할 수 있는 곳'이라는 소개말이 빠짐없었다.

과문한 탓인지는 모르겠으나, 정감록 그 어느 판본에도 삼둔사가리는 언급이 없으니 이 어인 일인가. 삼둔과 사가리는 울진 무장공비 사건 때 주요 침투 및 도주로였으니, 난도 피하지 못했고 화도 면하지 못했다.
2011년 6월 경북 풍기에서 전국 6도 11개 읍면장들이 모였다. 모임 이름은 '조선 십승지 읍면장 협의회'. 정감록에 언급된 십승지의 21세기 장(長)들이 모인 이 회합에도 삼둔사가리 사람은 없었다. 언론도, 지자체도, 삼둔사가리를 찾는 그 어떤 사람도 의문을 제기하지 않는 탓에 지금도 삼둔사가리는 정감록의 권위를 누린다.

달둔계곡 행림(杏林)과 유기춘

그 달둔계곡에서 2015년 10월 마을잔치가 벌어졌다. 30년 전인 1985년 이곳으로 들어온 사내 유기춘과 아내 김영옥이 벌인 잔치다. 삼겹살과 소고기로 주민 100명을 대접한 잔치가 끝나고, 이달 1일 부부가 사는 은행나무숲이 다시 문을 열었다. 5년째다.
아내는 위무력증을 앓았고, 병이 악화되면서 가슴과 배 곳곳을 수술했다. 그 아내를 위해 사업가 남편은 삼봉약수물을 떠서 아내에게 먹였다. 병세는 호전됐고, 내친김에 남편 유기춘은 달둔계곡 너른 터를 사서 은행나무를 심었다. 중국산 은행에 밀려 돈도 되지 않는 나무였지만, 상관없었다. 세월이 흘러 400원짜리 어린 묘목 2000그루는 울울창창하게 자라더니 가을만 되면 황금빛 물결을 허공에 퍼뜨려댔다. 2010년 가을, 그 찬란한 숲이 대중에게 문을 열었다. 주민들만 몰래 즐기던 비밀스러운 가을을 이제 만인이 즐긴다. 해마다 10월이 되면 이 은행나무숲이 치유와 은둔과 휴식을 희구하는 사람들을 부른다. 정감록을 새로 쓴다면, 영혼을 정화할 수 있는 새로운 피난처 가운데 이 은행나무숲이 기록돼야 하지 않을까. 물론 근처에 있는 살둔과 월둔과 달둔은 정감록 권위 없이도 충분히 아름답고 방문할 가치가 있는 곳들이고.

은행나무숲으로 가는 길은 아름답다. 자은리 정무진 부부집에서 가면 반드시

살둔산장. 산꾼들에게 피난처요 놀이터였다. 지금은 펜션으로 변했다.

아홉사리길을 따라 물골안계곡을 거쳐 갈 일이다. 유럽 어느 전원마을을 닮은 풍광도 멋있거니와, '부자들이 어디에 숨었나 했더니 여기 다 있네'하고 감탄할 정도로 아름다운 별장들이 그 풍광 속에 숨어 있다. 길은 상남면으로 이어지고, 꼭꼭 숨은 살둔계곡을 지나 56번 국도와 만난다. 훌륭한 드라이브 코스다. 양양으로 가는 56번 국도는 양쪽 송림과 단풍, 내린천 상류인 명개천이 조화를 부린 그 풍경은 어느 때 봐도 사람 넋을 빼놓는다. 길섶에 있는 칡소폭포에서 포말 속에 흩날리는 가을 잎들을 구경하며 한숨을 돌린다. 심호흡을 하고 길을 이으면 은행나무숲이 개방되기 훨씬 전부터 조성된 펜션촌이 나온다. 주말이라면, 이때부터 길 양쪽은 나들이 차량으로 붐빌 것이고 달둔계곡 입구는 벌써 주민들이 장터를 만들어 놓았을 것이다. 번잡하다고 짜증부터 내지는 말자. 선계(仙界)로 가려면 늘 거쳐야 할 절차가 있는 법. 다들 가족 먹여 살리려고 새벽부터 음식 장만해 온 사람들이 벌인 장터다. 이 가을에, 바야흐로 우리는 아내를 지키는 방랑자 정무진의 기억을 떠올리며, 역시 아내를 사랑하는 또 다른 사내 유기춘의 땅으로 틈입하려는 참이다.

볼거리

자은리 정무진 부부 내비게이션에 '두촌중학교' 검색. 출발 전에 미리 집에 사람이 있는지 확인할 것. 원두커피와 각종 차 판매. 찻값은 상식적인 수준에서 알아서 낸다. 부부에게 인생을 물어보면 얻을 수 있는 지혜가 많다. 실내에 작은 작품들이 많으니 애완동물과 어린이는 사절. 전화번호 033-433-8783

은행나무숲 최적 감상 기간은 10월 초부터 20일까지. 길은 대단히 복잡하다.

칡소폭포 살둔계곡으로 빠지는 원당삼거리에서 5분 거리. 마을로 들어가 좌회전하면 넓은 주차장이 있다.

관광정보 전화번호 033-430-2471 홈페이지 www.great.go.kr

맛집

오대산내고향 두부전골 7000원, 산채정식 1만 2000원 전화번호 033-435-7787

약수식당 막국수 6000원, 편육 2만 원. 주소 내면 광원1리 778-5 전화번호 033-435-7838

숙소

펜션 티롤 칡소폭포에서 조금만 더 가면 나오는 펜션촌. 은행에서 은퇴한 노부부가 운영. 12만 원부터. 기독교 신도들은 3층 예배당 참고. 독일 분위기가 물씬 난다. 전화번호 033-435-5470 홈페이지 www.pensiontirol.co.kr

홍천에 내린 가을

05

돌의 땅 철원과 맷돌 장인 백성기

철원(鐵原)은 평야다. 2억 평이다. 강원도 철원군 철원, 동송, 갈말, 김화읍과 서면, 근북면 그리고 북한 땅 평강군 남면에 걸쳐 있다. 산투성이인 강원도에서 가장 넓은 평지다. 평야 흙을 걷어내면, 그 아래는 현무암이고 그 아래는 화강암 암반이다. 중생대에 흘러나온 마그마가 천천히 식으면서 화강암 암반을 만들었고, 신생대 후반인 27만 년 전 화산이 터져 현무암이 그 위를 덮었다. 철원, 근본이 돌이다. 1711년 관광객 겸재 정선이 본 철원도 돌이었고 305년이 지난 2016년 대한민국 관광객이 보는 철원도 기실은 돌이다. 1947년 철원에서 나고 자라고 늙은 사내 백성기의 삶도 돌이다. 백성기는 철원평야 한가운데에서 철원 돌로 맷돌을 만든다.

철원 돌로 맷돌을 만드는 철원 사내 백성기

돌밖에 없던 백성기의 삶

백성기가 세 살이 된 1950년 전쟁이 터졌다. 피란을 갔다가 전쟁이 끝나니 38선 이북이던 고향이 수복됐다. 중학교를 졸업하고 보니 철원에는 고등학교가 없었다. 굳이 고향 밖으로 나가 공부할 여유가 없었고 이유도 없었다. 그림에 재주가 있던 백성기는 극장 화공으로 취직해 '오야지'를 따라다니며 그림을 그렸다. 김신조 부대가 내려온 1969년 입대 영장이 나왔고, 제대를 하고선 간판을 그렸다.

널린 게 군부대요 관공서라, 업무 보고용 차트 제작도 하며 번 돈 10만 원 주고 담벼락 허물어진 집을 샀다. 현무암으로 된 담벼락 수리를 강덕희라는 사람에게 맡겼는데, 알고 보니 귀신보다 돌 잘 만지는 게 아닌가. 오가는 사람들한테 돌로 기념품 만들어 팔아야겠다며 이 노인과 함께 일했다. 1975년 3월 24일 제2땅굴이 발견됐고, 이어 안보 관광지로 개방됐다. 옳거니, 맷돌 만들어 팔아야지. 현무암 산지인 철원은 조선시대부터 맷돌을 만들던 고장이었다. 백성기는 맷돌을 보며 자랐다. 그래서 석장 강덕희와 제자들도 맷돌을 만들었는데, 만들기도 오래 걸렸고 무거워서 팔리지도 않았다. 헛고생에 헛장사였다. 1978년 간판업을 때려치웠다. 대신 있는 돈 다 퍼부어 석공예 공장을 짓고 진짜 맷돌을 만들었다. 왜?

백성기가 말했다. "맷돌로 갈아서 먹을 거 만드는 시절이었다. 임원경제지라는 고서를 보니 현마다 석공은 2명인데 맷돌 만드는 마조장은 24명이더라. 그만큼 수요가 많았다는 거지. 70년대에도 집집마다 맷돌은 한두 개씩 다 있었다. 돌은 지천이요 귀신 잡는 석장도 있겠다, 틀림없이 돈 된다 싶었지."

'매질은 병든 년이 잘하고 도리깨질은 미친놈이 잘한다'는 말이 있다. 힘없는 듯, 힘 안 쓰는 듯 천천히 맷돌을 돌려야 좋은 식재료를 만든다는 뜻이다. 장맛은 손맛이다. 분당 회전수가 1800이 넘는 초고속 믹서는 쇠 칼날로 음식 재료를 '박살(撲殺)' 낸다. 때려죽인다는 말이다. 맷돌은 돌로 재료를 짓이기고 조각내고 가루로 만든다.

안쪽을 보면 윗돌은 가운데가 오목하고 바깥쪽으로 빗금이 새겨져 있다. 오목한 부분으로 으깨진 곡식이 빗금으로 들어가 바깥으로 빠져나가며 가루로 갈려 나온다. 낟알에서 가루까지 변신 과정은 억겁 세월을 거쳐 마그마가 철원평야로 변신하는 지질학적 연대기와 유사하다. 맷돌은 과학이다. 서서히 크기를 줄이며 가루로 변한 재료는 순식간에 박살 난 재료와 영양학적으로나 미감으로나 다르다. 대한민국이 급성장하면서 맷돌 수요는 급감했지만 백성기는 무식하게 맷돌을 만들었다. 왜? "정신 차리고 보니, 돌밖에 먹고살 게 없더라"고 했다.

돌이 만든 절경, 철원

그 사이에 철원은 관광지로 변했다. 용암이 흘러가며 파놓은 용암길은 양안이 현무암 절벽인 한탄강이 되었다. 그 현무암 암반을 뚫고 솟은 화강암 바윗덩이 고석정(孤石亭) 아래 강변에는 사시사철 관광객이 몰려온다. 현무암 암반이 수직으로 꺼지며 생긴 직탕폭포는 높이가 3m에 불과하지만 너비가 80m로, '한국의 나이아가라'라는 과장된 별명을 가지고 있다. 2017년에는 폭포 위쪽 콘크리트 다리가 철거될 예정이니 그때는 별명다운 면모를 구경할 수 있겠다.

한탄강 지류 용화천에는 삼부연폭포가 있다. 철원 여행의 백미다. 삼부연(三釜淵)은 물줄기가 세 번 꺾여 가마솥처럼 생겼다 해서 붙은 이름이다. 궁예가 이 너른 땅에 태봉국 도읍을 정했을 때, 폭포에 살던 이무기 세 마리가 승천해 용이 됐다고 해서 마을 이름도 용화동이요 개울 이름도 용화천이다. 그때 승천 못한 이무기 한 마리가 심술을 부리면 가뭄이 들고, 제사상을 받고서야 비를 뿌렸다고 했다.

한탄강도, 직탕폭포도, 삼부연폭포도 모두 돌이다. 돌이 안정된 기초를 만들지 않으면 강도 폭포도 없다. 삼부연폭포는 바로 돌이 압권이다.

말로 형언할 수 없는 기이한 질감과 무늬가 절벽에 가득하고, 절벽에는 노랗고 붉은 단풍이 장식품처럼 붙어 있다. 305년 전 금강산 스케치 여행을 떠난 겸재 정선은 삼부연폭포도 화폭에 옮겼다. 제목은 '삼부연'이지만 물줄기를 에워싼 기암괴석이 폭포를 압도한다. 이 천재 화가 눈에도 바위와 돌이 먼저 들어왔음이 틀림없다.

철원 북동쪽 해발 395m짜리 화강암 봉우리 백마고지에서는 1952년 10월 열흘 동안 12차례 전투가 벌어졌다. 10월 15일 전투가 끝나고 보니 중공군 1만여 명이 죽거나 다치거나 포로가 됐고 국군도 3400명이 넘는 사상자가 발생했다. 높이는 1m가 줄었다. 백마고지 맞은편 삽슬봉 또한 포격으로 바위들이 녹아내리듯 했다고 해서 아이스크림고지로 명명됐다. 철원의 돌, 철원의 산하에는 억겁 세월과 역사가 각인돼 있다. 긴장 속 평화가 유지되는 지금, 그 모든 역사와 세월이 볼거리고 즐길 거리다.

추수 끝난 철원 들판을 나는 기러기 떼. 인간과 자연이 공생하는 들판이다.

고향이 고마운 백성기

그 땅에서 백성기는 맷돌을 만든다. 2007년 중국에서 중고 가마솥 제작 기계를 들여왔다. 그즈음 철원군에서 공사하고 남은 돌 6만㎥를 운반비만 주고 공짜로 받았다. 젊은 날 화공 손재주로 디자인을 하고 노(老) 석공이 물려준 솜씨로 기계를 돌려 맷돌을 만든다. 두고 보는 기념품이 아니라 진짜 작동하는 생활용품을 만든다. 각종 공예대회에서 받은 상이 아홉 개고 지난해 강원도 기능경기대회에서는 백성기와 아들 재현이 경쟁을 해서 은메달과 동메달을 땄다. 손으로 돌리는 맷돌, 저속 모터로 돌리는 자동 맷돌, 1000만 원짜리 초대형 맷돌…. 건강 바람이 불면서 맷돌을 찾는 사람들이 늘더니, 지금은 커피 바람이 불어와 원두를 가는 커피 맷돌도 팔려 나간다. 믹서와 맷돌로 갈아 만든 원두커피 블라인드 테스트는 번번이 맷돌 커피가 승리했다. 메밀전 만드는 전주한옥마을에서는 백성기표 맷돌을 대량으로 사서 "못 믿겠으면 메밀 직접 갈아서 드시라"며 손님들이 직접 갈게 만들기도 했다.

그래서 백성기는 고맙다. 돌 많은 고장에 태어나 태(胎)를 묻은 게 고맙다. 무명 석장을 만나 돌을 배운 게 고맙다. 고향 철원이 거센 역사 속에 무사히 살아남아 장차 이 아름다운 땅에 행복하게 뼈를 묻게 될 터이니 무엇보다 고맙다. 돌이 만든 땅 철원과, 돌 만지는 사내 백성기 이야기였다.

볼거리

삼부연폭포 신철원에서 용화동으로 가는 길목. 터널 직전 왼편. 아침나절 혹은 늦은 오후에 가도록 한다. 한낮에는 태양빛이 직광이라 색이 예쁘지 않다.

고석정 고석정 국민유원지. 입장료와 주차료 별도.

도피안사 1959년 15사단장 이명재 장군 꿈에 나타난 부처가 "땅에 묻혀 있어 답답하다"고 하자 옛 절터를 뒤져 찾아낸 철불 비로자나불이 모셔져 있다.

직탕폭포 도피안사에서 노동당사 방면 오른쪽 길 끝.

노동당사 수복 때까지 북한 노동당 강원도당사로 쓰이던 건물. 폭격으로 골조만 남아 있다. 고석정에서 백마고지 방면.

백마고지 노동당사에서 북진해 이정표 따라 좌회전. *월정리역과 제2땅굴은 고석정 관광지에서 방문 허가 필요.

백성기의 부흥석예원 내비게이션에 '부흥석재' 검색. 다양한 용도의 맷돌을 구경하고 살 수 있다. 석공예 체험도 가능. 전화번호 033-455-1888 홈페이지 www.hyangmaek.co.kr

관광정보 전화번호 033-450-5151 홈페이지 tour.cwg.go.kr

맛집

문평쌈 신철원 초입 한적한 길가. 천장이 높은 한옥집. 마당도 넓다. 밑반찬이 싱싱하다. 제육쌈밥 1만 원, 불고기쌈밥 1만 2000원. 주소 철원군 갈말로369 전화번호 033-452-6868

06

뿌리 깊은 땅 성주와 한개마을 이수인

성주 세종대왕자 태실

왕실에 아들이 태어나면, 조선 왕조는 전국 길지(吉地)를 골라 그 태(胎)를 묻었다. 왕실 뿌리를 굳건히 하고 대대손손 발복에 대한 염원이 담겨 있었다. 길지를 선점해 다른 가문의 발복을 미리 차단하려는 의도도 다분했다. 자식 복이 많은 성군(聖君) 세종대왕은 18남 4녀를 두었다. 세종은 그 아들들 태(胎)를 모아 한곳에 묻었으니 그곳이 경북 성주 세종대왕자태실이다. 송림 한가운데 있는 이 터는 본래 성주 이씨 중시조인 이장경이 묻힌 명당이었으나 왕명으로 묘를 이장시키고 태실을 썼다. 이장을 반대한 후손 이정녕은 관직을 박탈당했다. 사적 제444호다. 고려 때부터 성주 이씨와 전주 이씨는 불원지간이었다. 성주 이씨는 친원파였고 전주 이씨는 친명파였다. 서로 반목하던 두 집안은 바로 이 이장 사건으로 오래도록 서로를 바라보지 않았다. 그런데 또 기이하다.

훗날 임진왜란이 터지고 명나라 원군 사령관으로 온 사람이 이여송이다. 이여송은 명으로 망명한 성주 이씨 후손이다. 이여송의 아버지는 이성량(1526~1615)으로 14세기 말 중국으로 건너간 이영의 후손이다. 이영의 아버지 이승경의 할아버지가 바로 이장경이다. 전주 이씨 군왕 세종이 이장을 명한 그 인물이다. 전주 이씨 왕조를 도우러 온 장수가 성주 이씨였으니 이 또한 역사다.

성산(星山) 이씨 이우는 태실지를 찾으러 지관과 함께 내려온 사람이다. 진주목사를 지낸 이우는 지관이 짚어준 땅에 마을을 짓고 성주 땅에 입향했다. 마을 앞에 작은 개울 백천(白川)이 있었고, 큰 나루터가 있었다. 큰 나루터를 순우리말로 하면 '한개'다. 마을 이름도 한개마을이 되었다.

이수인은 이우의 후손 북비공(北扉公) 이석문(1713~73)의 후손이다. 이수인은 이석문이 살던 그 집에서 1958년 태어나, 지금 그 마을에 산다.

성산 이씨 집성촌 한개마을과 이수인

한개마을은 민속마을이다. 기와집, 초가집 75채가 돌담길로 미로처럼 연결

›
한개마을에서 만난
성주 이씨 사내 이수인

돼 있는 아름다운 마을이다. 북비공(北扉公) 이석문은 영조 때 사도세자 호위 무사였다. 세자를 가둔 뒤주 위에 돌덩이를 올리라는 왕명에 반항했다가 곤장 50대를 맞고 관직을 박탈당했다. 만신창이로 낙향한 이석문은 사립문을 뜯어서 북쪽 담벼락에 내고 평생 바깥출입을 삼갔다. 문 이름은 북비(北扉)라고 했다. 북쪽 한양에 있는 사도세자에 대한 충절이다. '扉'는 사립문이라는 뜻이다. 올해 쉰일곱 살인 이수인은 그 북비공이 살던 고택에서 태어났다. 대구에서 사업을 하던 이수인은 2007년 한개마을이 민속마을로 지정되면서 사업을 접고 낙향했다. 이유는 명쾌했다. "뿌리를 지킨다."

민속마을 사무국장 따위 직함은 없어도 좋았다. 마을 상징인 돌담을 수선하고, 안내판을 만들고 고향 땅을 방문객들에게 자랑하니 즐거웠다. 마을길에 풀이 무성하면 허리 굽혀 뽑으면 되고, 무료로 개방한 화장실에 휴지가 떨어지면 돈 들여 채워 넣으면 되는 일이었다. 신발 신고 가정집 툇마루 올라가는 사람에게겐 "사람 사는 집"이라고 한마디 하면 그만이었다.

다만 “자기 성씨도 모르고 오는 사람이 한둘이 아닌 게 속이 상하다”고 했다. 무슨 말인고 하니, 자기네 조상 마을이라고 찾아오는 방문객과 얘기해보면 금세 성산 이씨가 아니라 성주 이씨고, 또 남의 마을에 놀러왔노라고 하는 사람들과 따져보면 성산 이씨 문중이라는 것이다.

사도세자 호위무사 이석문의 집 사립문 ‘北扉’.
북쪽 작은 문이라는 뜻으로, 북쪽 한양에 있는 사도세자를 바라본다는 뜻이다.

왕명으로 사라진 성씨들

성주는 큰 고장이었다. 김천, 고령, 칠곡, 무주, 구미에 이르는 거대한 땅이 성주였다. 40개 고을마다 성씨가 생겨났다. 이씨 가운데 성주에 본(本)을 둔 성씨가 여섯 개다. 임진왜란 때 왕조실록 성주사고가 불타면서 성주는 세(勢)가 약화됐다. 급기야 숙종 대에 와서 왕이 짜증스런 명을 내렸다. "이 좁은 땅에 무슨 이씨가 그리 많은가. 성주 이씨로 통합하라." 이후 여섯 개 이씨들은 성주 이씨를 성씨로 삼고 살았다.

성산(星山) 이씨들도 그러했다. 진짜 본관을 잊고 성주 이씨로 생각하며 사는 사람들도 생겨났다. 호적에까지 성주 이씨로 기록됐으니 말 다 했다. 1980년대 중반, 한개마을에 사는 성산 이씨들이 집단으로 호적 변경 신청 소송을 냈다. 이수인을 포함해 한개마을 사람들은 결국 뿌리를 되찾았다. 세월이 흘러 이수인이 되찾은 뿌리를 지키려고 마을로 돌아왔더니, 자기 자신처럼 뿌리를 모르고 헷갈리며 평생을 산 사람이 한둘이 아니라는 것이다.

이수인이 말했다. "한개마을을 성주 이씨 집성촌이라고 알고 있는 방문객도 부지기수다. 그런데 우리 마을은 엄연히 다른 집안, 성산 이씨 집성촌이다." 이수인의 집에서 자기 뿌리가 송두리째 뽑히거나 전혀 다른 뿌리임을 알게 된 사람들은 소스라치게 놀란다. 억울해하기도 하고 감격하기도 한다.

마을은 돌담길로 유명하다. 흙과 기와와 돌을 적절하게 교차해 쌓은 돌담이 모든 집을 감싼다. 집들은 방위와 상관없이 여자들 공간인 안채를 가장 안쪽으로 배치해 설계했다. 안동 하회마을만큼 크지도 않고 세련미도 없지만, 그 넉넉한 공간에 적절히 배치된 가옥 구조는 외갓집에 놀러온 것처럼 사람들을 편안하게 만든다.

마을 초입 이수인이 사는 집에는 커피나무가 자란다. 이수인이 말했다. "8년 전 필리핀 커피농장에 갔다가 커피 열매 한 톨을 가져와 심었더니 그게 벌써 200주로 불어났다. 이걸로 한국 기후에 맞는 커피나무 2000주를 길러 나눠줄까 한다." 종갓집 장손이 커피나무를?

"어느 종가나 고민을 한다. 먹고살아야 하고, 전통을 지켜야 하는 모순적인 고민. 두루마리 휴지 하나도 돈이다. 민속마을이 자생적으로 발전하려면 경제력은 필수다. 커피가 뭐 어때서. 토종만 고집하면 어떻게 전통을 발전시키나. 저기를 봐라."

'저기'에 있는 감나무에는 탐스러운 대봉감이 셀 수 없이 열려 있었다. "저게 일제가 개량한 감이다. 토종만 된다면 저 감나무도 뽑아야겠지?"

그래서 이수인의 집에서는 드립커피를 판다. 무인판매를 했더니 세상이 생각보다는 비양심적이라 포기했다. 이수인은 해박한 지식과 유려한 말솜씨로 마을 유래와 구조에 대해 풀어 놓는다.

태실의 수수께끼와 비극

세종대왕자 태실에는 세종 맏아들인 문종을 뺀 나머지 열일곱 왕자와 손자인 단종 태실이 있다. 문종 태실은 경북 예천에 있다. 그러니 태실은 열여덟 개라야 옳은데, 실제로는 열아홉 개다. '塘(당)'이라고 이름만 적힌 표석이 하나 있는데 이 사람이 누구인지는 제대로 된 기록이 없다. 성주 태실이 가지고 있는 첫 번째 미스터리다.

두 번째 미스터리는 역사 그 자체다. 둘째 아들 수양대군이 쿠데타를 일으키더니 조카 단종과 쿠데타를 반대한 형제 다섯 명을 유배 보내고 사약 먹여 죽여버린 것이다. 세조가 왕위를 지키는 동안 다섯 동생 태가 묻힌 태실 석물들은 감쪽같이 사라졌다. 새 임금에 충성하려는 자들은 안평대군, 금성대군, 화의군, 한남군과 영풍군 다섯 왕자 태실 위에 있던 석물을 계곡 아래로 팽개치고 파묻어버렸다. 뿌리 자체를 지워버린 것이다. 지금도 다섯 왕자 태실은 석물 자리가 비어 있다. 단종 태실은 단종이 왕위에 오르면서 인근에 있는 법림산으로 옮겼다.

수양대군이 왕위에 오른 지 8년이 되자 신하들이 주청했다. "관례에 따라 주상 전하의 태실은 별도로 태봉을 만들어 모셔야 한다." 이 너그러운 권력자는 "형제가 태(胎)를 같이하였는데 어찌 고칠 필요가 있겠는가?"라며 불허했다.

성밖숲 왕버들나무와 안개

실록은 이렇게 찬미가를 읊었다. “주상 전하의 총명, 예지하시고 겸손, 검약한 덕은 이루 다 말할 수 없으며 조선 억만 년의 무강한 기초가 더욱 길이 아름다울 것을 또한 점칠 수 있을 것이다.” 그래서 수양대군 태실에는 거북이가 큰 비석을 지고 서 있다. 그 반대편 끝에는 세조가 사약을 내린 조카 단종 태실이 앉아 있다.

길지를 섭렵하며 팔도에 만든 조선 왕실 태실들은 일제강점기 때 모두 경기도 파주 서삼릉으로 이장됐다. 태실들은 한동안 ‘날 일(日)’ 자로 질서정연하게 정리돼 최근까지 그렇게 서 있었다. 태실에 얽힌 역사는 그렇게 마무리됐다.

성밖숲에 자라는 뿌리 깊은 나무

성주에 가면 이른 아침에 성밖숲에 꼭 가봐야 한다. 천연기념물 제403호인 이 숲에는 500살 먹은 왕버들 쉰아홉 그루가 산다. 밑동 지름이 1m가 넘는 나무들이다. 그 옛날 성주 성 바깥 마을에서 어린 소년들이 죽어 나가자 풍수가들이 이를 막겠다고 밤나무를 심었다. 임진왜란 이후 밤나무 숲을 갈아엎고 거기에 왕버들을 심었다. 그 왕버들 가운데 쉰아홉 그루가 지금도 굳세게 뿌리를 박고 있다.

반드시 안개 낀 아침에 가야 한다. 해가 중천에 떠오르면 아무런 감흥 없는 동네 공원이지만, 안개에 들어가면 세상이 바뀐다. 조금씩 잎을 떨구는 거목들이 실루엣처럼 안개 속에 떠 있다. 단순한 식목(植木)만으로는 설명되지 않는 뿌리 깊은 역사만이 덧씌울 수 있는 선경(仙境)이다. 이 가을날, 성주에 가면 생명의 탄생과 기구한 역사와, 뿌리를 지키려는 사내 이야기를 만나게 된다. 가을이 깊다. 태실도 한개마을도 성밖숲도, 깊다.

한개마을 전경

볼거리

세종대왕자 태실 입장료 무료. 소나무숲 돌계단이 운치 있다. 안내판에 적힌 찬미가를 볼 것.

한개마을 초입 정면에 보이는 이수인 씨 집에서 설명을 들을 것. 성주 역사가 흥미진진하다. 고택 체험도 청할 수 있다. 전화번호 054-933-2124

성밖숲 한낮보다는 이른 아침, 안개 낀 날이 절대적으로 아름답다.

관광정보 전화번호 054-933-0021 홈페이지 www.sj.go.kr/tour

맛집

가야사나래 퓨전한식. 건해삼볶음정식 추천. 중식과 한식을 융합시킨 독특한 돌솥밥 1만 5000원. 주소 성밖숲길 149 전화번호 054-933-9344

올리브 그린 포천계곡 안에 있는 커피숍. 계곡 풍경을 통유리 밖으로 감상하면서 커피, 아이스크림, 케이크 등을 즐길 수 있다. 전화번호 054-933-4748

숙소

가야호텔 가야산 너머 합천 해인사 가는 길. 온돌, 침대방. 호텔 내 식당 밥도 맛있다. 객실은 본관 추천. 별관은 방이 작다. 전화번호 054-931-3500 홈페이지 www.gayahotel.kr

07

신비한 땅 산청과 왕을 찾는 여자 김은주

산청 구형왕릉

산청 여자 김은주

경상남도 산청은 촌이었다. 서울에서 여섯 시간 걸리는 불편한 교통에다 특산물이라곤 지리산에서 나오는 산나물 정도? 땅은 600㎢인 서울보다 근 200㎢가 넓은 794㎢요, 인구는 지금도 3만 5000명 정도다. 보이는 풍경이라곤 사방을 에워싼 고산준령뿐이라 군 이름도 뫼 산에 맑을 청 '산청(山淸)'이었다.

2005년 12월 대전-진주고속도로 개통으로 천지가 개벽했다. 촌동네 산청은 서울에서 3시간이면 닿는 청정 자연으로 말머리가 바뀌었다. 산나물은 청정 약초로 신분이 급상승했다. 1박 2일은 예사였던 지리산 천왕봉 등정이 산청에서는 당일 등반으로 바뀌었다. 그러고 보니 보였다. 산나물 뜯어 먹던 촌구석, 그 고단한 표정 뒤에 숨어 있던 장구한 역사가. 옆 마을 거창에서 산청으로 시집온 이 여자는 "몰랐던 내 뿌리를 산청에서 찾았으니 뼈는 산청에 묻겠다"고 했다. 여자 이름은 김은주다.

왕산 골짜기 수수께끼의 돌무덤

산청 금서면 화계리에 있는 923m짜리 산 이름은 왕산(王山)이다. 계곡이 아름다워 연중 사람이 몰린다. 등산로 초입에 돌무지가 있다. 크고 작은 잡석으로 일곱 층을 쌓은 높이 7.15m짜리 거대한 돌무더기다. 주변에는 높이 1m 정도로 돌담이 둘러쳐 있다. 4층 정면에 작은 구멍이 뚫려 있는데, 벽으로 막혀 있어 그 속이 뭔지는 아무도 모른다. 이 돌무더기는 현대 산청군이 선정한 산청 9경 가운데 하나다. 작은 하늘만 남기고 온통 숲에 에워싸인 돌무더기는, 새벽부터 밤까지 신비롭다. 사적 제214호다.

그 앞에 서 있는 비석에는 이렇게 새겨져 있다. '駕洛國讓王陵(가락국양왕릉)'. 가락국은 삼국시대 신라에 복속된 가야를 이르고, 양왕은 '나라를 바친 왕'이니 신라에 항복한 가락국 마지막 왕의 무덤이라는 뜻이다. 삼국사기 법흥왕조에는 이렇게 적혀 있다. "법흥왕 19년(서기 532년) 금관국의 왕 김구해가 왕비와 세 아들인 맏아들 노종, 둘째 아들 무덕, 막내아들 무력과 더불어 자기 나라의 보물을 가지고 항복하였다. 임금이 예를 갖추어 대접하고 상등(上等)의 직위를 주었으며, 금관국을 식읍(食邑)으로 삼게 하였다." 막내아들 무력의 손자가 김유신이다. 김구해, 즉 구형왕은 김유신의 증조부다. 전하기로, 구형왕은 "적에게 나라를 바친 왕이니 돌무더기에 묻으라"고 유언하고 죽었다. 해마다 봄가을이면 김해 김씨 문중은 김해 수로왕릉과 이곳 산청 돌무덤, 삼국 통일 후 흥무대왕으로 추증된 경주 김유신릉에 제사를 지낸다.

그런데 돌무덤의 공식 명칭은 구형왕릉이 아니라 '전(傳) 구형왕릉'이다. '전하기로 구형왕릉이라고 카-더-라'는 뜻이다. 왕릉으로 인정할 기록이 부족하다는 것이다. 삼국사기와 삼국유사에는 구형왕이 신라에 항복했다는 기록뿐, 어디에 묻혔다는 이야기는 없다. 그래서 1971년 돌무덤이 사적으로 지정될 때 이름 앞에 전(傳) 자가 붙었다. 하지만 산청 사람들은, 그리고 가락국 수로왕의 후손인 김해 김씨 사람들은 산청 왕산 기슭에 있는 이 돌무덤이 구형왕의 왕릉이라고 믿는다.

김은주도 그러하다. 학생 때 회화를 전공하고 시집가서는 대중목욕탕을 운영하던, 역사와 전혀 무관한 쉰여섯 살 먹은 김해 김씨 삼현파 24세손 김은주는 2016년 왕릉 앞 가락국역사관 관장이다.

구형왕릉과 김은주

김은주가 말했다. "생전에 아버지께서 늘 나와 함께 여행을 했다. 역사 이야기를 들려주셨다. 관심은 없었다. 일본인 친구들이 오면 '촌동네라 얕보지 마라. 훌륭한 역사가 있다'고 으스대곤 하셨다. 그렇게 사춘기가 지나니 역사라는 게 학문이 아니라 상식이라는 생각이 들더라."

대구 영남대와 효성여대에서 공예와 회화를 배웠다. 역사를 공부하고 싶었는데 "그러면 시집 못 간다"고 어머니가 반대해서 예술을 배웠다. 과연 무탈하게 멋진 남자를 만나서 시집갔다. 산청군 생초면에 들어와 살면서 목욕탕을 운영하며 살았다. 살다가 보니 옆 마을 이름은 왕이 궁터를 정했다는 왕대마을이었고 왕대마을 가는 고개는 왕딧재였다. 건넛마을 금서면 평촌리에는 하도 험해서 왕이 지나다가 허기를 느꼈다는 허기재가 있었다. 천지 사방 마실가는 곳마다 왕(王) 이야기 없는 곳이 없는데, 돌무덤에 놀러 가니 어릴 적 아버지 손잡고 갔던 그 왕릉이 아닌가. 그 산 이름은 왕산이었고. 깜짝 놀랐다. 그런데 '전(傳)'이라고? 아버지가 어린 딸을 동행한 것도, 산청으로 시집온 것도 모든 게 운명 같았다. 자기 말로, "왕이 불렀다"고밖에 할 수 없는 집착이 시작됐다.

산청은 물론 인근 함양과 거창 일대를 돌아다니며 노인들한테서 설화를 채집했다. 정신 사나울까 봐 휴대전화도 없이 혼자서 돌아다녔다. 책을 뒤지다 뭔가 알아내면 새벽같이 차를 몰고 산으로 갔다. 새벽에 홀린 듯 산 오르는 여자를 보고 등산객도 혼비백산했고, 여자도 무서워서 숨이 넘어갔다. 산청 견인차 센터 사장에게 전화를 하면 사장은 "또 이 여자가"하고 가서는 도저히 차가 오를 수 없는 곳으로 가서 차를 빼내곤 했다. 사장 전화기에는 '단골'이라고 등록됐다. 2009년부터 사륜구동차 석 대를 말아먹었고, 목욕탕도 문을 닫았다.

^
남사예담촌 이씨 고가를 지키는 부부목.

그렇게 설화를 모아 보니 구형왕릉 반경 40㎞ 산과 마을에 왕과 관련된 지명이 50개가 넘었다. 2013년 김은주는 산청문화원을 통해 '가락국 10대 구형왕 유적지 사료집'을 펴냈다. 그녀가 말했다. "역사학자도 아니고, 목욕탕 하던 김해 김가 여자가 자기 조상 책 냈다고 하면 누가 보겠는가. 그래서 문화원에 가서 논쟁 끝에 책을 냈다"고.

김은주가 말을 잇는다. "세종지리지(1454)를 비롯해 조선시대 문헌에는 '산중에 돌로 쌓은 구릉이 있는데 세속에는 왕릉이라 전한다'고 적혀 있다. 정조 때 발견된 왕릉 옆 절의 연대기인 왕산사기에는 '왕산사는 무덤을 지키는 절이고, 무덤은 가락국 구형왕이 묻힌 왕릉'이라고 적혀 있다. 후대 기록이지만 엄연한 기록이다. 기록에만 의존한다면 어찌 고대사를 연구할 수 있는가. 지명과 설화는 살아 있는 기록이다. 사방 100리 마을 조상이 집단으로 모의하지 않는 한, 왕릉과 관련된 지명이 이렇게 전승될 수가 없다. 4500만 대한민국 사람 가운데 김해 김씨가 700만 명이다. 여기가 왕릉이 아니라면 이제까지 헛제사를 한 거다." (김은주와 비슷한 작업을 한 사람이 단양 사람 윤수경이다. 고구려 장수 온달이 전사한 산성터를 두고 경기도 구리시와 단양이 논쟁을 벌일 때, 윤수경은 단양 노인들로부터 채록한 설화와 지명을 논문으로 발표해 논란을 매듭지었다. 지명과 설화, 노인들 구술이 결정적인 근거였다.)

김은주는 이후 왕릉이 아니라고 주장하는 교수들을 일일이 찾아가 '도장 깨기(무술 도장끼리 1대1로 맞붙는 대결)'를 하며 논박을 이어갔다. "내가 할 말 다 하고, 그들이 할 말 다하면 후대에서 알아서 판단하겠지"라고 했다. 2014년 여름 왕릉을 모시는 덕양전에 가락국역사관이 생기고 전직 목욕탕 주인 김은주는 초대 역사관장에 취임했다.

이른 아침 구형왕릉 가는 길은 상쾌하고 신비롭다. 낙엽 무리가 발에 채고 안개 걷힌 돌무덤을 바라보면, 거기 하루도 빠짐없이 향을 피우고 예를 올리는 그녀를 만날 수 있다. 역사적 진실 여부와 무관하게, 산청에 가면 반드시 목격해야 할 순간이다.

유이태, 김종권, 동의보감촌

구형왕릉에서 10분 거리에 동의보감촌이 있다. 연전에 소설과 드라마 〈허준〉이 폭발적인 인기를 끌면서, 소설에서 허준의 스승 유의태의 고향이 산청임을 근거로 만든 거대한 한방 테마공원이다. 지리산에서 나는 질 좋은 산청 약초 명성도 한몫했다. 박물관, 약선식당, 산책로, 공원, 휴양림, 체험관 등 가족 체험 여행지로 손색없는 공간이다.

그런데 기록이든 설화든 지명이든 어디에도 유의태는 존재하지 않는다. 대신 허준보다 백 년 늦게 생초면에 박애주의 의사 유이태가 살았다. 지명도 전설도 모두 유이태에 얽혀 있다. 동의보감촌 홈페이지에도 유의태 대신 유이태가 소개돼 있으니, 어찌 보면 동의보감촌은 드라마 인기에 힘입은 지자제의 비역사적 생존 전략이라 하겠다.

2015년 9월 이 비역사적인 공간에 김종권이 들어왔다. 김종권은 이곳 한의원인 동의본가를 책임지는 한의사다. 김종권은 어릴 적부터 출가(出家)를 꿈꿨다. 집안에서 당연히 반대했지만 한의대에 들어가서도 꿈은 깨지 않았다. 그러

동의보감촌 돌조각과 한의사 김종권

다 군대에서 고관절을 심하게 다쳤는데 조계종 규정을 보니 '결가부좌를 하지 못하는 사람은 출가 불허'라 돼 있는 게 아닌가. 서울에서 한의원을 운영하며 한때 '외국인 환자 유치 1위'를 기록하며 잘나갔지만, 이 첩첩산중으로 들어와 버렸다. 그가 말했다. "지금 여기가 중요하지, 유의태든 유이태든 중요하지 않다. 이 산중에서 사람들에게 한방을 알리고 심신을 치유해줄 수 있다면." 이 너른 산중에 자고 깨고 일하며 24시간 '공덕'을 쌓으며 산다고 했다. 그래서 "언젠가 바랑 메고 바람처럼 자유롭게 살기를 바랄 뿐"이라고 했다.

*

목화씨를 가져온 문익점이 난 곳도 산청이요, 근대 선승의 표본인 성철 스님 탄생지도 산청이다. 불의와 타협하지 않은 유학자 남명 조식이 은거하며 제자를 기른 곳도 산청이다. 무형문화재 목조각장 제108호 목아 박찬수도 산청 사람이다. 이들이 남긴 흔적은 모두 외지인들이 즐겨 찾는 목적지로 변했다. 사람을 보니 산청이 보인다. 수수께끼의 인물 구형왕에서 왕을 찾는 여자 김은주, 그리고 산중으로 들어온 의사 김종권까지 모두 산청(山淸)이다.

볼거리

구형왕릉 역사적 사실 여부와 상관없이 가볼 가치가 있는 곳이다. 깊숙한 계곡 끝자락에 숨어 있다. 주차 공간이 넓다. 큰길가에 있는 덕양전부터 들러볼 것.

유의태 약수터 구형왕릉에서 산길로 30분. 실존인물 '유이태'에 얽힌 설화가 전해진다.

목아 박찬수 전수관 생초면. 산청이 고향인 중요무형문화재 제108호 목조각장 박찬수의 전수관.

남사예담촌 2011년 '한국에서 가장 아름다운 마을 제1호'로 선정된 전통마을. 담쟁이덩굴 가득한 돌담이 볼거리. 주차장 왼쪽 길섶에 있는 이씨 고가 필수.

동의보감촌 2013년 산청세계전통의약엑스포를 치르고 조성된 한방 테마공원. 동의본가 한의원과 숲 속 숙박시설인 한방자연휴양림, 한방기체험장과 약초로 만든 한식 코스 음식점인 동의약선관 등이 있다. 동의본가와 자연휴양림 추천. 배꼽 쑥뜸과 여성용 훈욕을 체험하고 한옥스테이도 할 수 있다. 침, 뜸, 약 처방도 가능. 한옥스테이 6만 원~, 훈욕 3만 원, 약초스파 5만 원 등. 전화번호 055-970-7216 홈페이지 donguibogam-village.sancheong.go.kr

관광정보 전화번호 055-970-6000 홈페이지 tour.sancheong.go.kr

맛집

생초면 어탕 경호천에서 잡은 피리로 튀김, 국수, 칼국수 등을 조리. 제일식당 추천. 어탕국수 6000원. 피리 튀김 2만 5000원. 주소 생초면 어서리 245-1 전화번호 055-972-1995

목아 박찬수가 만든
'남의 종교는...'

08

왕궁리 유적이 있는 익산과 토박이 이상철과 오지나

익산 왕궁리 오층석탑

이상철과 오지나. 기억해야 할 이름은 셀 수 없이 많지만, 이 이름들은 기억하기로 한다. 백제 민요 서동요(薯童謠)의 실체를 밝혀내는, 그래서 우리 역사에 살을 덧보태는 데 큰 역할을 한 사람들이다. 2016년 이상철은 여든 살이고 오지나는 마흔세 살이다. 두 사람 모두 인생 절반을 발굴터에서 보냈다.

전북 익산 금마면 농사꾼 이상철은 마흔여섯 되던 1986년 6월 20일 미륵사지 발굴팀 인부로 합류했다. 허허벌판 흙 걷어내고 돌 골라 백제 마지막을 밝히며 살았다. 이상철은 2012년 기억나지 않는 어느 겨울날 왕궁리 유적지에서 은퇴했다.

여고를 졸업한 1991년 8월 5일 아침 황등면에 살던 오지나는 줄무늬바지에 흰색 티셔츠를 입고 남색 점 박힌 지갑을 들고서 미륵사지 발굴팀 사무실로 출근했다. 발굴이 끝나고 두 사람은 왕궁리 유적지로 직장을 옮겼다. 커피 나르던 소녀가 컴퓨터 프로그램으로 유적지 도면을 그리고 탁본을 하는 전문가가 되었다. 어리고 젊은 날 씨름판을 벌이고 소풍을 갔던 미륵사지와 왕궁리 유적지에서 두 사람은, 늙었다. 그 유적지들은 지금 유네스코 세계문화유산이다.

세계문화유산, 익산 백제

2015년 7월 유네스코는 부여, 공주에 있는 백제 유적과 함께 전북 익산 미륵사지와 왕궁리 유적을 세계문화유산 목록에 등재했다. 모두 여덟 군데 문화유산 가운데 익산 미륵사지와 왕궁리 유적이 포함됐다. 고대 한중일 왕국 교류로 발전한 백제 건축기술과 불교 문화, 그리고 왕도(王都)가 가져야 할 건축기술과 예술미가 평가됐다.

익산은 아팠다. 1977년 11월 11일 밤 9시 15분 이리역 폭발 사고로 도시 하나가 폐허가 됐다. 이후 이름 자체를 이리에서 익산으로 바꿀 정도로 아팠다. 경제적인 발전은 더뎠다. 얕은 산들로 에워싸인 농토(農土)는 농토로 남았다. 1990년대 말 답사 여행 시대가 개막되면서 농토와 얕은 구릉들은 역사를 은닉

하고 있는 보물단지가 되었다. 익산에 자리 잡았던 보석가공단지보다 더한 보석이 되었다.

익산에는 이런 곳들이 있다.

김대건 신부는 알지만, 170년 전 신부가 된 김대건이 조선 땅에 첫발을 디딘 곳이 익산임은 잘 모른다. 김대건이 올라온 금강변 나바위 절벽에는 그를 기리는 나바위성당(사적 318호)이 서 있다. 서울 명동성당을 마무리한 신부 프와

두동교회 실내. 남녀 신도 자리를 구분해놓았다.

넬이 설계를 했고, 양식은 전통 한옥을 차용했으며 공사는 중국인들이 했다. 명동성당을 닮은 외관에 기와와 나무기둥, 중국식 팔각창이 두루 섞여 있다. 두동리에는 두동교회가 있다. 남자와 여자 신도들 공간을 분리해 남녀칠세부동석을 주장하는 주민들을 전도한 진귀한 건물이다.
무엇보다 신라 향가 '서동요(薯童謠)'의 주인공 백제 무왕이 익산에서 나고 죽었다. 서동요는 무왕이 소년 시절에 신라 서울에 들어가 선화공주를 얻으려고 불렀다는 노래다. 무왕은 백제 마지막 왕 의자왕의 아버지다. 익산에는 무왕과 선화공주가 묻혔다는 쌍릉이 있다. 모두 가볼 만한 풍광이며 역사를 느낄 수 있는 공간이다. 그 모든 곳에 이상철과 오지나는 있었다.

왕궁리의 밤. 오층석탑 위로 북두칠성이 뜬다.

농부 이상철과 미륵사지

처음 3인 1조로 리어카를 끌고 미륵사지 현장에 들어갔을 때, 그때는 그게 그렇게 중요한 줄 몰랐다. 산에서 내려온 모래가 가득한 계곡 초입 너른 터, 그곳에서 이상철은 무너진 탑 속에서 낮잠을 잤고 씨름판이 벌어지면 마을 우승에 한몫을 하곤 했다. 그게 전부였다. 뱀이 유달리 많았고 진흙도 많아 발이 푹푹 빠지는 그런 곳이었다.

그런데 학예연구사 지시에 흙을 걷어내고 보니 온통 절터였다. 반쯤 허물어진 서탑 반대편에 탑이 또 하나 있었고 그 가운데 아주 큰 목탑 터가 있었다. 나이 어린 학자들과 낫 들고 싸우려드는 인부들 50여 명을 달래며 터를 파냈다. 일당 받는 재미로 시작한 일은 호기심이 되고 호기심은 사명감으로 변했다. 그러다 4년 만에 현장 반장이 되었다. 커다란 당간지주 앞에서 정밀가공한 서탑 기단이 나왔을 때는 딴생각이 나지 않았다. '과연 저 뒤에는 또 얼마나 어마어마한 게 묻혀 있을까.' 그런 생각만 떠올랐다. 단 하루도 결근이 없었다.

현장 숙소에는 수시로 할아버지 귀신이 출몰했다. 할아버지는 주인 없는 무덤에 막걸리로 제사를 지내고 사라졌다. 발굴 개시일인 7월 7일이면 삽이랑 괭이랑 호미 걸고 윷판 벌이고 막걸리 먹으며 놀았다. 징그럽던 뱀들은 족족 잡아서 뱀술을 담가 발굴단 사무실 신축할 때 묻었다. 1997년 발굴 종료 후 사무실 철거하고 보니 벌써 누군가가 캐가고 없었다. 이듬해 이상철은 또 다른 수수께끼, 왕궁리로 일터를 옮겼다.

작은집 왕궁리 유적

발굴팀은 미륵사지를 큰집이라고 불렀고 왕궁리는 작은집이라고 불렀다. 5층 석탑 하나 달랑 서 있는 작은집 야산을 반장 이상철과 인부들이 깎아 내렸다. 젊고 똑똑한 학자들은 그 터를 살펴 백제를 캐 올렸다. 워낙에 지명이 왕궁리인지라, 사람들은 백제 왕궁터 그것도 마지막 왕 무왕이 만든 왕궁터로 확신했다. 과연 그러했다.

석탑 주변 절터 아래에 거대한 건물터가 나왔고 유물이 쏟아졌다. 사용도 제대로 못한 화장실이 나왔고 벽이 불에 그슬린 부엌터가 나왔다. 1965년 석탑을 해체했을 때 맨 아래쪽에서 통일신라 금동불이 나오고 그 위에서 역시 비슷한 시대 사리장엄이 나왔다. 사람들은 왕궁리를 신라 것으로 알았다.
그런데 2009년 미륵사지 서탑 아래쪽에서 왕궁리 사리장엄과 쌍둥이 같은 사리장엄이 발굴된 것이다. 모든 게 원점으로 돌아갔다. 석탑 기단은 신라 양식이요, 그 위는 백제 양식이었다. 백제? 통일신라? 미궁(迷宮) 같았다. 현장을 맡고 있는 부여문화재연구소 학예연구사 전영호(44)가 말했다. 전용호는 2015년 세상을 놀라게 한 부엌터를 발굴한 현장반장이다. "왕궁은 무왕과 아들 의자왕 대에, 탑은 후백제를 만든 견훤이 절을 세우며 원래 있던 목탑 속 사리장엄을 넣은 게 아닐까. 견훤이 상주 출신이니 기단은 신라 양식이되 백제 부흥을 꿈꾸며 탑 몸통은 백제식으로 만들었으리라." 그 누구 하나 속 시원하게 기록해 놓은 게 없으니, 아쉽고 또 아쉽다.
터줏대감 이상철은 베테랑으로 진화해 갔다. 북쪽 정원터가 나왔을 때 이상철은 확신했다. '요 동산 너머에 뭔가 또 있다'고. 이 또한 그러했다. 어지럽게 흐르는 수로 주변에 기묘한 정원석이 배치된 후원(後苑)이 나온 것이다. 일흔여섯 살 된 2012년 크리스마스 무렵 이상철은 은퇴했다. 미륵사지 뱀술로 몸보신 못 해서 섭섭했었고, 기자회견 때 끼지 못하고 뒤편에서 서성대며 또 섭섭했었다. 그러나 "성과가 나오면 다 가족처럼 기뻐했고, 내 고장 일을 내가 했으니 행복했다"고 했다.

여고생 오지나와 왕궁리 유적

한껏 멋을 부리며 사무실을 찾던 오지나는 컨테이너박스로 만든 '큰집' 사무실 앞에서 좌절했다. 직장인이 꿈이었는데 이런 꿈은 아니었다. 미니스커트 입고 다니다가 '제보'가 들어가 혼이 나기도 했다. 허름한 작업복을 입고서 남정네들 사이에 끼어 일을 했다. 여자라고, 어리다고 천대도 받았다. 귀여움도 받았다.

이상철과 오지나. 미륵사지와 왕궁리를 지켜온 사람들이다.

커피 타고 문서 수발하고, 어릴 적 자기가 맘대로 놀던 탑에 유락객들이 올라가면 스피커로 목청 높여 쫓아내면서 오지나도 전문가로 진화해 갔다. 트레이싱페이퍼에 그리던 유적지 지도는 일러스트로, 캐드로, 3D 프로그램으로 독학해 그리게 되었다. 탁본 또한 그녀가 책임을 맡았다. 연구사들이 작성하는 보고서는 그녀가 뇌에 입력해 놓은 문서와 기록 위치가 없으면 불가능했다.

오지나가 말했다. "백제가 우리 가족 먹여 살린다"고. 서무 오지나는 간식을 안기며 구애를 펼친 연구원과 결혼했다. 큰집에서 작은집 왕궁리로 옮겼을 때 예쁜 수컷 뱀 꿈을 꾸고 아들을 낳았다. 나이 열아홉에 뛰어든 험한 발굴터에서 딸 하나 아들 둘 얻고 남편도 얻었다.

그런데 오지나는 아쉬운 게 많다. 정규직 시켜준다고 했던 약속도 지켜지지 않았다. 그 사이에 매년 석탑 앞에서 기념사진을 찍었다. 사람은 변했는데 풍경도 자세도 표정도 매년 똑같다. 유적만 아니라, 기념사진만 아니라 사람들 희로애락과 일하는 모습까지 다 기록을 남겨 놓을걸. 그 기록이 없어서 이렇게 학자들이 머리를 싸매며 역사를 추리해내느라 죽을 고생을 하고 있지 싶어 이 또한 아쉽다.

미스터리의 왕도(王都), 익산

부여문화재연구소 기사 전창기는 이상철, 오지나처럼 평생을 '큰집과 작은집'에서 일했다. 자기 돈과 시간을 들여 익산 백제유적에 관해 책을 펴내고 답사 단체들을 안내하는 전문가다. 그가 그린 도면은 선이 하도 가늘어 인쇄소에서 접수를 거부할 정도였다. 그가 말했다. "진흥왕에 빼앗긴 영토 회복과 국력 부활을 꿈꾸던 무왕이 부여에서 신라에 가까운 고향 익산으로 천도를 계획했으리라. 선화공주는 신라 공주가 아니라 이 지역 토착세력 딸이었을 거고. 왕궁은 아들 의자왕 대에 완성됐지만 천도도 하기 전에 신라에 의해 나라가 사라졌다. 담백하고 소박한 줄 알았던 백제 문화가 7세기에 이렇게 찬란한 문화로 급변했다. 그 찬란한 중흥기가 너무나도 짧아서 아쉽다."

그렇다. 왕궁리 서쪽에 있는 제석사지(이 또한 풍경이 신비롭고 적막하다), 왕궁리, 그리고 미륵사지의 규모와 출토된 유물들은 우리가 아는 백제가 아니다. 발굴이 끝난 미륵사지는 절터 규모가 위압적일 정도로 거대하다. 유물전시관에 전시된 보물들은 작은 사리함 하나에서 나온 것이라곤 믿을 수 없으리만치 방대하다. 발굴이 진행 중인 왕궁리는 일출, 일몰, 그리고 심야에 가보면 안다. 고독과 황량함과 신비로움이 교직한다. 석탑 위로 별이 쏟아지면 1500년 전 부활을 꿈꾸다 죽은 무왕의 아쉬움 그리고 꽃 피우지도 못한 백제 왕국의 영화가 자동적으로 상상이 된다.

유적지에서 평생을 보낸 이상철과 오지나와 전창기와 젊은 학자 전용호가 있기에 우리는 지금 그 미스터리를 추적하며 길을 떠날 수 있게 되었다. 오래도록 '솜리'라 불렸던 전라북도 익산 사람들, 백제 이야기였다.

볼거리

두동교회 남녀 공간을 분리한 초기 교회 건축양식.

나바위성당 김대건 신부가 상륙한 절벽에 있는 성당. 산책 코스도 좋다.
홈페이지 www.nabawi.kr

무왕릉 백제 무왕과 왕비인 선화공주 무덤으로 추정되는 쌍릉.

고도리 입석 작은 개천을 사이에 두고 200여m 떨어져 있는 남녀 석상 한 쌍.

제석사지 왕궁리 유적과 동시대 추정 절터.

미륵사지 홈페이지 www.mireuk saji.org,

왕궁리 유적 홈페이지 wg.iksan.go.kr

관광정보 전화번호 1577-0072 홈페이지 iksan.gojb.net

맛집

황등 비빔밥 황등시장에 있는 밥집. '백선생'이 비빔밥 3대 천왕으로 꼽은 밥집. 뜨거운 물로 데쳐낸 밥에 각종 양념을 버무리고 육회를 올려서 선짓국과 함께 낸다. 줄이 길다. 점심때만 운영. 정식 이름은 시장비빔밥. 7000원. 전화번호 063-858-6051

왕궁리 석탑의 석양

09

김포, 강화 신미양요 전적지와 교육박물관 김동선, 이인숙 부부

신미양요가 벌어졌던 광성보 단풍
재미교포가 만든 '학사재'가 옆에 있다.

해마다 가을이면 강화도와 김포 숲과 바다는 단풍으로 불탄다. 뭍바람, 바닷바람 다 맞고서 채도 높은 붉고 노란 은행잎과 단풍잎에 파스텔 톤 도토리 나뭇잎까지 한꺼번에 타올라 혼미할 지경이다.

김동선(76)과 이인숙(69) 부부는 김포 덕포진에 산다. 덕포진은 조선시대 해군 진영이다. 예나 제나 덕포진은 군사지대다. 17세기 병자호란 때도 그랬고 19세기 병인양요와 신미양요 때도 그랬다. 지금도 덕포진에는 해안초소가 있다.

그 옛날 군사요충지 치고 관광지로 변하지 않은 곳은 없다. 문경새재가 그렇고 강원도 양구 펀치볼이 그렇다. 김동선과 이인숙은 그 관광지 덕포진에 박물관을 만들었다. 1996년에 개관했으니 2016년에 20년이 되었다. 이름은 덕포진교육박물관이다. 부부는 초등학교 교사였다. 박물관에 재현한 초등학교 3학년 2반 교실에서 남편 김동선은 역사 수업을 하고 아내 이인숙은 음악과 국어 수업을 한다. 이인숙은 앞을 보지 못한다. 어둠 속에서 살아온 지 20년이 넘었다.

염하(鹽河)에 흐르는 역사

김포와 강화도 사이에 있는 물길을 염하(鹽河)라고 한다. 한강과 임진강이 합수해 황해로 흐르는 물길이다. 양안 사이 거리는 1km 남짓하고 물살은 거세다. 남도에서 한양으로 가는 유일한 수로인지라, 김포와 강화도 해안에는 곳곳에 해군 부대가 있었다. 김포 서쪽 해안에는 덕포진, 강화도 동쪽 해안에는 초지진, 덕진진, 광성보가 대대급 진영이었다. 중대, 소대급 진영은 50곳이 넘었다. 주력부대는 포병이었다. 염하 동과 서에서 퍼붓는 포격으로 한양으로 진격하는 적을 제지할 수 있었다. 아니, 그럴 수 있다고 생각했다. 17세기 병자호란 때 강화도로 피신한 조선왕실도 그렇게 생각했다. 착각도 어마어마한 착각이었다.

김포를 점령한 3만 청군 병력이 염하 한가운데에서 쏴댄 홍이포(紅夷砲)에 갑곶진은 초토화됐다. 서양 대포를 개량한 홍이포는 최대 사정 거리가 700m

다. 지금 김포와 갑곶진 사이에 놓인 강화대교는 길이가 780m다. 패전 후 조선왕실은 강화도 해안에 진과 보와 소대급 돈대를 설치하고 홍이포를 도입했다. 그때 설치한 돈대 자리에는 지금도 해병대 초소가 서 있다.
세월이 흘러 1866년 10월 16일 프랑스 극동함대가 염하에 나타났다. 천주교 박해를 구실로 개항을 강요하려는 의도였다. 홍이포도 있고 초소도 있었지만 이번에는 군기가 빠져 있었다. 그 누구도 프랑스 군함도, 상륙하는 600명 병사도 제지하지 않았다. 프랑스군은 김포 덕포진에서 심야 도강한 양헌수 부대에 의해 정족산성 전투에서 패배할 때까지 옛 고려궁터 강화유수부까지 점령해 11월 21일까지 한 달여 동안 도서 345권과 은괴 19상자를 약탈한 뒤 불을 지르고 퇴각했다. 이게 병인양요다.
전소(全燒)된 강화유수부에는 지금 복원된 외규장각이 서 있다. 갑곶진 자리에는 갑곶돈대가 복원돼 있다. 찬란한 가을날 원색 추색(秋色) 속에는 이런 피비린내 나고 허망한 역사가 숨어 있다.

교사 김동선과 이인숙과 덕포진

김포 소년 김동선은 그 역사를 보면서 자라나 선생님이 되었다. 역사에 관심이 많았다. 아이들 가르치는 일도 좋았다. 김동선은 그래서 서울교대 초등교육과에 들어갔다. 1972년 서울 창신초등학교 교사로 연세대 대학원 다닐 때 이화여대 도서관에 갔다가, 옆자리에 앉은 여학생을 봤다. 지도교수 연구실에서 한 번 더 봤다. 이듬해 학교로 신참 교사가 부임했는데, 그 학생이었다. 이름은 이인숙이었다.
서로 알아봤지만 모른 척하고 지내다가 연애를 하고, 결혼을 했다. 남편은 "옛것들을 보면 가슴이 떨려" 주워 오거나 사 와서 집안에 쟁여 놓았다. 옛 교과서, 성적표, 상장, 책걸상 같은 수집품이 4000점이 넘었다. 동심(童心)이 좋아서 교사가 된 아내는 아이들 가르치는 재미로 삶을 살았다. 1983년에는 은퇴하면 아이들 인성교육하겠다며 덕포진에 헌 집도 샀다. 행복했다. 1990년 출근길 교통사고에 기절했다가 눈을 뜨니 앞이 깜깜할 때까지는.
4년 동안 병원에 다녔는데, 어느 날 의사가 남편에게 말했다. "이제 그만 오셔도 됩니다." 다음 날 김동선은 아내 대신 사표를 냈다. 천직(天職)을 강탈당하고 분노한 아내에게 말했다. "평생 아이들 가르치게 해주겠다." 그래서 2년 동안 두 아들과 벽돌 찍고 날라 만든 게 덕포진교육박물관이었다.
박물관 1층에 남편은 아내가 마지막으로 가르친 3학년 2반 교실을 만들었다. 도시락 얹는 난로에 칠판에 38선 그어진 앉은뱅이 책상에 화판까지 가져다 교실을 꾸몄다. 이인숙은 그 교실에서 남녀노소 방문객들에게 풍금을 치며 동요를 가르치고 시(詩)를 가르친다. 학생들에게 들려줄 이야기를 위해 새벽 4시면 박물관 안내데스크에서 라디오를 듣는다. 카세트테이프에 녹음을 해서 듣고 또 들어 외운다. 라디오 열댓 개가 고장이 났다. 외우고 있는 시만 150수

덕포진교육박물관 김동선, 이인숙 선생님

가 넘는다. 윤동주도 좋아하고 정현종도 좋아한다. 40대 때 본 사랑하는 남편 잘생긴 얼굴은 기억 속에만 남아 있다.

나는 가끔 후회한다/그때 그 사람이/그때 그 물건이/노다지였을지도 모르는데/(…)/더 열심히 귀를 기울이고/더 열심히 사랑할걸…/(…)/모든 순간이 다아/꽃봉오리인 것을/내 열심에 따라 피어날/꽃봉오리인 것을…. (정현종, 「모든 순간이 꽃봉오리인 것을」)

수업시간에 자주 읊는 시다. 그리고 학생들에게 말한다. "불우하다 싶으면 헬렌 켈러의 말을 떠올려라. '비교하지 않으면 부러울 것도 없다'"고. 그러고 나면 남편 김동선이 역사 수업을 한다. 덕포진과 김포와 강화도와 조선과 대한민국과 역사의 중요성에 대하여 이야기를 한다. 거기에 빠짐없는 이야기가 바로 신미양요다.

염하(鹽河) 1871년, 신미양요

서울에서 88올림픽도로를 타고 김포로 빠지면 대명포구 가는 길이 나온다. 덕포진은 그 옆이다. 사람들은 바다 내음 속에 꽃게탕도 즐기고 젓갈도 사서 집으로 간다. 2001년 그 옆으로 초지대교가 나면서 강화대교 외길이던 강화도 가는 길이 하나 늘었다. 항구를 즐기고 다리를 건너 우회전하면 초지진이 나온다. 해안도로를 따라 북상하면 덕진진이 나오고 광성보가 나온다. 한양을 지키던 조선 해군 진영들이다. 장담컨대, 이들 유적지는 가을 산책길로 '최고'다. 잘 정비된 산책로와 종류 다양한 나무들이 무지개 색으로 가을을 알린다. 1871년 여름에는 지옥이었다. 그해 6월 1일 미 아시아함대 군함 5척이 염하에 나타났다. 4년 전 평양에서 벌어진 무장 상선 제너럴 셔먼호 습격사건을 핑계로 개항을 요구하러 온 것이다. 사정거리에 들어왔다고 판단한 광성보 포수가 홍이포를 발사했다. 김포 덕포진, 강화 초지진과 덕진진, 광성보 포대에 있는 포 수백 문이 불을 뿜었다. 병사들이 "남북전쟁 때도 그렇게 엄청난 폭격은 경험하지 못했다"고 회고할 정도로 대규모 포격이었다.

기이하게도 배에는 포탄은커녕 물보라도 튀지 않았다. 단 한 방울도 튀지 않았다. 죽음의 공포는 사라지고 미군은 열흘간 개항 수락 기간을 준 뒤 불꽃놀이를 즐기며 철수했다. 열흘 뒤 미 해군과 해병대는 염하를 북상하며 초지진부터 덕진진, 광성보까지 초토화시켰다. 조선군 무기는 바다에 던지고 초소는 불태웠다. 돌을 회로 바른 진지 성벽은 포격 한방에 무너졌다. 갯벌과 잡목지대를 헤쳐 상륙한 해병대는 조선군이 퇴각한 덕진진을 무혈점령했다. 그리고 광성보에서 최후의 전투가 벌어졌다. 어재연이 이끄는 조선 해군 350명은 탄환이 떨어지면 창과 칼로 싸웠고 돌을 던지고 흙을 뿌렸다. 조준을 하기 위해 성벽 위로 몸을 세우면 어김없이 미군 탄환이 날아와 이마에 박혔다. 한 시간 남짓한 광성보 백병전에서 미군 3명이 전사하고 조선군은 350명 전원 전사했다. 부상당한 병사는 자기 목을 칼로 찌르거나 바다로 뛰어들었다. 전투가 끝나고서 미군은 함대를 향해 퍼붓던 포격이 불꽃놀이로 변한 이유를 알게 됐다. 조선군 대포들이 죄다 통나무 포좌에 고정돼 있는 데다 성벽에 뚫린 포문 또한 좁고 길어서 포를 조준할 방도가 없었던 것이다. 병사들이 쓰는 화승총을 쏘려면 격발마다 시간이 필요했고 그나마 두 사람이 필요했다. 그 뜨겁던 여름날 조선군은 면과 솜을 열세 겹 덧댄 방탄복을 입고 있었다. 총알이 스치면 불이 붙었고, 미군 소총은 사정거리가 900m였으니 120m 나가는 화승총탄 막겠다는 방탄복은 무용지물이었다. 조선군은, 맨주먹이었다.

그럼에도 불구하고 조선군은 용맹했으며 애국적이었다. 아시아함대 보고서에는 이렇게 적혀 있다. "조선군은 낡고 뒤떨어진 무기로 용감하게 싸워 진지를 사수하다 죽었다. 가족과 나라를 위해 그처럼 장렬하게 싸우다가 죽은 군인을 다시는 찾아볼 수 없을 것이다." 미군은 광성보 깃대에 성조기를 게양했다. 이튿날 미군은 조선군 대장(大將旗)인 수자기(帥字旗)를 함상에 싣고서 염하를 빠져나갔다.

초지진 성벽과 소나무에는 그때 포격을 맞은 흔적이 남아 있다. 광성보에는 어재연 장군과 동생을 기리는 비석이 서 있다. 무명 병사들을 무덤 일곱 기에 모은 신미순의지총도 있다. 다른 유적지와 달리 광성보에는 '정숙' 안내판이

덕진진 문루

눈에 띈다. 덕진진 또한 잘 정비돼 가을 산책으로 딱 좋다. 폐허가 됐던 손돌돈대도 복원됐다. 돈대로 가는 길 포대 오른편에는 2000년 재미교포가 만든 99칸 한옥문화공간, '학사재(學思齋)'가 단풍에 불탄다. 개인집이라 방문은 쉽지 않지만 화려한 2015년 가을 풍광과 포화가 난무하던 1871년 전투 장면이 겹쳐져 쉽게 감탄만 할 수는 없다.

2000년 광성보 전사들을 기리는 광성제에서 신미양요 때 전사한 미군 맥키 대위의 고조카 제임스 워드롭과 광성보 전투를 지휘한 어재연 장군 장손 어윤원이 악수를 했다. 신미양요를 연구한 영남대 외국어교육원 교수 토마스 듀버네이가 주선했다. 역시 듀버네이의 주선으로 2007년 수자기(帥字旗)도 영구임대 형식으로 반환됐다. 신미양요 역사는 여기까지다.

다시 덕포진에서

초지대교를 건너 덕포진을 다시 걷는다. 덕포진 포대 지붕을 따라 걸을 수 있는 산책길이 조성돼 있다. 건너편에 덕진진과 광성보가 보인다. 산책로 끝에 있는 돈대터에는 해병대 초소가 있다. 여전히 군사지대다. 이 위험한 풍경 속 작은 박물관에서 역사 교사 김동선이 말한다. "열악한 상황에서 우리 조상이 지키려 했던 것이 뭔지 알아야 한다. 그들에게 감사해야 한다. 역사에서 배워야 한다. 정신력과 애국심은 배우고 본받고 감사해야 할 일이다." 뭘 배우고 감사해야 한다고? 가을이 아름답거든, 염하(鹽河)에 가서 물어보라.

손돌돈대

볼거리

순례길 덕포진–덕진진–광성보–갑곶돈대–고려왕궁순. 어느 매표소에서든 2700원짜리 일괄 입장권을 사면 다섯 군데를 다 돌아볼 수 있다. 김포 덕포진은 무료.

덕포진교육박물관 덕포진 초입. 성인 3000원. 3학년 2반 교실에서 열리는 이인숙 선생님의 음악 수업과 김동선 선생님의 역사 수업을 들을 수 있다. 주소 김포시 대곶면 신안리 덕포진로 103번길 90 전화번호 031–989–8580 홈페이지 www.덕포진교육박물관.kr

강화 학사재 개인집이라 방문은 쉽지 않다. 한옥 관련 동호회를 통해 방문하거나 홈페이지를 통해 방문 신청. 홈페이지 www.bahee.org

맛집

갯배생선구이 초지대교 건너 오른쪽. 조기, 청어, 고등어, 꽁치 등 물고기 7마리 숯불구이 판매. 오징어, 새우는 덤. 1인분 1만 200원. 주소 강화군 길상면 해안동로 14–7 전화번호 032–937–7714

카페 인 초지 찻집. 초지진선착장 끝 바닷가. 잘 정돈된 정원과 깔끔한 실내. 주소 해안동로 69–25 전화번호 032–937–8744

덕포진교육박물관
3학년2반 교실

10

오래된 도시 연산과 대장장이들

연산대장간 풍경

2016년 마흔여섯 살 먹은 류성배는 대장장이다. 충청남도 논산시 연산시장이 일터다. 이름은 연산대장간이다. 류성배는 이 대장간 3대 대장장이다. 두 형 성일과 성필도 함께 일한다. 2대 장인인 아버지 류오랑은 2014년 7월 하늘로 갔다. 일흔세 살이었다. 아홉 살 때 처음 망치를 쥔 류오랑은 인근 신도안에서 망치를 두드리던 아버지 류영찬에게서 대장간을 물려받았다. 지금은 성일(50), 성필(48), 성배(46) 세 아들이 대장간을 이어받아 벌건 쇠를 두드린다. 그 사이 대장간은 신도안에서 연산시장으로 옮겼다. 대장간 이름은 문화철공소에서 연산대장간으로 바꿨다. 세 아들 엄마 이현숙은 말한다. "자식새끼들은 이런 일 안 시키려 했는데, 어찌 된 것이…." 백년 넘은 대장장이 집안이 사는 오래된 도시, 연산 이야기다.

관촉사 은진미륵.
미륵도 그 앞 석탑도 모두 국보다.

1355년 전 황산벌, 연산

서기 660년 7월 9일 아침 백제 장군 계백은 아내와 아이들을 죽이고 집에 불을 질렀다. "적국의 노비로 욕보기보다는 죽는 것이 낫다"고 했다. 계백은 군사를 이끌고 대전 동쪽 탄현을 넘어온 신라군과 맞붙었다.

김유신이 이끄는 신라군은 5만 대군이요, 계백 부대는 5천이었다. 네 번 맞붙어 네 번 이겼다. 신라 장군 김품일의 열다섯 먹은 아들, 화랑 관창이 단신으로 공격해오자 계백은 "어리지만 용맹하니 가상하다"며 생포한 그를 돌려보냈다. 이에 관창이 우물물 한 모금 마시고 다시 돌진해 오니, 계백은 관창 목을 베어 안장에 묶어 보냈다. 그 순간 백제 망국(亡國)은 결정됐다. 비분강개한 5만 신라군은 결사 항전하는 5천 백제군을 전멸시켰다. 이어 사비성이 함락되고 의자왕과 백성 1만 3000명은 포로로 끌려갔다.

나라는 사라졌고 세월은 갔다. 황산벌 일대는 논산 연산면으로 이름이 바뀌었다. 연산면을 관통하는 큰 길 이름은 황산벌로다. 대한민국 시대가 도래한 지금 전투 흔적은 찾아볼 길이 없다. 부적면에는 계백 묘로 추정되는 조촐한 무덤이 있다.

연산은 그리 오래된 도시였다. 백제의 추억에 관한 한, 논산은 옛 왕도인 부여와 공주에 가려 있다. 남자들에게는 그저 논산훈련소 정도나 기억하는 혹은 기억하고 싶지 않은 공간이기도 하다. 그런데 연산에는 참 많은 오래된 이야기가 숨어 있다.

문화 류씨 대장간 3대

1대 대장장이 류영찬은 황해도 구월산 사람이었다. 1889년생이다. 구월산 아래에서 대장간을 하던 상제교(上帝敎) 신도였다. 상제교는 천도교를 창시한 해월 최시형의 제자 김연국이 만든 종교다. 서른다섯 살 되던 1924년 상제교 본부가 충청도 계룡산 아래 신도안으로 옮기자 류오랑은 어머니를 모시고 신도안으로 내려왔다. 그때 행정명은 논산군 두마면 남선리였다.

신도안에서도 대장간을 했다. 해방이 되고 전쟁이 터지자 피란민들이 대거 신도안으로 몰려왔다. 전쟁이 끝나고 수많은 반공포로들이 신도안으로 쏟아졌다. 류영찬은 이들을 거둬 일감을 주고 밥을 먹이고 재웠다. 1968년 12월 류영찬이 하늘로 갔다. 다섯째 아들 오랑이 대장간을 물려받았다.

일감은 많았다. 농촌도 커나갔고 공단도 생겨났다. 충청도 전역에 서는 5일장을 돌아다니며 농기구를 팔았다. 장터가 제일 컸던 연산장터에 대장간도 하나 더 냈다. 류오랑은 추석날 하루, 설날 하루 이렇게 딱 이틀 놀았다. 경기도 안양에서 신도안으로 피란 왔던 다섯 살 아래 처녀 이현숙과 결혼도 했다. 비루한 대장장이라 처가에서 반대했지만, "못 벌어서 상놈이지 고려 개국공신 류차달(柳車達)의 후손 문화 류씨 양반집"이라고 설득했다. 이현숙은 두 고두고 아이들에게 말했다. "대장간은 자식새끼들은 절대 못 시킬 짓"이라고. 1983년 신도안에 계룡시가 생기면서 신도안 대장간은 문을 닫았다.

그런데 그 말을 귀에 박이도록 들으며 자란 아이들이 저마다 대처(大處) 나가서 사업을 하다가 나이 마흔 넘으면 대장간으로 돌아오는 게 아닌가. 그것도 적적하기 짝이 없는 옛 도시 연산으로.

막내아들 성배가 말했다. "어머니가 늘상 대장간은 안 된다고 해서 진짜 그런 줄 알았다. 그런데 막상 해보니 재미있고 보람이 있다." 아버지 류오랑은 아이들에게 일을 가르쳐준 적이 없었다. 세 아들이 가끔 망치와 풀무를 만지면 그저 "이런, 이런"하면서 먼발치에서 타박을 주곤 했다. "시간이 걸려도 똑바로 만들라." 그게 전부였다.

2011년 문득 장남 성일이 사업을 접고 연산으로 들어왔다. 둘째에 이어 2014년 막내 성배도 들어왔다. "일하는 만큼 보상이 있고, 재미가 있고, 무엇보다 아버지 떠나시고 집안 일이 끝난다는 아쉬움이 컸다"고 했다. 보상도 재미도 가업 계승도 좋지만 몸은 고단하다. 류성배는 "왜 아버지가 저녁 여덟 시만 되면 곯아떨어지셨는지 알게 되었다"고 했다.

3대를 이어온 가업인지라, 만드는 건 쉬웠다. 파는 게 어려웠다. 3.5톤 트럭 스프링강을 불에 달구고 메질하길 열다섯 번 반복하면 호미 하나가 나온다.

연산대장간 막내 류성배

가격은 8000원이다. 중국산 호미는 2000원이다. 돌밭 한 번 매면 중국산 호미는 이가 나가고 구부러진다. 순박한 농부들은 싼 호미 많이 샀다고 좋아하지 비싸고 좋은 호미 샀다고 좋아하지 않았다. 그래서 중국산도 진열해 팔고 있지만, 써본 사람들은 굳이 대장간 물건을 다시 찾았다. 입소문이 나고 3대 가업 이야기가 섞이면서 연산대장간 형제들은 연산 역사(歷史)에 흔적을 남기기 시작했다.

대장간 안에는 쇠로 만든 세상이 펼쳐져 있다. 굳은 땅 파내는 벽채호미, 무른 흙 파내는 호미, 긴낫, 풀낫, 조선낫, 육철조선낫, 약초괭이, 삼각괭이, 두발괭이, 쇠스랑, 화덕, 식도, 가마솥에 정글칼까지. 전국 팔도마다 다른 토양과 석질(石質)에 따라 괭이, 호미, 낫 형태도 다르니 만물상 디테일은 더욱 세밀해진다. 바닥에는 쇳덩이들이 널려 있고 그 뒤로 쇠 달구는 가마가 있고 담금질하는 물통과 기름통이 있으며 기초 메질을 하는 프레스가 있고 쇠를 두드리는 모루가 있다. 쇳덩이가 저 둔탁한 도구들과 대장장이들 손을 거치면

^
연산 화악리 오계. 펄펄 날아다닐 정도로 힘이 세다.

이름 외우기도 힘든 물건들로 둔갑한다. 일일이 도면을 그려 주문하는 물건까지 치면 종류는 무한대다.

쇳덩이 어지러운 바닥에는 스펀지를 여러 겹 감은 유치원용 의자 하나가 앉아 있다. 아버지 류오랑이 쓰던 의자다. 류오랑은 그 의자에 앉아 쇳덩이를 옮기고 다듬고 깎았다. 이제 아들들은 벽에 걸린 아버지 연장들을 꺼내 그 의자에 앉아 작업을 한다.

연산시장 청과상 옆 골목에 있는 대장간은 명물이다. 대장간 물건 손잡이와 쇠뭉치 부위에는 하나같이 '연산대장간' 혹은 '류류'라 새겨져 있다. 류씨 집안이 대를 이어 만들었으니 '류류'요, 이름을 내걸고 만들기로 작정했으니 '연산대장간' 다섯 자를 불로 지져 손잡이에 새겨 놓았다. 후계자 없어서 문 닫은 대장간이 널렸는데, 연산대장간에는 젊은 후계자가 셋이나 있으니 이 또한 호기심 많은 관광객들 발길을 끌어들인다. 오래된 도시 연산, 그 오래된 장터에서 쇠를 달구는 젊은 대장장이 류성배가 말했다. "20대, 30대였으면 꿈도 안 꿨을 텐데 나이가 들고 보니 사명감이 생기더라"고.

연산, 그 오래된 흔적들

백년 대장간에서 5분 거리에 호남선 연산역이 있다. 역사 바깥쪽 오른편에는 등록문화재로 지정된 급수탑이 있다. 증기기관차 시절 증기기관에 물을 공급하던 탑인데 1911년 건축됐다. 전국에 남아 있는 급수탑 가운데 가장 나이를 많이 먹었으니 연산이 가진 또 다른 오랜 흔적이다. 하루 열두 번 기차가 서는 연산역에는 아이들을 위한 문화체험 공간이 꾸며져 있다.

대장간에서 1번국도로 계룡시 쪽으로 가다 보면 화악리가 나온다. 화악리에는 6대째 천연기념물 265호 오계(烏鷄)를 키우는 지산농원이 있다. 오계는 깃털, 벼슬, 뼈까지 청동빛 감도는 검은색인 닭이다. 흔히 알고 있는 깃털 하얀 오골계와는 전혀 다른 닭이다. 조선 후기 임금들이 연산에서 진상한 오계를 먹고 쾌차했다는 기록도 보인다. 철종에게 오계를 진상한 이는 이형흠이고,

지금 농원 주인은 이형흠의 후손 이승숙이다. 조류인플루엔자가 이 땅을 휩쓴 2006년, 2008년과 2011년, 2012년, 지산농원은 경기도 동두천과 경북 봉화와 상주, 인천 무의도로 오계를 집단 피신시킨 적도 있었다.

달걀이 어른이 되는 데 3년 걸린다. 농원은 이 가운데 도태된 닭들을 탕으로 만드는 식당도 차렸다. 농원 견학도 가능하다. 숨 콱콱 막히는 여느 양계장과 달리 너른 방사장을 날아다니는 닭들을 보면 기분이 좋다.

북쪽 노성면으로 가면 명재 고택이 있고, 서쪽 관촉동으로 가면 은진미륵이 있는 관촉사가 나온다. 명재 윤증(1629~1714)은 조정에서 18차례 벼슬을 내렸으나 온갖 핑계로 고사하고 제자를 길렀다. 쓰러져가는 초가집에 사는 스승을 보다 못해 제자들이 집을 마련해줬다. 명재는 "어울리지 않는다"며 발을 들여놓지 않았다. 그 집이 명재 고택이다. 서기 1006년 세운 관촉사 미륵불은 키가 18m로 이 땅에서 제일 큰 석불이다. 교과서는 '비례미가 맞지 않는 석불'이라 묘사하지만, 직접 대면하면 그 웅장함과 고졸함에 입을 다문다.

*

이리하여 우리는 1300년 전 전쟁터 연산 황산벌에서 3대 100년 대장장이를 만났고 150년을 견뎌온 검은 닭 무리를 목격했고, 300년 고택에 틈입했으며 1000년이 넘은 미륵 부처를 만났다. 대장장이네 메질이 이어지듯, 이 땅에 새겨진 흔적도 질기고 오래되었다.

볼거리

연산대장간 작업 중에는 전화 불통. 전화로도 물건 주문 가능. 주소 황산벌로 1541-2 전화번호 041-733-5231 홈페이지 okqr.kr/8741

지산농원 미리 연락하면 농원 견학 가능. 홈페이지에서 초란, 오계약닭세트 구입 가능. 주소 연산면 화악길 70 전화번호 041-735-0707 홈페이지 www.ogolgye.com

명재고택 안채와 사랑채, 별채, 초가 고택 체험 가능(8~40만 원). 전통 혼례식 대관도 한다. 문화해설사도 있다. 전화번호 041-735-1215 홈페이지 www.myeongjae.com

관촉사와 연산역 내비게이션에 각각 이름 검색. 관촉사는 산 아래 주차장에서 걸어 올라가야 한다.

관광정보 전화번호 041-746-5114 홈페이지 tour.nonsan.go.kr

맛집

계모의 행복한 밥상 지산농원에서 운영하는 약닭식당. 천연기념물 외형 기준에서 미달돼 도태된 오계 약선요리 판매. 2년산 4만 5000원(2인분 이상). 1시간 30분 걸리니 사전 예약 필요. 전화번호 041-735-0707

관촉사
은진미륵

11

인제1 토박이 조남명과 원대리 자작나무숲

원대리 자작나무숲

원대리에서 나고 자란
원대리 이장 조남명

1959년생인 강원도 인제 토박이 조남명은 어릴 적 친구들과 섬밭에서 불발탄을 가지고 놀았다. 섬밭은 인제읍 원대리 내린천에 있던 섬이다. 조남명의 고향 원대리 마을에서 1km 정도 떨어져 있다.

20세기 한때 인제군은 지도에서 사라진 적이 있다. 38선이 인제군을 관통하면서 남쪽 인제 땅이 홍천군으로 편입된 것이다. 원대리는 팔자가 더 사나웠다. 마을 한가운데 동서로 흐르는 실개천 한가운데에 38선이 그어져버렸으니까. 원대리 사람들은 낮에는 개울 건너 농사를 짓고 밤이면 다시 개울을 건너 집으로 돌아가야 했고, 섬밭에 주둔했던 소련군은 낮 동안 빈집들을 노골적으로 털어가곤 했다.

평화가 왔다. 섬밭에서 아이들은 불발탄을 가지고 놀았다. 장약을 깡통에 모아서 심지에 불을 붙여 섬에 있는 용소매기 연못에 던지면 기절한 물고기가 쏟아졌다. 가끔 손이 날아가버린 아이들도 있었다. 세월이 흘러 섬밭은 매립돼 수변공원이 되었다. 엉터리도 그런 엉터리가 없는 마을 역사는 잊혔다. 세기가 바뀐 2016년, 조남명이 사는 원대리에 낭만적인 놀이터가 생겼다. 이름하여 '원대리 자작나무숲'이다.

조남명과 38선마을 원대리

"인제 가면 언제 오나 원통해서 못 살겠네"하던 땅, 인제였다. 전체 면적 1만 6500㎢ 가운데 1만 4500㎢, 그러니까 88%가 숲이요 산이다. 지금이야 서울에서 두 시간이면 닿지만 1980년대까지도 인제는 오지(奧地) 중 오지였다. 조남명이 태어난 원대리는 배를 타고 내린천을 건너서 비포장길을 1㎞ 더 들어가야 나왔다. 원대리는 한자로 院垈里다. '집터'라는 뜻이다.

옛 지명은 의미심장하다. 충북 청주에 공항이 생기더니 '비상리(飛上里)'와 '비하리(飛下里)'를 잇는 땅이 활주로가 되었다. 물이라곤 빗물밖에 없던 인제 수산리(水山里) 첩첩산골에 소양호가 생겼다. 그래서 조남명은 믿는다. 3군단 군인들이 원대리로 들어오는 다리를 만들고 도로를 뚫은 지 40년이 다 됐고, 이제 이 깡촌도 사람 살기 좋은 집터로 변할 때가 됐다고.

불발탄 줍고 다니던 실개천변에는 원대국민학교가 있었다. 조남명과 친구들은 이 학교를 졸업하고 재건중학교에 입학했다. 1960년대 가난해서 못 배운 시골아이들을 위해 만든 무료 학교다. 학교가 부실운영으로 문을 닫고서 조남명은 한학을 배웠다. 3년 동안 동몽선습과 명심보감을 배웠다. 나이 열일곱에 고향을 떠나 서울과 부산과 울산에서 자동차 판금을 하며 돈을 벌다가 스물 넘어 집으로 돌아왔다.

내린천에서 집으로 가는 길은 뚫렸지만 여전히 원대리는 가난했다. 조남명은 골짜기 사이사이 좁은 땅에 농사를 지었다. 화전(火田)은 일찌감치 금지됐다. 원대리에 널린 잣나무에 올라가 목숨 걸고 잣송이도 따서 팔았다. 도로 포장 공사를 할 때는 일품을 팔았다. 지금은 마을 옆 안삽재 골짜기 3만 평 땅에 오미자, 곰취, 콩, 풋고추에 토마토, 옥수수까지 기른다. 약삭빠르게 마음먹었다면 고향 등지고 대처 나가 돈도 벌었겠지만, "이상하게도 어릴 적 서당에서 배운 교훈이 평생 따라와서 지금도 나쁜 짓은 할 수가 없다"고 했다.

1974년 원대리 남정네들은 화전민이 철거된 마을 뒷산 절골 계곡에 나무를 심었다. 잣나무도 심었고 자작나무도 심었고 낙엽송도 심었다. 조남명은 "파는 묘목이 그 세 종류밖에 없었기 때문이지 구체적인 이유는 없었다"고 했다.

1988년 솔잎혹파리가 원대리 숲을 휩쓸었다. 쑥대밭이 된 산에 이듬해 산림청이 자작나무를 심었다. 1989년 4월 8일 사흘 동안 비탈을 고른 후 4월 11일 원대리 한쪽 3만 2000평에 1년생 베루코사 자작나무 묘목 2900그루를 심었다. 묘목 가격은 22만 5000원이었다. 침엽수 일색이던 정부 조림목에 드디어 활엽수가 끼어든 것이다.

피폐했던 대한민국 산은 심고 관리하기 좋고 잘 자라는 침엽수로 울울창창해졌다. 이제 종이와 목재를 생산할 경제림(經濟林)을 가꿀 시대였다. 베루코사 자작나무는 핀란드 같은 북유럽에서 자라는 나무였다. 무늬가 아름다워 가구목으로 쓰인다. 솔잎혹파리가 지나간 숲에 이 나무가 시험적으로 원대리에 뿌리를 박았다. 조남명은 기억한다. "나라는 올림픽을 치렀지만 원대리는 가난했다. 나무 심기에 동원된 주민들은 일당을 돈과 함께 밀가루로 받았다."

원대리 자작나무숲

그 뒤로 그 숲이 어찌 됐는지는 기록이 없다. 대신 이듬해 원대리에 대규모 자작나무숲이 조성되기 시작했다. 인제국유림관리소 소장 송갑수가 말했다. "그때 조림 선배들이 전국을 헤매며 자작나무 최적지를 물색했다. 춥고 양지바른 곳을 좋아하는 자작나무에게 원대리는 천국이었다."

원대리 자작나무는 잔가지가 위로 솟구치는 시베리아 자작나무(학명 Betula platyphylla)다. 시베리아와 만주, 중국, 한반도 북쪽과 일본 북부지역에 자란다. 남한 땅은 애당초 시베리아 자작나무가 살 곳이 아니었지만, 송갑수의 선배들은 원대리를 찾아내고야 말았다. 산림청은 원대리 국유림 138㏊, 그러니까 41만 7450평에 1~2년생 묘목을 자그마치 41만 4000그루나 심었다.

1990년 3월 27일을 시작으로 6년 동안 벌어진 일이다.
기후와 토양도 적합했지만, 원대리는 숲을 관리할 수 있는 숲속 임도(林道)도 매력적이었다. 숲에는 인제 사람들이 소금을 사러 양양으로 가던 소금길이 있었다. 그 길 중간에 원대국민학교 회동분교가 있었다. 1976년 이 분교에 근무하던 부부교사가 3군단에 부탁했다. 아이들도 교사들도 힘이 드니 길을 넓혀달라고. 그래서 그 무렵 원대리 들어가는 다리가 생겼고 큰길인 원남로가 생겼고 원대리에서 절골을 지나 정자리로 가는 원정 임도가 생겼다. 가난한 지자체가 엄두도 못낸 일을 해준 군부대에게 감사하는 표석이 자작나무숲 초입에 서 있다. 길은 이후 자작나무숲 관리에 유용하게 쓰이고 있다.
여리디여린 자작나무 묘목들이 뿌리내리고 20년이 흘렀다. 조남명은 문득 깨달았다. 원대리가 지명대로 굴러가고 있다고.
"마을에 손님이 오면 절골로 가는 임도로 산책을 갔다. 자작숲이 예쁘다고 난리였다. 우리는 몰랐지. 그런데 손님이 손님을 데리고 오더니 그 다음에는 사진가들이 몰려왔다. 그러더니 연예인이 들이닥치고, 그 다음에는…."
사람 사태(沙汰)가 난 것이다. 6년 전부터라고 했다. 남한에서 구경하기 불가능한 새하얀 자작나무숲이 숨어 있다니, 소나무 땔감으로 밥을 짓고 소나무집에 살다가 소나무 관에 들어가 하늘로 가는 중부 이남 사람들에게, 이북 사람들과 만주 여진족이 땔감과 집과 관을 만들던 그 나무는 꿈같은 이야기였다. 숲을 찾은 사람들은 그 전설 같은 숲에 틈입했었노라고 자랑하기 바빴고, 그 덕에 아득한 오지 원대리는 전국으로 유명해졌다. 그 무렵부터 신문, 방송, 블로그에 시인 백석(白石)과 고은(高銀)의 자작나무 제하 시(詩)들이 넘쳐났다.
방문객 사태를 맞아 국유림관리소는 2012년 1년생 묘목 1만 8000그루를 심은 임도 3.5㎞ 위쪽 6㏊를 탐방로로 개방했다. 이름은 '속삭이는 자작나무숲'이라 명명했다. 그 숲에 자작나무가 첫 뿌리를 내린 이래 36그루는 껍질이 벗겨졌고 7그루는 칼로 낙서가, 5그루는 대담하게 조각이 새겨졌다. 20년 넘게 솎아낸 새하얀 자작나무 5444그루 가운데 48그루가 사람 손을 탔다.
큰길가 안내소에서 숲까지 걸어서 40분 정도 걸린다. 마지막 모퉁이를 돌면,

찬란하다. 키가 20m를 넘는 '숲의 귀부인' 5000여 그루가 찬란하다. 이 대단한 숲을 가꿔낸 사람들이 찬란하다. 심한 유혹에도 불구하고 그 세월 동안 나무들을 건드리지 않은 시민의식이 찬란하다. 그 덕분에 2015년 11월까지 이 숲을 찾은 사람들이 19만 2000명이었다. 엄혹한 겨울날에도 숲 앞 주차장은 만원이다.

요절 시인 박인환과 자작숲

시인 박인환은 인제에서 태어나 열한 살 때 대처로 떠났다. 사내는 시인이 되어서 서울 명동시대를 주름잡았다. 인제읍 생가 마을에는 그 문학관이 서 있다. 문학관에는 대한민국 문예시대를 이끌었던 1950년대 명동과 종로거리를 재현해 놓았다. 박인환이 운영했던 서점 마리서사, 「세월이 가면」을 지은 막걸리집 '은성' 같은 낭만시대 공간들이 보인다.

설(說)이 분분하지만, '세월이 가면'은 1956년 외상값을 독촉하는 여주인 이명숙에게 즉석에서 써준 시였다. 옆자리에 있던 작곡가 이진섭이 역시 즉석에서 멜로디를 썼다. 옆집에서 술을 마시던 가수 현인(나애심이라는 설도 있다)이 와서 악보를 보며 노래를 했다. 사연 많은 여자의 인생을 담은 노래에 배우 최불암의 어머니인 여주인이 눈물을 쏟으며 말했다. "외상값 안 줘도 좋으니 그 노래는 부르지 말아 달라"고. 박인환은 이후 요절 시인 이상(李箱)을 기린다며 폭음으로 지내다 그해 3월 20일 죽었다. 요절(夭折), 서른한 살이었다.

시인만큼 요절은 아니더라도, 쓰임 많은 원대리 자작나무숲은 운명이 결정돼 있다. 인제국유림관리소 소장 송갑수가 말했다. "자작나무는 60년이 되면 베어내 목재로 쓴다. 경제림으로 만든 원대리 숲 또한 2050년 무렵이면 벌목이 예정돼 있다. 하지만 때가 오면 알 수 없지. 목적이 바뀔지도."

그렇다. 시인 말대로, 세월이 가고 사랑은 가도 과거는 남는 것. 지금 당장 자작숲이 그리워 사람들이 원대리를 찾지만 세월이 흐르면 그 사랑이 가고, 추억 속에서만 그 자태가 빛날지도 모를 일이다. 그리운가. 자작나무숲으로 가보라.

볼거리

원대리 자작나무숲 입산은 오후 2시까지. 갈림길이 나오면 오른쪽 원정임도를 택할 것. 완만한 오르막길 3.5km. 주차장이 넓다. 전화번호 인제국유림관리소 033-460-8036

박인환문학관 박인환 팬과 문학 애호가라면 들를 만하다. 생가도 복원돼 있다. 무료. 주소 인제읍 상동리 415-1 전화번호 033-462-2086

인제산촌민속박물관 박인환문학관 바로 옆. 산촌마을 문화를 소상하게 엿볼 수 있다. 무료. 공휴일 다음 날 및 월요일 휴관. 전화번호 033-460-2085 홈페이지 www.inje.go.kr/museum

원대리마을 홈페이지 www.wondaeri.com

관광정보 전화번호 033-460-2081~4 홈페이지 tour.inje.go.kr

맛집

자작나무향토음식점 원대리마을이 운영하는 식당. 조남명 이장의 마을 설명도 들을 수 있다. 자작나무숲 안내소에서 원대삼거리 방향 3분 거리. 평일에는 미리 전화로 문의 요망. 쌈밥 1만원(2인분 이상), 황태구이 8000원, 황태옹심이 9000원, 황태해장국 8000원. 주소 원대리 279 전화번호 033-461-4857

합강막국수 인제읍 대표 맛집. 장작불로 만드는 비빔막국수 6500원, 물막국수 6000원, 메밀전 6000원, 편육 1만 5000원. 주소 인제읍 합강2리5반 전화번호 033-461-2100

문학관에 있는
박인환 동상

12

인제2 마의태자 루트와 신라소국 인제

용소마을에 있는 용소폭포

이번에는 1000년 전 인제로 가본다. 자작나무가 자라고 38선이 사라진 인제 땅에 숨은 수수께끼를 찾아본다.

쓸쓸한 사내 뒷모습

이 사내에 대한 드라마틱한 이야기는 사서(史書)에 한 대목만 나온다. 서기 935년 음력 10월 경주에서 벌어진 일이다. "왕자가 말했다. '나라의 존망은 하늘에 달려 있으니 충신, 의사들과 함께 민심을 합하여 힘을 다한 뒤에 망할지언정 어찌 천년 사직을 하루아침에 남에게 줄 수 있겠나이까.' 그래도 왕이 왕건에게 항복을 청하자 왕자는 통곡하면서 하직 인사를 하고 개골산으로 들어가 바위 아래에 집을 짓고 삼베옷을 입고 풀을 먹으며 일생을 마쳤다."(王子曰 國之存亡 必有天命 只合與忠臣義士 收合民心 自固力盡而後已 豈宜以一千年社稷 一旦輕以與人(중략)王子哭泣辭王 徑歸皆骨山 倚巖爲屋 麻衣草食 以終其身)

신라 마지막 왕인 경순왕 아들 마의태자 이야기다. 사서 제목은 1145년 편찬된 삼국사기다. 저자는 김부식이다. 김부식에게 역사교과서 편찬을 명한 사람은 고려 왕이었다. 고려 관찬(官撰) 역사서에 따르면, 태자는 눈물을 찔찔 흘리며 산속으로 들어가 식음을 전폐하다가 죽었다. 정말 그랬을까. 혈기왕성한 화랑(花郎)이 무기력하게 풀을 뜯다 죽었을까.

미궁 속 행로 – 마의태자 북상 루트

민초(民草)들은 알고 있다. 낫 놓고 기역자도 모르는 까막눈이어도, 민초들은 자기 마을에서 벌어진 일을 구전(口傳)으로 1000년 뒤 후손에게 전한다. 바로 지명과 전설이다. 한두 사람이 만든 창작물이 아니라 시간대를 초월해 구비 전승된 집단 기록이다. 식자(識者)들이 애지중지하는 기록보다 더 명징하다. 대한민국에는 역사책에 없는 마의태자 발자국이 곳곳에 찍혀 있다. 전설과 지명을 따라가면 사서에 없는 마의태자 북상 루트가 윤곽을 드러낸다. 그 지명과 전설은 이렇게 말한다. "태자는 눈물이나 흘리던 약한 사내가 아니라 신라 부흥을 꿈꾸던 군주였다"고.

경북 안동 용두산에는 국망봉이 있다. 경주를 떠난 마의태자가 경주를 돌아봤다는 봉우리다. 이 봉우리에서 3km 들어가면 나오는 마을 이름은 태자리(太子里)다. 산 정상 바윗돌 이름은 마의대다.

충북 충주 월악산에는 미륵대원사지가 있다. 마의태자가 신라 부흥을 꿈꾸며 세웠다는 절터다. 미륵 석불입상이 고고하게 서 있다. 절터 위치는 계립령이다. 계립령은 중원성을 거쳐 경주에서 북쪽으로 가는 대로였다. 전설은 계립령을 넘고 남한강을 건너 이어진다.

경기도 양평 용문산 용문사에는 1000살이 넘은 은행나무가 있다. 사람들은 "마의태자가 북상하면서 꽂은 지팡이가 자라난 나무"라고 믿고 있다. 지명을 좇으면 이번에는 홍천이 나온다. 공작산과 수타사가 있는 홍천 노천리에는 지왕동(至王洞)이 있다. 왕이 당도했다는 뜻이다. 지왕동에서 고개를 넘으면 왕터가 나온다. 역시 왕이 지나간 곳이다. 왕터를 건너면 바로 인제 땅이다. 지명과 전설을 따라가면 마의태자는 험준한 산과 고개를 넘고 강을 건너 서진(西進), 북진(北進), 동진(東進)을 했다. 금강산으로 도망가려 했다면 해안선을 따라 북상하면 그만인데, 패망한 나라 태자가 이 루트를 택한 이유가 수수께끼다.

군부대와 관광객, 관광지 쟁탈전

지구상 어디든 똑같다. 군사요충지와 관광지는 공통점이 많다. 조망은 사방을 경계할 수 있도록 탁 트였다. 대규모 군사가 주둔할 수 있는 너른 평탄지가 있다. 도로망은 발달했지만 군사지역이라는 특수 성격상 민간인에게 훼손되지 않은 자연이 있다. 평화시대가 도래하면 이런 조건을 가진 지역에는 여행자들이 몰려든다. 6.25 전쟁 때 피바다를 이뤘던 대한민국 양구군 펀치볼

분지가 그렇고 철새 도래지인 철원이 그렇다. 고려 무신정권 때 몽고와 전쟁을 벌였던 인천 강화도가 그렇다. 맑은 자연이 있는 곳은 군부대거나 아니면 관광지다. 지구상 관광객은 군부대와 경쟁을 한다. 역사 속 군사요충지는 모두 관광지로 변했다. 몰려드는 여행자들에게 맞서서 군부대들이 그 지역을 선점해버리면 여전히 군부대다. 마의태자 발자국이 있는 곳들은 100% 유명 관광지들이다. 100% 과거 군사요충지이기도 했다.

계립령은 신라와 북쪽을 잇는 대표적인 교통로였다. 계립령 너머 중원성은 신라 제2수도로 불렸다. 미륵대원사는 외부와 지리적으로 차단된 공간이었다. 그러니까 태자는 군사 중심지와 요새(要塞)들만 골라 행군해 갔다. 한강 너머 양평은 북한강과 남한강이 만나는 수운 중심지였다. 홍천은 인제로 가는 길목이었다. 인제는 고구려와 신라가 격전을 벌인 곳이다. 지금도 인제 땅 많은 부분은 지도에 표시되지 않는 군사지역이다. 그만큼 아름다운 자연이 많기에 평화가 진행 중인 지금은 관광객이 몰리는 관광지이기도 하다.

그 종착역, 인제 – 기록되지 않은 역사

인제에 남은 마의태자 흔적은 이렇다. '김부대왕로'라 개칭된 446번 지방도를 따라 서쪽에서부터 중간다무리와 웃다무리 마을이 나온다. 김부대왕은 경순왕을 지칭하기도 하고 경순왕 아들 마의태자를 지칭하기도 한다. 현대에 세운 다리 이름은 다물교(多勿橋)다. 삼거리 이름은 다물삼거리다. 다물은 고구려말로 '회복하다'라는 뜻이다.

대규모 군사 훈련장이 있는 지역 이름은 김부리(金富里)다. 김부리 훈련장 속에는 김부대왕각이 있다. 마의태자 위패를 모신 사당이다. 위패에는 신라경순대왕태자김공일지신위(新羅敬順大王太子金公鎰之神位)라고 적혀 있다. 조금 더 동진하면 갑둔리(甲屯里)가 나온다. 군사가 주둔했다는 뜻이다. 갑둔리에는 오층석탑이 있다. 알 수 없는 어느 때에 파괴돼 묻혀 있다가 발굴된 탑이다. 석탑에는 '김부 가족의 영원을 빈다'는 글귀가 새겨져 있다.

갑둔리 오층석탑. '김부 가족의 영원을 빈다'고 적혀 있다.

김부리에 있는 골짜기 이름은 맹개골이다. 마의태자를 따르던 맹장군 이름을 딴 지명이다. 맹장군은 양구에서 군사를 모아 신라 부흥군을 훈련시키다 죽었다. 훈련장소 이름은 군량리(軍糧里)다. 태자가 옥새를 숨긴 옥새바위도 있고 태자가 탄 수레가 넘어간 고개 수거네미도 있다. 창작이라기에는 과하게 구체적인 지명에, 사람들은 인제 김부리 일대가 신라 부흥을 꿈꾸며 태자가 세운 신라소국이었다고 믿는다.

아쉽게도 이들 지명이 있는 곳들은 군부대가 관광객들과 경쟁에서 승리해 군사시설이 들어섰다. 관광객들은 아름답기 그지없는 446번 지방도로 드라이브와 한적한 오층석탑 산보로 만족할 수밖에 없겠다.

대신 갑둔리 너머 용소마을에서 기억을 되살려본다. 용소마을에는 마의태자 전설을 사실로 믿는 사람들이 마의태자권역이라는 공간을 만들었다. 마의태자 루트 안내소와 숙박과 식당이 여행자들을 맞는다. 마을 옆에는 희한하게 생긴 폭포가 있다. 이름은 용소폭포다. 하이힐 신고도 걸을 수 있는 나무데크 끝에 있다. 키 작은 나무들이 암벽에 달라붙어 있고 하트 모양으로 뚫린 구멍에서 폭포수가 떨어진다. 폭포수를 바라보며, 혹은 개울물에 발을 담그고 1000년 전을 상상해본다.

한계산성, 그리고 장수대

신라 부흥을 꿈꾼 마의태자 무리가 정착한 곳이 한계산성이다. 한계령 서쪽, 설악산 국립공원 장수대 입구에 있다. 마의태자는 이곳 산성에서 부흥군을 이끌고 항려(抵儷) 투쟁을 벌였다. 경주를 떠나 전국 군사지역을 돌면서 군사를 결집해 당도한 곳이다. 성안에는 대궐터가 남아 있다. 산성은 험준하기 짝이 없다. 등산로도 통제돼 있다. '군사지역=관광지'라는 법칙은 여기서도 통한다. 장수대 입구에서 사방을 돌아보면 첩첩산중 암봉 무리가 좁은 44번 국도를 내려다본다. 고려군에 대한 방어도 공격도 쉬운 길목이다.

1000년 뒤인 20세기에도 이곳에서 전쟁이 벌어졌다. 인민군이 장악한 설악산을 수복하려는 전투였다. 국군이 승리해 설악산 지역은 대한민국 땅이 되었다. 도로 건너편에 낡은 한옥이 한 채 있다. 이 집 이름이 바로 '장수대(將帥臺)'다. 1959년 국군 3군단장 오덕준 장군이 설악산 전투 전사자들을 추모하며 세운 산장이다. 연전에 홍수로 벌거숭이가 됐던 뒤편 장수대숲은 자연치유 중이다. 홍수에도 무사했던 이 장수대가 지금은 폐가로 변했다. 현판도 사라지고 방마다 자물쇠가 잠겨 있다.

민초들이 유전자에 기록한 마의태자 행적은 여기까지다. 울분 가득한 태자가 신라 부흥을 꿈꿨는지, 아니면 공식 기록대로 금강산으로 갔는지 궁금하거든 인제 땅으로 가 보시라.

볼거리

갑둔리 삼층석탑 446번 도로로 상남면 쪽으로 가다가 군부대를 지나면 왼쪽에 이정표. 비포장 내리막길을 가다가 삼거리가 나오면 오른쪽으로. 오른편 작은 언덕에 있다.

갑둔리 오층석탑 삼층석탑 입구를 지나면 446번 도로변 오른쪽에 이정표. 도로에서 석탑으로 가는 오솔길이 운치 있다. 오른쪽에는 수량 풍부한 개울이 흐른다.

용소마을(마의태자권역) 오층석탑에서 상남면 쪽으로 직진. 숙박시설과 식당. 숙박은 5~15만원. 군훈련장으로 접근이 통제된 김부대왕각 대신 마의태자 사당을 만들어 놓았다. 일대기를 기록한 작은 공원도 있다. 주소 상남면 김부대왕로 2390 전화번호 033-461-0228 홈페이지 www.마의태자.net

용소폭포 용소마을 못 미쳐 다리 공사 중인 작은 삼거리에서 오른쪽 좁은 길로 들어가 공사현장 지나 직진. 나무데크 산책로가 잘 돼 있다. 이정표가 잘 보이지 않으니 마의태자권역에 물어볼 것.

한계산성과 한계사지 설악산 국립공원 장수대에 있다. 출입은 금지. 국립공원 사무소 건너편에서 보는 설악산 암봉 조망이 좋다. 건너편에 있는 폐가 수준의 낡은 한옥이 1959년에 건립된 장수대다.

남전약수 내비게이션에 '남전약수휴게소'를 검색. 2006년 홍수로 주변은 황폐하지만 물맛은 최고다. 주소 남면 남전리 산145

한계산성이 있는 설악산 장수대

13

신성리 갈대밭과 모시 물들이는 여자 박예순

서천 신성리 갈대밭.

모시 물들이는 집에서 태어나
모시 짜는 집으로 시집와서
모시를 짜는 박예순

충남 서천군 금강변에는 갈대밭이 있다. 밑도 끝도 없이 아득하게 크고 넓다. 박예순은 그 갈대밭 옆에서 모시를 짠다. 예순 살 되도록 평생 바느질을 하고 모시에 물을 들인다. 못 먹고 못 살던 시절 갈대밭은 농민들이 뿌리를 캐서 삶아 먹었던 한스러운 곳이었다. 지금 갈대밭은 사시사철 연인과 가족 객들이 찾는 이색 풍경이 되었다. 가난 탓에 먹고살려고 손에 쥔 모시에 염색이지만, 지금 박예순에게 모시는 천직이다. 그녀가 말했다. "가난 '덕분에' 내 할 일을 찾게 되었다"고.

아주 옛날 이야기 – 기벌포와 갈대밭

서기 656년 백제 마지막 왕 의자왕이 주재한 회의에서 좌평 성충이 이리 말했다. "머지않아 전쟁이 일어날 것 같다. 적군이 쳐들어오면 육로로는 탄현(炭峴)을 넘지 못하게 하고, 수군은 기벌포(伎伐浦)에 못 들어오게 한 뒤 험한 지형에 의지하여 싸우시라." 기벌포는 전북 군산과 충남 서천 사이에 있는 금강 하구다. 수도 부여 남서쪽으로 50km 정도 떨어져 있다. 하도 뻘이 찐득찐득해서 질구지라고도 했다. 사위(四圍)가 탁 트여 뻘에 빠진 적군은 궁수들의 화살을 피할 수가 없는 곳이었다. 주색에 빠진 의자왕은 그치라는 말에도 끝까지 바른말 해대는 성충을 옥에 가뒀다. 결국 성충은 죽었다.

4년 뒤인 660년 7월 9일 13만 대군을 실은 당나라 소정방 함대 2000척이 기벌포에 나타났다. 신라 수군 함정 100척도 함께였다. 같은 날 신라군 5만 병력은 무주공산인 탄현을 넘어 황산벌에서 계백의 오천 결사대를 몰살시키고 부여로 진군했다. 서쪽 기벌포에 상륙한 나당 함대는 뻘 위를 버드나무 가지를 엮은 상륙장치로 덮어 군사들을 금강 좌우측 강변으로 볶은 콩처럼 쏟아붓고 빠른 속도로 북상했다. 중국 사서 구당서에는 "(적군이) 저절로 무너졌다"고 적혀 있다. 그해 백제는 멸망했다. 바른 말 내치고 아첨과 사탕발림에 귀 기울인 결과이니 예나 제나 세상 이치는 똑같다.

13만 대군이 수륙병진하던 길목에 신성리가 있다. 한산면이다. 신성리 강변에는 갈대밭이 있다. 서천군청에 따르면 갈대밭은 폭 200m에 길이 1km, 면적은 7만 5000평이라 하는데 두 눈으로 보아야 느낄 뿐, 숫자로는 규모를 짐작할 수 없다.

백제가 쑥대밭이 됐을 그때도 갈대밭이 있었는지는 모른다. 다만 갈대가 뿌리내린 그 늪지는 최근 생긴 땅이 아니다. 서천 토박이 이병철(65)이 말했다. "나 어릴 때 신성리는 허허벌판에 갈대밭밖에 없었다. 그런데 사람들이 그 뿌리라도 캐먹겠나고 들어와서 집을 짓고 논을 개간하고…." 뿌리는 찌고 삶아서 먹고, 짚 대신에 갈대로 생필품도 만들었다고 했다.

지금 신성리 강변에는 둑을 사이에 두고 갈대밭과 논이 들어서 있다. 가을이면 둑 안쪽은 누런 벼가, 강 쪽은 새하얀 갈대꽃이 바람에 출렁인다. 그리고 상상해본다. 1356년 전 그날 북과 징을 두드리며 강 양쪽을 새카맣게 물들였을 당나라와 신라 군사들을. 마치 영화처럼 저 갈대밭과 중무장한 군사들이 중첩되면서 금강변에 겨울바람이 불어온다. 영화 〈공동경비구역(감독 박찬욱, 2000년)〉에서 지뢰를 밟은 국군 이병헌을 인민군 송강호가 깐족대면서 살려준 장면을 이곳에서 찍었다. 주민들 기억으로는 "이 영화 찍은 곳 왔노라"며 방문객들이 오기 시작한 때가 8년 전, 그러니까 2008년 무렵이었다. 이후 뿌리 캐먹는 데 급급하다 먹고살 만해지면서 버려뒀던 갈대밭에 방문객 사태(沙汰)가 터지고 지금은 전남 순천만과 해남 고천암호, 경기도 안산 시화호와 함께 통칭 대한민국 4대 갈대밭으로 이름을 올리게 되었으니, 역시 옛 군사요충지와 전쟁터는 어디든 관광지로 각광받는 시대다.

모시 물들이는 여자 박예순

안동이 올 굵은 삼베로 유명하듯, 서천은 한산 모시로 유명하다. 한산 여자들은 모시를 짜고 소곡주를 담갔다. 9세기 통일신라 경문왕 때에도 당나라에 한산 모시를 보냈다는 기록이 있으니 그 연원은 최소 1000년이 넘었다. 소곡주는 백제 때부터 담갔다.

어린 박예순에게 소곡주는 지겨운 기억이었다. 박예순이 말했다.

"서천에 물이 귀하니, 해마다 봄여름이면 농부들끼리 물꼬 싸움이 대단했다. 한번은 옆집 아저씨들이 삽으로 치고받는 싸움을 벌였다. 그날 밤에 아버지가 나에게 아저씨 둘을 데려오라는 것이다. 그래서 한 사람 불러오고 또 다른 사람 불러오니 두 사람이 나를 꼬나보면서 이러는 것이다. '왜 저 놈이 여기에!' 내가 그랬다. 아저씨, 안 오면 나 아버지한테 혼나요. 그러고 나는 부엌에 가서 소곡주를 끓였다. 밤이 으슥해지면 아까 두 아저씨들이 어깨동무를 하고 웃으면서 나와서는 집으로 가더라. 술이 인심 살린 게지."

쌀 한 가마로 소곡주는 스무 병이 나왔다. 요즘에는 마흔 병도 만든다. 토박이 이병철이 말했다. "술이 하도 귀해서, 폐백주로 나온 소곡주를 홀딱 마시곤 더 달라고 하곤 했다." 어느 집 부엌에서 소곡주 끓이는 소리가 들리면 귀신처럼 알고서 옆집 남정네들이 사랑방으로 몰려들곤 했다. 그러면 예순은 안주를 만들어야 했다. 정말 싫었다.

박예순의 모시 조각보

서천 노변은 한 집 건너 모시 집이요 그 사이에 소곡주 양조장이다. 박예순은 그 서천에서 태어나 지금도 모시를 만진다. 더 이상 소곡주 심부름, 살인미수 사건 해결사 노릇은 하지 않는다. 그녀가 이력을 이야기한다.

"…나는 다른 여자들처럼 모시 길쌈을 하는 친정 엄마 도우며 모시를 배웠다. 솜씨 좋고 배려심 깊은 할머니한테서 바느질도 배웠다. 1970년에 아버지가 도장 잘못 찍는 바람에 가세(家勢)가 기울었다. 소 빼고 모든 집안 살림에 빨간 차압딱지 붙는 거 보고 중학교 못 가고 서울에서 식모살이를 했다. 3년 하고 나서 열일곱 살 때 봉제회사에 들어가 미싱을 돌렸다. 다른 사람보다 속도가 훨씬 빨라서 다들 이뻐했다. 나이를 네 살 속여서 취직했는데, 결국 언니들보다 먼저 반장이 됐다. 별의별 미싱 다 돌려봤다. 나이가 차서 중매로 고추농사 짓는 남자와 결혼해 고향으로 돌아왔다. 친정에서 배우고 사회에서 익

마량포구의 월출

힌 대로 모시를 짜고 바느질로 돈을 벌었다."

과연 박예순은 놀라웠다. 다른 사람이 한 필을 짤 때 그녀는 세 필을 짰고 바느질도 기가 막혔다. 1995년 모시짜기 경진대회에 나가서 4등을 했다. 왜 자기가 그리 솜씨가 좋았는지 궁금하지도 않았고 알려고 할 시간도 없었다.

대신 못 배워 가난한 게 한(恨)이어서, 박예순은 공부를 했다. 모시 짜기 대회에 나가면 상장을 받았고, 농업진흥청과 기술센터에서 교육받으라고 하면 무조건 가서 수업을 들었다. 천연염색도 배웠고 홈페이지 만드는 법도 배웠다. 배우면서 아이들 체험학습장도 만들어 아이들을 가르치고 염색공방도 만들어 명함도 팠다. 그러다 2007년 막내아들 대학 보내고 박예순은 검정고시로 중학교와 고등학교를 마쳤다. 검정고시 공부하면서 그해에 농업진흥청 경진대회에서 세모시 한복과 장신구로 최우수상을 받고서 쓰러져 사흘 동안 병원 신세를 졌다. 지금은 방송통신대학 가정과 학생이다.

모시를 베틀에 걸고 짜려면 우선 모시 껍질을 가느다랗게 찢어야 한다. 앞니로 줄기 한쪽 끝을 물고 당겨내는 '모시 째기' 작업이다. 수십 년 모시를 째다 보면 앞니에 홈이 파진다. 이게 '이골'이다. 한산 여자들은 모시 째는 데 이골이 난 사람들이다. 이골이 나지 않으면 모시 째는 작업도 더디고 세(細) 모시도 나지 않는다. 일부러 틀니에 이골을 내달라고 주문하는 늙은 여자들도 있다. 건조하면 모시가 부러지고 끊어지는지라, 여자들은 푹푹 찌는 골방에서 이골을 내며 작업을 한다. 그러다 허기가 지면 모시 잎을 쪄서 밥을 짓고 떡을 만들고 국수를 해 먹곤 했다.

박예순은 이골이 날 때까지 모시를 째고 짓다가 염색을 배웠다. 그녀가 말했다. "모시를 짤 때보다 지을 때가 더 돈이 되고, 지은 모시를 물들여 팔면 더 큰돈이 된다"고. 2009년 문화관광부와 서천군이 '한산오일장 살리기' 프로젝트를 시작했다. 한산모시, 공작선, 대장간, 짚풀공예, 솟대 제작 등 한산 장터를 상징하는 장인들에게 브랜드를 부여하고 후원하는 작업이 이뤄졌다. 이들은 한다(韓多) 공방이라는 영농조합까지 만들었다. 한산 장터는 이후 대표적인 관광 장터로 떴다. 지난 여름, 갈대밭 둑방길 아래 한다공방의 체험관이 생겨났다. 박예순은 갈대밭 옆 체험관과 자기 작업장에서 모시를 만진다. 자기가 보아도 솜씨가 좋으니, 만지면서도 늘상 신기했다.

2009년 외삼촌 회갑연이 열렸다. 모처럼 뵌 외당숙에게 염색공방 명함을 드렸다. 말없이 명함을 응시하던 그가 말했다.

"…연약한 네가 걸레장이가 되다니, 피는 못 속이는구나."

"걸레가 아니라 한산 모시"라고 대드는 그녀에게 어르신이 말을 이었다.

"네 어미 조상 대대로 옷감을 물들여 궁(宮)에 들이는 염색장인이었느니라."

순간적으로 온몸에 소름이 끼치며 모든 수수께끼가 풀렸다. 지금 박예순에게 모시는 경제와 무관하게 후계를 이어가야 할 천직이며 소명(召命)이 되었다.

기벌포, 갈대밭 그리고 시골여자 박예순

백제 멸망 3년 뒤인 663년 백제 부흥을 꿈꾸는 세력과 1000여 군함에 승선한 일본 지원군 3만 7000여 명이 기벌포에서 다시 당나라 수군과 결전을 벌였다. 하지만 기상 상황을 무시한 성급하고 무모한 공격으로, 삼국사기에 따르면 "가옥은 황폐하고 시체는 풀더미처럼 누웠다(屋凋殘屍如莽)".

지금 금강은 평화롭다. 기벌포는 광활하다. 서천군이 해변에 만든 장항스카이워크는 이 옛 해전터를 굽어본다. 나당 연합군이 행군한 금강변에는 철새들이 날아다닌다.

그 평화로운 풍경 속에서 태어난 박예순은 국졸 미싱공에서 솜씨 좋고 후계 걱정하는 장인이 되었다. 그녀가 말했다. "이제 나는 내 시간을 많이 갖는 시골 아줌마가 되었다."

아줌마가 창 너머 갈대밭을 바라본다. 신성리 갈대밭은 몰래 사랑을 나누는 연인들이 틈입할 뿐, 끔찍한 전쟁 흔적은 간 곳 없다. 평생 모시를 만진 이 여자는 최근에야 자기 오른쪽 어깨 회전근개가 파열된 사실을 알게 되었다. 이 시골 여자의 일생과 모시의 일생이 궁금하고 갈대밭의 추억을 원하거든 지금 서천으로 가보라.

볼거리

신성리 갈대밭 내비게이션에 '신성리갈대체험관' 혹은 '한산면 신성로 500' 검색. 갈대밭 안쪽에 미로처럼 산책로가 있다.

신성리갈대체험관 한다 공방 장인들 작품 설명을 들으며 구경하고 구입할 수 있다. 월요일 휴무. 전화번호 070-4103-1651

두메산골물들이 박예순이 운영하는 모시 및 천연염색 체험장. 민박도 가능. 주소 시초면 후암리1구 405번지 전화번호 041-952-0934 홈페이지 cafe.daum.net/dumesangolmuldmi

한산오일장 정리가 잘된 시골장터. 각종 공방 구경과 먹거리 체험. 홈페이지 www.gohansanjang.net

한산모시관 한산모시에 관한 모든 것. 전통장인 모시 짜기 시연.

장항 스카이워크 나당연합군과 백제군이 맞붙은 기벌포 바다 전망대.

마량포구 해돋이를 볼 수 있는 서천군 서쪽 포구. 밤에는 달맞이를 할 수 있다.

맛집

농부의 식탁 모시 서천군 농산물로 만든 농가 맛집. 흙공예를 전공한 토박이 박호선과 요리를 하는 올케가 운영. 불고기정식 1만 3000원, 모시국수 불고기 세트 9000원, 모시떡국 7000원. 주소 서천군 기산면 신막로 121 전화번호 041-951-6728

갈대밭에 마련된 산책로

14

충주 중원 고구려비와 유창종

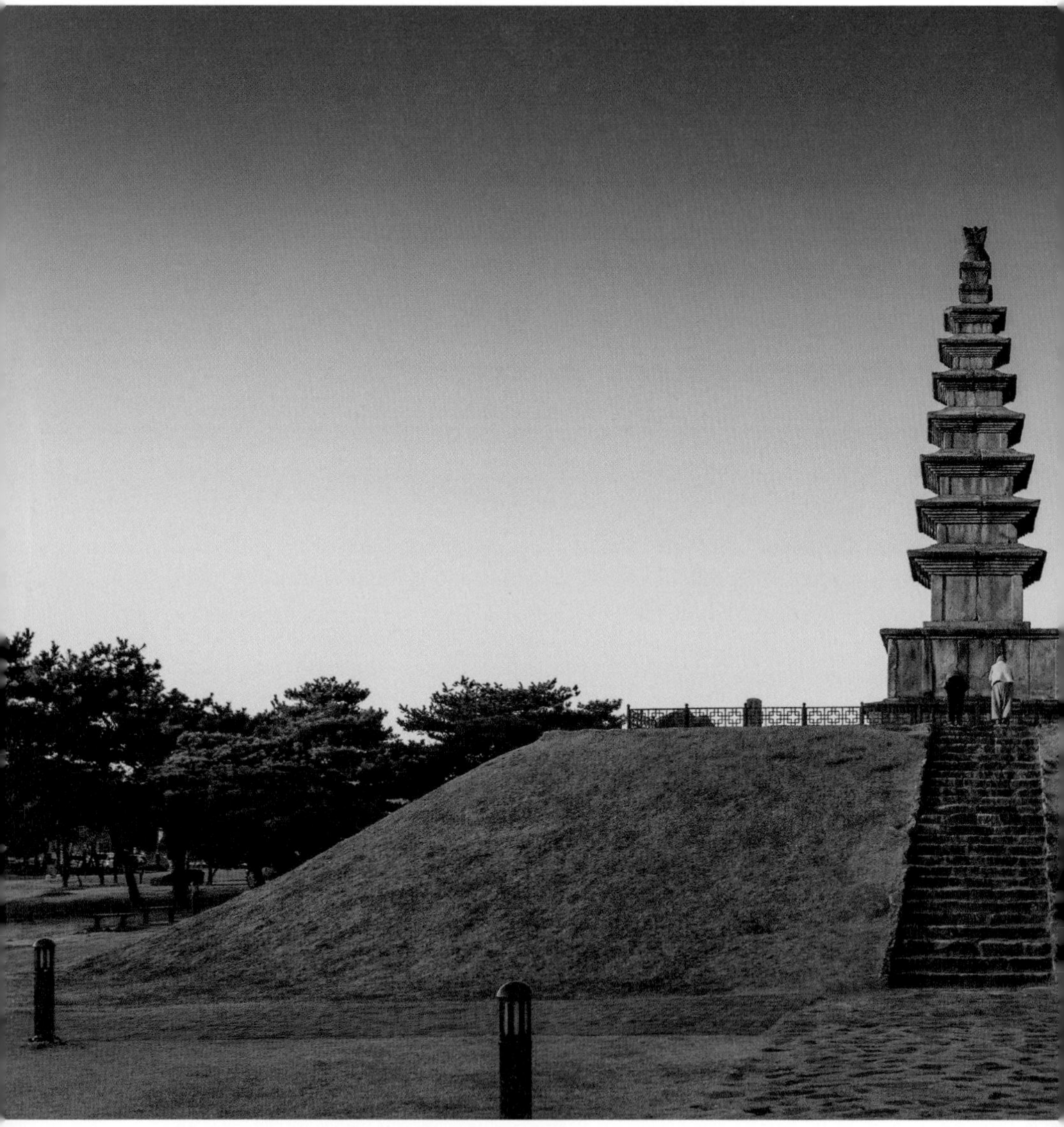

충주 중앙탑

중원 고구려비를 발견한
유금와당박물관장 유창종
전직 검사다.

"금의환향 하겠다"고 고향을 떠났던 김재문은 1967년 12년 만에 귀향했다. 고향 땅 입석마을은 가난하고 구질구질하게 산다고 군내에서 천대받던 마을이었다. 집에 남아 있는 초가집 한 채와 천수답 몇 마지기로 인생을 다시 시작했다. 입석마을은 충북 중원군 가금면, 지금은 충주시 중앙탑면 용전리에 있다. 쌀 대신 고추를 심고 외상으로 모래땅 사서 하우스 농사지어서 장터 가서 팔았다. 올빼미처럼 밤에도 일했다. 1969년 가을 고추 800근을 팔았더니 쌀 100가마보다 소출이 좋았다. 땅값도 갚고 집도 잘살게 되자 마을 사람들이 김재문을 이장으로 추대했다. 김재문이 말했다. "칠전팔기의 마을로 만들자." 초가집도 없애고 마을길도 넓혔다. 아이들은 꽃밭을 가꾸고, 여자들은 모래와 자갈을 나르고, 남자들은 시멘트 먼지를 뒤집어쓰고 다리를 세우고 하수구를 만들었다. 마을종이 울리면 사람들은 횃불을 들고 다시 나왔다. 천대받던 마을이 상전벽해로 변했다. 1972년 8월 15일 광복절 날, 충북 중원군 가금면 입석마을이 새마을운동 대통령 표창을 받았다.

나흘 뒤 단군 이래 최악의 홍수가 남한강 유역을 덮쳤다.

쉰한 집 가운데 스물한 집이 물에 잠겼다. 갓 세운 다리 두 개와 하수구, 넓혀 놓은 농로도 사라졌다. 논과 밭 80%가 떠내려갔다. 고난 극복 이야기는 생략하자. 4년 뒤인 1976년 3월 마을은 재건됐다. 사라졌던 다리와 하수구와 농로와 논밭은 기적처럼 복구됐다.

모든 기적은 이유가 있다. 입석마을 기적은 마을 사람들이 만든 기적이었다. 기적을 만든 마을 사람들은 큰 비석에 '七顚八起의 마을'이라 새긴 뒤 정체불명의 고비(古碑)가 서 있는 마을 입구에 세웠다. 마을 여자 정순택이 고비 위에 백설기를 얹고서 고사를 지냈다.

'입석(立石)'이라는 마을 이름은 이 고비에서 유래했다. 2016년 여든 살 된 주민 김주오는 "그 비석은 홍수에도 멀쩡했다"고 기억하고, 다른 사람은 "홍수 때 수로에 쓰러져 징검다리로 썼다"고 기억한다. 기적은 쉽게 찾아오지 않지만 쉽게 끝나지도 않았다.

3년이 갔다. 서른네 살 먹은 청주지방검찰청 충주지청 검사 유창종이 동료들과 함께 마을을 찾았다. 1979년 2월 24일 석양 무렵이었다. 사흘 전 정순택이 고사를 지내고 간 백설기가 고비 위에 하얗게 얹혀 있었다. 사각(斜角)으로 비추는 햇빛 속 비석을 살펴보다가 일행 중 누군가가 소리쳤다. "글자다!"

지금은 충주 고구려비라 개칭된 중원고구려비(中原高句麗碑)가 기적처럼 발견된 순간이었고 삼국시대 고구려가 남한강 유역을 지배했다는 역사 기록이 사실로 드러나는 순간이었다.

아주 복잡했던 먼 옛날 중원 땅

남한강변 충주 일대를 통칭 중원(中原)이라 한다. 한강 뱃길과 육로와 기름진 평야와 무기를 만들 철광산을 차지하려고 고구려와 백제, 신라가 살벌한 전쟁을 벌였다. 이전투구였다. 중원 땅에 얽힌 전쟁사는 복잡해서 정신 똑바로 차리고 읽어야 한다.

371년 백제 근초고왕이 평양에 쳐들어가 고국원왕을 죽였다. 396년 고구려 광개토왕이 백제 한성에 쳐들어가 아신왕 무릎을 꿇렸다. 백제와 임나가야, 왜 연합군이 고구려와 신라에 복수전을 펼치자 광개토왕은 연합군을 패퇴시키고 내친 김에 신라와 임나가야까지 쳐들어갔다. 475년 장수왕은 다시 한성에 쳐들어가 백제 개로왕을 죽였다. 백제는 공주로 천도하고 한강 유역은 고구려 땅이 되었다. 481년 장수왕은 말갈 병사들을 앞세워 신라 북쪽을 차지한 뒤 중원에 국원성을 설치했다.

551년 백제 성왕과 신라 진흥왕이 합동복수전을 벌여 백제는 한강 하류를, 신라는 죽령 이북을 차지했다. 그해 진흥왕은 단양에 적성비를 세웠다. 내용은 "협조하면 상을 준다"였다. 553년 진흥왕은 곧바로 나제동맹을 깨고 칼을 백제로 돌려 이듬해 관산성에서 성왕을 죽이고 한강 하류를 빼앗은 뒤 북한산에 순수비를 세웠다. 고구려 장수 온달은 죽령 이북을 수복하겠다고 이를 갈다가 590년 단양에서 신라군 화살에 죽었다.

중원을 잃은 고구려는 쇠락했고 신라는 삼국을 통일했다. 신라는 훗날 국원성을 중원경으로 개칭했다. 고려 때는 예성이라고도 했다. 신라는 강변에 사찰도 지었고 귀족들 공동묘지도 만들었다.

절은 흔적도 없이 사라졌지만 절에 있던 칠층석탑은 위풍당당하게 남한강을 굽어본다. 전설에 따르면 통일신라 경덕왕이 걸음 속도가 똑같은 사내 둘을 신라 땅 남과 북에서 중앙으로 걷게 해 그들이 만난 곳에 탑을 세웠다. 그래서 탑 이름이 '중앙탑'이라고 했다.

탑이 서 있는 지역 행정명은 '중앙탑면'이다. 국보 제6호인 탑 주변은 공원이다. 훌륭한 산책코스다. 탑에서 자동차로 남쪽 10분 거리에 신라 귀족들 무덤, 누암리 고분군이 있다. 북쪽으로 10분을 가면 입석마을이 나온다. 마을 입구에는 충주고구려비전시관이 있다. 대한민국 사람이라면 죽기 전에 한 번은 가 봐야 할 답사지다.

검사와 답사모임 예성동호회

1945년 충남 당진에서 태어난 유창종은 지금 아내 금기숙과 함께 서울 부암동 '유금와당박물관' 공동관장이다. 그전에는 검사였고 어릴 적에는 교과서를 철석같이 믿는 모범생이었다. 중학교 3학년 때 4·19 학생혁명이 터졌다. "선거에서 당선된 대통령을 물러가라고 데모하는 대학생 형들을 왜 착하다고 하는가?" 담임이던 수학교사 박수철이 이 당돌한 아이에게 대답했다. "내일부터 도시락을 두 개씩 싸와라." 박수철은 방과 후 격일로 유창종에게 수학과 역사를 가르쳤다.

새벽 두 시에 일어나 긴 바늘로 허벅지를 찌르며 공부한 끝에 대전고에 수석으로 입학했더니 5·16 군사쿠데타가 터졌다. 4·19보다 더 이해가 가지 않았다. 선생들에게 또 질문했지만 "공부나 해서 성공하라"며 혼쭐만 났다. 성공? 데모 잘하는 고려대를 가려 했는데 이제는 육사를 가야 하나? 답을 주지 않으니 스스로 찾겠다고 작정했다.

시내 고교생들을 모아 철학서클을 만들었다. 이름은 '한다발 철학'. '사명적 천재'라는 신조어도 만들어 서클 철학으로 삼았다. "남녀 간 우정이 존재하나"라는 유치한 질문부터 우주의 근원까지 자문(自問)하고 자답(自答)했다. 염홍철 전 대전시장이 서클 동기고 강창희 전 국회의장이 후배였다. 인생 진로도 자문자답했는데, 격론 끝에 서클 회원들은 유창종 인생 진로를 서울대 법대로 정해줬다. 유창종이 말했다. "어린 마음에 모두들 좋은 세상을 위해서는 먼저 깨인 사람들이 희생하고 봉사해야 한다고 생각했다." 회원들이 정해준 대로 서울 법대에 들어가서도 역사와 철학을 공부했나. 사법시험에 붙어서 검사가 된 이후도 마찬가지였다.

1978년 2월 마산에서 청주지검 충주지청으로 발령이 났다. 그해 식목일 아내 금기숙과 함께 부여에 있는 한 골동품상에 들러서 민화를 구입하고 기와 두 점을 개평으로 받았는데, 그게 인생을 묘하게 흘려보낸 물꼬였을 줄이야.

어릴 적부터 역사에 관심이 있던 터라, 삼국이 쟁패했던 중원 땅에 발령 나니 그 역사가 궁금했다. 와당은 지붕 맨 끝 기와를 막는 부분이다. 그러다 충주에서 역사 답사모임을 만들었는데 그해 8월 5일 중앙탑 앞에서 주운 와당 한 조각에 그만 이상한 인생길이 활짝 열렸다. 고구려 백제 신라 세 나라 특성이 와당 하나에 조합돼 있는 게 아닌가.

청자며 백자는 언감생심인데 개평으로도 주는 와당에 이렇게 역사가 적혀 있으니, 얄팍한 평검사 봉급에 수집품으로는 딱이었다. 함께 답사를 다녔던 무리는 저마다 취향에 맞춰 기와를 줍고 비석을 살피고 유적지를 훑었다. 유창종은 "검사 직업에 충실하게, 역사를 추리하면서 답사를 다녔다"고 했다. 답사지 선정도 범죄 집단 훑듯이 충주를 열두 지역으로 나눠 체계적으로 움직였다.

9월 초 답사를 마치고 어느 음식점에 들렀더니 큼직한 식당 댓돌에 연꽃이 새겨져 있었다. 돌은 기록에만 전해오던 예성(蘂城) 성돌로 밝혀졌고, 신문에 대서특필되면서 얼떨결에 답사모임은 '예성동호회'로, 회장은 유창종으로 결정돼 버렸다. 이후 유창종은 기와검사로 불리게 되었다. 유창종과 충주북여중 국사교사 장준식, 중원군 문화공보실장 김예식이 주축 멤버였다. 바로 이 예성동호회가 고구려비를 발견한 것이다.

충주 고구려비와 탄금대

예성동호회와 충주고구려비

토요일인 1979년 2월 24일 예성동호회는 의정부로 발령 난 유창종과 송별 답사를 떠났다. 유창종이 말했다. "중원 땅이니만큼 틀림없이 진흥왕이 순수비를 세웠으리라 생각했다. 기와도 기와지만 우리는 순수비 찾는 데 혈안이 돼 있었다." 그날 "입석마을이라고 있는데, 그 어귀에 고비가 하나 있다"는 회원 김예식 말을 따라 동호회는 중앙탑 답사를 마치고 입석마을로 갔다.

백설기를 머리에 인 비석에 석양이 비추고, 눈과 손으로 희미한 한자를 확인하며 차츰차츰 회원들 온몸은 소름으로 뒤덮였다. 유창종이 말했다. "순수비에 미쳐 있었기에, 우리는 진흥왕 순수비를 찾아냈다고 확신했다. 그런데 알고 보니 국내에 단 하나밖에 없는 고구려비를 우리가 찾아낸 게 아닌가." 2013년 중국 지안(集安)에서 고구려 고비가 나올 때까지 지구상에는 광개토왕비와 중원고구려비밖에 없었다.

이듬해 학계 연구 결과 고구려가 신라를 '아우' 혹은 '동이(東夷)'라고 불렀고 의복을 '하사'했으며 신라 '영토(國)'가 아닌 '땅(土)'에서 고구려 관리가 주민들을 '소집'했다는 내용이 적혀 있었다. 고구려가 중원 땅을 차지했다는 기록을 뒷받침하는 결정적인 증거였으니, 고대사의 수수께끼 하나가 마침내 풀린 것이다. 며칠 뒤 찾아온 학자들 앞에서 정태숙이 마지막으로 비석에게 고사를 지내고 비석은 마을 창고로 옮겨졌다. 비석은 2012년 마을 앞 충주고구려비 전시관으로 안전하게 옮겨져 전시중이다.

고구려비는 한쪽 면이 '巡'자 하나를 제외하고는 완전히 마멸돼 있었다. 마을에 전하기로는 이 고구려비를 대대로 마을에 있는 대장간 벽으로 썼다는 것이다. 대장간에서 그 면을 쇠 벼릿돌로 사용해 글자들이 죄다 사라졌다는 것이다. 전언이 맞다면, 고구려가 망하고 그 유민들이 비석을 숨겼다는 말과 통한다. 험한 말, 신라를 업신여기는 내용이 담긴 세 면은 숨기고 신라를 흠모하거나 동급으로 여긴 내용은 드러내 이를 벼릿돌로 사용했다는 추리가 가능하다. 중원고구려비는 중원군이 충주시와 통합되면서 충주고구려비로 개칭됐다. 옳은 개칭이라 묻는다면 절대 반대다.

역사에서 배운다

신라 진흥왕은 가야로부터 항복을 받고서 가야 유민들을 중원으로 몰아냈다. 그중 한 명이 악성 우륵이었다. 우륵은 지금 충주 탄금대에서 가야금을 타고 곡을 짓곤 했다. 남한강과 달천을 굽어보는 탄금대 또한 훌륭한 산책코스며 답사코스다. 임진왜란 때 장군 신립은 "훈련 안 된 우리 조선군은 배수진을 쳐야 죽기 살기로 싸울 수 있다"며 천혜의 요새 문경새재를 버리고 탄금대에 배수진을 쳤다. 문경새재에 당도한 고니시 유키나가(小西行長) 부대는 텅 빈 새재 앞에서 당황했다. "아무도 없다"는 척후병의 보고를 거듭 듣고 나서야 고니시는 "하늘이 도왔다"며 파죽지세로 북상했다. 신립 부대는 전멸했고, 신립은 탄금대에서 투신자살했다. 군사학적으로 이해 불가능한 전술이었으니, 죽을 각오만으로 전쟁을 치를 수는 없다는 사실을 탄금대에서 배운다. 이 이야기는 문경새재에서 자세하게 하기로 하자.

기와 검사 유창종은 마약 검사로 이름을 날리다 2002년 국립중앙박물관에 평생 모은 와당 1873점을 기증하고 이듬해 퇴직했다. 2005년 유창종은 일본 와당 수집가 이우치가 소장한 조선 와당 컬렉션을 환수해왔다. 2008년 그 와당들을 모아서 서울 부암동에 유금와당박물관을 열었다.

환갑을 맞은 2005년 유창종은 중국어를 공부해 중국 대학교에서 대학생들에게 '와당이 깨우쳐준 성공한 인생'을 강의하고 2011년 일본어를 공부해 같은 내용으로 일본 대학교에서도 강의 중이다. "좋은 옷, 비싼 음식 탐내지 말고 옛 문화 속에서 지혜를 배우며 20년, 30년 뒤를 설계하고 그 실현을 위해 최선을 다해야 한다." 그 지혜를 탄금대에서 배운다. 선인(先人)의 흔적을 귀히 여겨 보듬어낸 입석마을 어른들에게 배운다. 그게 중원 땅이다.

볼거리

중앙탑공원 통일신라 때 세운 칠층석탑은 국보 제6호. 남한강변에 잘 조성돼 있다.

누암리고분군 신라시대 고분. 이정표에는 '루암리고분군'으로 되어 있다.

탄금대 악성 우륵이 가야금을 타고 가야금 다섯 곡을 완성했다는 곳. 임진왜란 때 전사한 신립 장군과 부대를 기리는 탑.

충주고구려비전시관 중앙탑면 용전리. 입구에 있는 '칠전팔기의 마을' 비도 눈여겨볼 것. 고구려비 실물을 대면하는 감동을 느낄 수 있다. 월요일 휴관.

유금와당박물관 유창종 변호사와 금기숙 교수가 만든 와당 박물관. 수 · 토 일반관람, 화~금 예약관람, 월 · 일 · 공휴일 휴관. 5000원. 주소 서울 창의문로 11가길 41 전화번호 02-394-3451 홈페이지 yoogeum.org

맛집

중앙탑초가집 중앙탑공원에서 충주 쪽 5분 거리. 징거미라는 민물새우를 양껏 넣은 새우매운탕 강력 추천. 3만 원. 주소 중앙탑면 루암리 148-6 전화번호 043-845-6789

무학자유시장 순대골목 어마어마하게 많은 양을 내는 순대와 김치 · 고기만두. '왕순대 오공주 왕만두'집 추천. 순대 1인분 7000원, 김치만두 2000원. 국밥을 시키면 순대 서비스.

누암리 고분군

15

목포 다순구미와 황순자

1906년 10월 25일 목포에 살던 일본인 후지키 히로스케(藤木弘助)가 오경오라는 사람을 때려죽였다. 빚을 갚지 않았다고 했다. 이에 오경오의 아들 오수민이 찾아가 후지키 배를 칼로 갈라 죽이고 창자를 볏짚에 담아 무안경무서에 가서 자수했다. 무안경무서는 1897년 개항한 목포 치안을 맡은 관청이다. 격분한 일인과 조선인 사회 사이에서 경찰관 구종명(具鍾鳴)이 "서로 죽이고 죽였으니 이걸로 끝"이라고 중재했다. 목숨을 건진 조선인들은 경무서에 의인(義人) 구종명을 기리는 영세불망비를 세웠다. 구종명 이야기는 뒤에 반전이 있다.

구종명이 근무한 경무서는 죽동에 있었다. 죽동은 유달산 북쪽 기슭이다. 개항 후 대한제국이 외국인에게 토지를 경매할 때 일본은 바다와 맞닿은 산 남쪽 기슭을 차지했다. 훗날 "해 뜨는 언덕을 먹었다"고 기록한 이 땅에 일본은 네모반듯한 신시가지를 조성했다. 조선인은 산 북쪽 공동묘지 터에 거주지를 만들었다. 하수도도 상수도도 없었다. 그저 집들이 무계획, 무질서, 무분별하게 산에 덕지덕지 달라붙어 있었다. 초가집들은 1980년대까지 그 기슭에 붙어 있었다.

그런 마을 가운데 하나가 다순구미였다. 2016년 여든일곱 살인 황순자는 다순구미에서 태어나 87년째 다순구미에 산다. 유달산 남서쪽, 일본 신시가지 서쪽 비탈에 있는 다순구미는 개항 이전부터 존재한 마을이다.

가난한 사람들이 살았다. 황순자는 기억하지 못한다. 도대체 몇 대째 자기네가 다순구미에 살아왔으며, 도대체 자기가 죽기 전 다순구미를 떠나기나 할는지. 섬에서 온 뱃사람들이 모여 살았고 개항 후 부두 노동자들도 섞여 살았던 달동네 이 가난한 골목길에 외지인 발길이 잦다.

목포 이야기

목포의 '목'은 여울목, 길목 할 때 그 목이다. 목포는 서해와 남해 바닷길 길목에 있는 포구였다. 해안선이 복잡하고 뻘이 깊어 주거지보다는 군사 요충지로 역사가 오래다.

그래서 목포 역사는 매립의 역사다. 바다를 메워 집을 짓고 뻘을 덮어 큰 배가 정박할 항구를 만들며 목포가 성장해왔다. 목포 땅 80%는 바다였다. 호남선 목포역 또한 바다 한가운데에 있었다. 그 억센 뻘에서 끈질기게 살아온 목포 사람들은 스스로를 '둑보'라고 불렀다. 호남에서 오직 목포에만 있는 단어다. 성깔 있고 오기가 많아 남에게 무턱대고 지기 싫어하는 사람을 뜻한다. 목포 사람은, 둑보다.

신시가지 꼭대기에는 임진왜란 때 이순신 장군이 왜군에게 군량미로 보이게 만든 노적봉이 있다. 일본인들은 그 아래에 영사관을 지으며 이렇게 말했다. "이 바위덩이에 속아서 300년 전에 조선을 먹지 못했구나!"

고하도, 이순신, 와카마스 우사부로

1597년 명량대첩에서 승리한 이순신은 목포 앞바다 고하도에 사령부를 세우고 넉 달 동안 주둔했다. 삼도수군통제사가 고하도에 있었던 기간은 정확하

다순구미 여자 황순자와 다순구미를 그린 〈기억의 풍경(조순현作)〉

게는 106일이다. 그리고 근 300년 뒤 일본이 목포에 들어와 영사관을 세웠다. 1902년 5월 영사관에 부임한 일본 영사 와카마쓰 우사부로(若松兎三郎)는 엘리트였다. 그가 행한 별의별 근대적 실험정책 가운데 육지면 재배가 있었다. 문익점이 가져온 재래면과 달리 미국산 육지면은 키가 작고 열매가 고개를 숙여 비에도 피해가 적었다. 부임한 지 두 달 만에 와카마쓰는 1년 동안 고하도 기후조건을 조사했다. 맑음 264일, 구름 60일, 비 36일, 눈 6일. 육지면 파종~수확 기간인 5~10월까지 목포지방의 정오 평균 기온은 21.7도. 최적이었다. 미국종을 포함한 육지면 13종을 가져와 심었다. 와카마쓰가 들여온 육지면은 당시 조선 면화 생산량의 40%까지 치솟았다. 전량, 그 모든 면화가 직물로 가공돼 전량 일본으로 수출됐다. 소위 삼백(三白), 그러니까 면화, 소금, 쌀을 제 손으로 만져보지도 못하고 화물선을 가득 채워 떠나보낸 항구가 바로 목포다.

고하도에 있는 이충무공 유적지 모충각에는 충무공을 기리는 비석이 서 있다. '유명조선국고삼도통제사증좌의정충무이공고하도유허기사비(有明朝鮮國故三道統制使贈左議政忠武李公高下島遺墟記事碑)'라고 새겨져 있다. 모충각 근처 걸어서 닿는 언덕에는 '조선육지면발상지(朝鮮陸地綿發祥之地)' 기념비가 세워져 있다. 글씨는 조선 6대 총독 우가키 카즈시게(宇垣一成)가 썼다. 우습지 않은가. 이게 역사다.

100년 전에 멎은 시간

영사관 신축 이후 100년이 흘렀다. 도로 구획은 물론 주요 건물들도 그때 모습을 간직하며 그대로 서 있다. 곳곳에 남아 있는 일본식 건물들은 보는 이에게 낯선 충격을 준다. 붉은 벽돌로 지은 영사관은 목포시청, 목포도서관으로 쓰였다가 근대역사박물관이 되었다. 한 블록 건너 동양척식주식회사 건물도 역사박물관으로 변했다. 영사관 건물 앞에는 국도 1, 2호선 기점 기념비가 서 있다.

‹ 이훈동 정원. 일제 강점기 일본인 우치다니 만페이의 집이었다.

일본 갑부 우치다니 만페이(內谷萬平)는 지관을 시켜 고른 이곳 길지에 일본식 정원을 만들었다. 그 정원도 남아 있다. 목포 기업가 이훈동이 해방 후 구입해 보존한 이 정원은 호남에서 가장 큰 일본식 정원이다. 정원에는 향나무가 주종인 숲이 있고 조선 팔도에서 모은 석물들이 곳곳에 보인다. 드라마 〈모래시계〉 〈야인시대〉를 이 정원에서 촬영했다.

일본 목사가 지은 당시 교회는 창고로 쓰인다. 골목길마다 보이는 크고 작은 일식 주택들은 방앗간, 카페, 공예점으로 변했다. 조선과 일본 건달들이 맞붙곤 했던 오거리 일본 불교 사찰 동본원사는 교회로 쓰이다 문화원으로 변했다. 석조건물 자재는 대부분 목포형무소 죄수들이 캐서 공급했다. 그 거리를 걷는 경험은 낯설고 참신하다. 대부분 1990년대 사라질 뻔한 건물들인데, '부끄러운 역사 또한 우리 역사'라는 공감대로 살아남았다.

100년 전 건설된 계획도시가 지금 봐도 제대로 정비된 도시라, 선진 일본 기술에 감탄하는 사람들이 많다. 베테랑 문화해설사 조대형이 말했다. "20년 되도록 목포 역사를 안내하지만, 미워도 감탄스러운 일본인들"이라고. 하지만 이는 사실과 다르다.

시가지 기본 설계는 조선 정부가 용역을 준 네덜란드 기사 스테든이 했다. 도로 폭 또한 8~15m 4종류로 엄격하게 구분했다. 택지 또한 엄격하게 용도와 매립 여부를 구분했다. 그러니 주눅 들어 감탄할 이유는 없다. 어찌 됐든 목포에 가면 우리는 역사 교과서에서 읽어본 그 역사를 온몸으로 느낄 수 있다.

다순구미와 째보선창

다순구미는 달랐다. 많이 달랐다. '다순'은 '따숩다'는 말이고 '구미'는 여진족 말로 '움푹 들어간 후미'라는 뜻이니 다순구미는 해변에서 쑥 들어간 양지마을이라는 뜻이다. 뜻을 한자로 적어 온금동(溫錦洞)이라고도 한다. 가난한 조선인들 마을이다.

바다와 맞닿은 갯벌을 다순구미 사람들이 남부여대하며 매립해 땅으로 만들었다. 땅 한가운데를 디귿자로 파내고 배를 정박시킬 선창도 만들었다. 일직선으로 뚫린 길이 선창에서 마을 쪽으로 90도로 꺾어져 다시 나왔다. 사람들은 "언청이랑 비슷하다"며 선창을 째보선창이라고 불렀다. 째보선창은 1981년 소년체전 때 매립됐다. 도로는 그대로 남아 있다.

뭍이 된 그 바다에 집들이 들어서고 뱃사람들이 들어와 살았다. 다순구미 아랫마을 사람들이다. 뱃사람들은 째보선창에서 멀리 마을 뒷산 여근바위를 향해 기도를 한 뒤 바다로 갔다. 사람들은 며칠씩 돌아오지 않았다. 그러다 물때가 나쁜 조금사리가 되면 남정네들은 집으로 와 아랫목에 몸을 뉘었다. 다순구미 사람들은 그때 생겨난 아이들을 조금새끼라고 불렀다. 생일이 똑같거나 비슷한 조금새끼들이 어른이 되면 또 바다로 갔다. 그러다 풍랑을 만나면 며칠 뒤 다순구미에는 같은 날 여러 집에 제사가 열렸다.

윗마을 사람들은 조선소에 다녔다. 남자도 다녔고 여자도 다녔다. 황순자도 다녔다. 다섯 아이 어릴 때는 바느질을 했고 애들 다 크고서는 조선소에 나갔다. 이른 아침 아이들 밥해 먹이고 설거지를 하고 몸빼바지 차려입고 출근을 했다. 하루 온종일 철선과 목선에 빵끼칠 하고서 거지도 그런 거지가 없는 꼴로 집으로 왔다. 1922년 정인호라는 사람이 만들어준 아랫마을 우물 '큰샘'에서 양동이로 물을 길어다 밥을 하고 아이들을 먹였다. 아이들 얘기가 나오면 황순자는 눈물이 난다.

"내가, 맏아들이랑 맏딸 친구들을 보면 눈물이 나. 걔들은 국민학교밖에 못 보냈거든. 그러면 걔들이 그래, '엄니, 대학 간 친구들도 백수들 많아요'라고. 그러면 더 눈물이 나." 큰아들은 엄니랑 같은 조선소 다니며 용접일로 돈을 벌었다. "지들 위해 썼으면 부자 됐을" 돈을 벌었지만 동생들 학교 보내느라 저축도 못했다고 했다. 세 칸 집에 일곱 식구 살다가 차례차례 시집 장가 보내고 황순자는 지금 혼자 다순구미에 산다. 대문 기둥에는 연전에 하늘로 간 영감 문패가 그대로 걸려 있다. "막내아들이 아버지가 보고 싶다고 해서" 떼질 못한다.

다순구미 골목에는 그 눈물이 발목까지 찰랑거린다. 젊은이들 다 떠나고 마을은 빈집투성이다. "바삐 오면 숨이 왔다 갔다 하는" 깔끄막이(비탈)에는 노인들 잡고 다니라고 스테인리스 난간이 설치돼 있다. 가끔 마주치는 소방전 박스와 박스 위에 붙여 놓은 무의미한 '주차금지' 스티커에 놀라기도 한다. 무계획, 무질서로 페인트칠한 담벼락은 각양각색이라 더 놀랍게 예술적이다. 에게 해(海) 어느 섬을 닮은, 아름다운 풍경이다.

그 풍경 속에 여든 넘은 황순자는 두 무릎 관절 다 버리고 인공으로 박아 넣었다. 그녀가 말한다. "애들 학교 보내고 할 때가 좋습디다. 힘들었는디, 옹기종기 살 때 그때가 좋긴 좋았어. 먹을 거 있으면 고구마, 김치 다 나눠 먹고. 멀리는 못 나누고 윗집 아랫집 세 집이서. 지금은 쓸쓸하지. 그래도 여기 계속 살고 싶어. 혼자 걸을 수 있으니까 자식들이랑 안 살 거여." 이 땅 그 어떤 어머니가 자식에 짐 되려 할까. 다순구미 어머니들이 추억을 먹고 산다.

그래서 목포를 찾는 사람들은 다순구미를 빼놓지 않는다. 번듯한 볼거리 없지만 어느 틈에 예술이 돼버린 골목길에서 마주치는 '엄니'들, 그 엄니들이 들려주는 포장 안 된 민낯 역사를 다순구미에서 듣는다. 이미 확정된 재개발계획이 시행되면 몇 년 사이에 폭삭 무너져 내릴 우리네 가슴 먹먹한 옛 기억을 듣는다. 번듯한 원도심 신시가지에서 다순구미 추억까지 걸어서 30분이다.

구종명의 반전

일본에 의해 개항된 부산, 원산, 인천, 러시아에 의해 개항된 함북 경흥과 달리 목포는 대한제국이 자주적으로 개항한 도시였다. 하지만 대한제국은 무기력했다. 1903년 경무서 상급 관청인 무안감리서가 일본 깡패들한테 습격당했다. 일본에 외교권을 빼앗긴 1905년 을사조약으로 실질적인 행정권도 일본에 넘어간 상황이었다. 그러니 구종명은 목숨을 건 의인이었다. 그런데 사람 팔자 알 수 없다. 1910년 구종명은 일한합병 기념장과 쇼와(昭和) 천황 즉위 기념장 수여자 명단에 나타났다. 당시 경북 영해군수로 영해초등학교를 세웠고 현풍군수로도 이름이 올랐으니까.

예향 목포와 조선내화 이훈동

목포는 남도에서 가장 먼저 개항한 선진도시였다. 중국과 일본을 오가는 주요 길목이었다. 비록 식민지로 전락했지만 물자가 풍부하고 선진 문화도 가장 빨리 유입됐다. 목포는 나주를 젖히고 호남 제2도시로 급부상했다.

식민시대 지식인들은 저항의식과 체제 순응이라는 죄의식 사이에서 큰 갈등을 겪었다. 많은 식자들이 현실보다는 예술을 택했다. 은유보다는 관객을 쥐락펴락하는 극적인 감정과 신파성이 목포 예술 흐름이었다. 무역선이 끊기고 중앙으로 모든 자원이 집중된 해방 이후에도 마찬가지였다.

'목포의 눈물'은 그 상징이다. 1935년 조선일보 향토노래 공모전에서 목포 시인 문일석이 지은 '목포의 눈물'이 당선됐다. 목포 여가수 이난영이 노래했다.

다순구미 째보선창 풍경. 굴뚝은 문 닫은 조선내화 공장이다.

삼학도에는 이난영 노래비와 파주에서 이장해온 수목장이 있다. 영원한 춤꾼 이매방도 목포 사람이다.

목포 사람 이훈동은 목포에 있던 일본 내화벽돌공장에서 일했다. 해방 후 동료들과 함께 이 공장을 인수해 큰돈을 벌었다. 그 돈으로 우치다니 만페이(内谷萬平)의 정원을 구입했고, 목포 경제를 크게 일으켰다. 세월이 덧없다. 포항에 제철소가 생기고 그 제철소 용광로에 이훈동 공장이 만든 내화벽돌이 들어갔다. 광양에 더 큰 제철소가 생기고 그곳 용광로에도 조선내화벽돌이 들어갔다. 그리고 공장은 목포를 떠났다. 째보선창 디귿자 매립지에 있던 공장은 폐허가 되었다. 나는 이 공장 또한 보존해야 한다고 굳게 믿는다.

100년 전에 멈춰진 시간

21세기 들어 하당 지역이 매립되고 신도시로 개발됐다. 일본인들 살던 원도심과 유달산 북쪽 구도심에 흐르는 시간은 멈췄다. 한 도시에 여러 작은 도시들이 칼로 자른 두부처럼 섞임 없이 혼재하게 되었다. 그 100년 전과 50년 전과 21세기 현재 사이 물리적 공간 거리는 30분이다.

다순구미에서 일본영사관이 30분이고 영사관에서 삼학도가 30분이다. 삼학도에서 하당신도시 평화광장이 또 30분이다. 그 30분 국경을 넘지 못해 다섯 아이 키워낸 황순자는 87년째 유달산 양지바른 기슭에 앉아 바다를 바라본다. 가슴에는 몇 백 광년 저 멀리 하늘로 간 영감이 웃고 있을 터이고.

볼거리

원도심 개항 이후 일본이 개발한 거리. 일본영사관, 동양척식주식회사 건물 등이 있다. 국도 1, 2호선 기점 기념비. 영사관과 동척은 목포근대역사관으로 바뀌었다. 성옥기념관도 필수. 추사를 비롯한 각종 옛 작품들을 볼 수 있다. 미리 예약하면 그 뒤에 있는 이훈동 가옥 정원도 견학 가능. 홈페이지 www.sungok.or.kr

다순구미 다순구미 골목길들과 입구에 있는 조선내화공장 건물.

고하도 육지면 시배지와 이순신장군 유적지.

각종 박물관 신안 보물선 유적이 있는 국립해양문화재연구소, 자연사박물관과 남농 선생 작품을 모아 놓은 부설 문예역사관 필수.

유달산과 노적봉, 갓바위 목포에서 빼놓을 수 없는 볼거리.

관광정보 전화번호 061-270-8432 홈페이지 tour.mokpo.go.kr

목포시티투어 화~일 오전 9시 30분 목포역 앞 시티투어 승강장 출발. 유달산~삼학도 등 주요 관광지 순환. 5000원 전화번호 061-245-3088

맛집 *세 식당 모두 밥때에는 예약 필수

선미식당 삼학도 부근. 갈치찜 2만 8000원~, 매운탕 3만 원~, 회덮밥 1만 원. 주소 신정동 1357-18 전화번호 061-242-0254

길도 전복마을 하당 평화광장. 전복 구이, 회, 무침, 죽 등 전복 코스 요리. 주소 옥암동 1098-18 전화번호 061-282-2852,

선경준치회집 다순구미 입구. 조기, 갈치 등 각종 찜과 구이는 1만 2000원, 준치, 병어 회무침 8000원, 아구찜 1만 2000원. 주소 온금동 186 전화번호 061-242-5653

숙소

하당 평화광장 주변 1급~모텔 밀집. 인터넷에서 검색할 것.

게스트하우스 목포 1935 옛 한의원인 춘화당 한옥을 개조해 만든 숙박시설. 비용이나 시설은 고급이다. 주소 죽동 49-3 전화번호 061-243-1935 홈페이지 cafe.daum.net/mokpo1935

16

천안 아우내장터와 無名氏 先人들

흑성산에서 맞은 독립기념관 일출

1919년 4월 1일 충남 천안 아우내장터에 장이 섰다. 음력 3월 1일이었다.
이날 오후 장터에 맞붙어 있는 헌병주재소에 군중 40여 명이 몰려갔다. 맨 앞에 있던 유중무가 두루마기 허리끈을 풀러 일본인 헌병 목을 졸랐다. 이를 제지하는 조선인 헌병 보조원 맹성호와 정수영에게 그가 일갈했다. "너희는 어찌 왜놈들과 함께 일을 하는가. 함께 만세를 부르라." 몇 시간 전 장터에서 만세를 부르던 3000여 인파 가운데 많은 이들이 일본 헌병대 총에 숨진 상황이었다. 유중무의 형 중권은 총검으로 옆구리와 머리를 찔려 죽었다. 형수 이소제도 함께 죽었다.
주재소로 달려온 열일곱 먹은 조카딸이 고야마(小山) 주재소장 멱살을 흔들었다. "나라를 되찾으려고 정당한 일을 했는데 어찌하여 내 민족을 죽이는가." 군중이 1000명으로 불어났다. 헌병대는 이번에도 사격으로 응대했다. 군중은 흩어지거나 죽거나 끌려갔다. 그날 장터에서 일본 헌병 총검에 죽은 사람은 19명이었다. 옥사(獄死)하거나 고문으로 훗날 순국한 사람은 29명이었다. 무명씨(無名氏)는 셀 수 없다. 아우내 만세를 주도하고 주재소장 멱살을 잡았던 소녀도 감옥에서 죽었다. 이름은 유관순이다.
1987년 8월 15일 아우내장터 서쪽 흑성산 아래에 대한국인 30만 명이 모였다. 수시로 가택연금을 당하던 김대중도, 김영삼도, 가택연금을 지시하던 전두환도 그날은 3분 정도 함께 모였다. 아우내장터 만세 운동으로부터 세월은 68년이 흘렀고 공간은 장터에서 7km 서쪽으로 이동한 그날 그 자리, 사람들 앞에서 독립기념관이 문을 열었다.

두 강이 흐르는 병천과 여장부 유관순

잣밭내(栢田川)와 치랏내(칡밭내 · 葛田川)가 모인다고 해서 아우내라고 했다. 두 강이 만나는 곳을 이르는 충청도 말이다. 강원도에서는 아우라지라고 한다. 강이 모이니 교통이 좋아 아우라지와 아우내에는 대개 장이 열렸다. 지금은 한자로 병천(並川)이라고 부른다.

길이 사통팔달인 천안은 도시 자체보다는 '천안 삼거리'가 유명할 정도로 교통의 요지였다. 큰 전투나 전쟁을 치렀다는 기록도 별로 없다. 그래서 천안, 하늘(天)처럼 평안한(安) 땅이었다. 1919년 그날까지는.

1902년 12월 16일 아우내에서 동쪽으로 5리 떨어진 용두리에서 유관순이 태어났다. 아버지 유중권과 어머니 이소제는 선각자였다. 아버지는 조병옥 박사 아버지인 조인원과 함께 교회를 세워 아이들을 계도했다. 그때 천안 일대에는 미국 감리교가 세운 교회가 네 군데 있었다. 용두리 교회는 1905년 을사늑약 의병 때 한 번, 1907년 국채보상운동 때 한 번 이렇게 두 번 일본에 의해 불탔다. 민족교육을 한다는 이유로 일본 당국이 불태웠다.

독립기념관에 조성된 옛 총독부부재 공원.
'홀대하는 방식으로' 전시했다니, 치졸하다.

관순이 열다섯 되던 1915년 유중권은 딸을 서울 이화학당으로 유학 보냈다. 관순은 개구쟁이요 여장부였다. 열일곱 살에 용두리로 시집왔던 김원숙은 다섯 살짜리 관순을 이렇게 기억했다. "귀밑머리, 황새머리, 조랑머리로 머리를 세 갈래로 땋고 사내처럼 동네를 휘젓고 다녔다." 먼 조카 유제한은 이렇게 기억한다. "장난을 하면 반드시 우두머리가 되었다. 도리에 어긋나는 일이면 한사코 듣지 않고 제 마음대로 하기 때문에 어른들도 능히 그 뜻을 굽히지 못하였다." 영민한 이 소녀는 '무쇠 돌격 청년 남아야' 같은 창가를 즐겨 불렀다. 1919년 소녀는 키도 168cm로 자라 있었다.

천안, 천안 사람들

평안한 땅이다 보니 천안에는 인재도 많았다. 진주성 전투를 이끈 장군 김시민, 청산리 전투를 지휘한 이범석, 상해 임시정부 주석 이동녕이 천안에서 태어났다. 조선시대 어사 박문수도 이곳 사람이다. 조병옥도 이곳에서 태어났다. 지식인들이 허황된 형이상학에 빠져 있을 때 과학과 경제를 실학자들에게 설파한 북학파 실학자 홍대용도 천안에서 나고 죽었다.

천만다행으로, 이들 선인(先人)들이 태어난 곳들이 정확하게 파악돼 있다. 홍대용 선생은 무덤은 물론 생가 주춧돌까지 그대로 남아 있다. 이들 선인들 생가 위치를 알리는 갈색 이정표들은 파란색 교통 안내판만큼이나 많이 볼 수 있으니, 천안 여행길은 감사의 순례길이다.

선인들에게는 험로(險路)였다. 교과서에서 읽으니 우리가 몸으로 느낄 수 없을 뿐, 이들 선인이 걸어간 길은 초인적인 결단 없이는 불가능한 길이었다. 이동녕은 누구인가. 나이 서른에 북간도에 학교를 세우고 조선에 신민회를 만들었다. 신흥무관학교를 설립하고 이후 나이 쉰에 상해 임시정부를 조직해 풍찬노숙을 하며 임시정부를 지켜낸 인물이다. 1940년 중경(重慶)에서 숨진 뒤 해방 후 서울 효창공원에 묻혔다.

이런 약사(略史) 뒤에 그가 겪었을 고초와 번뇌를 그 생가에서 읽어야 한다.

후손들에게 자신들과 똑같이 험한 길을 걷게 하려고 스스로를 희생한 건 아니었다. 오히려 그들이 있었기에 지금 우리들은 남을 헐뜯기도 하고 핀잔도 주고 질투도 하며 시시하게 소시민적인 행복을 누릴 수 있는 게 아닌가.

1919년 4월 1일 아우내장터

유관순과 무명씨들도 마찬가지였다.
한 달 전 서울에서 기미만세운동을 경험한 이화학당 학생 유관순은 프라이 교장 만류를 뿌리치고 친구들과 함께 저마다 고향으로 흩어졌다. 아버지와 동네 어르신들에게 상황을 고한 유관순은 장이 열리는 음력 3월 1일 장터 만세운동을 계획했다. 태극기를 만들고 교회를 돌아다니며 연설을 했다. 3월 31일 매봉산 봉화로 연락을 주고받은 주동자들은 이튿날 오후 1시 장터에서 연설을 통해 만세운동을 시작했다. 정보가 없던 일본 주재소는 무차별 사격으로 응대했다.
시신을 둘러업고 주재소로 몰려간 조선인들에게 헌병대는 또 총을 쐈다. 독립선언문을 발표한 김구응은 총에 맞아 두개골이 박살 났다. 아들에게 달려와 통곡하는 어머니 최씨도 칼에 찔려 죽었다. 유관순 부모도 총과 칼에 맞아 죽었다. 오빠도 끌려갔다. 공주교도소에서 서울 서대문형무소로 이감된 유관순은 옥중에서도 만세운동을 하다가 고문 끝에 이듬해 9월 28일 숨졌다. 그렇게 순국한 사람이 모두 48명이다. 병천면에 있는 순국자 추모각에는 "신원미상인 순국자가 다수 있음"이라고 기록돼 있다.
병천면 매봉산 기슭에는 아우내장터 순국자 추모각이 서 있다. 유관순 추모각은 1969년에 세워졌고 40년 뒤 다른 순국자들 추모각이 세워졌다. 이태원 공동묘지에 있던 유관순 묘는 1930년대 택지 개발로 갈아엎어 다른 무연고 분묘와 함께 사라졌다. 그때 망우리공동묘지가 생기면서 무연고분묘들이 대거 합장됐다. 이장 과정에서 유실되지 않았다면 유관순 유해는 그 합장묘에 있을 가능성이 크다. 종적을 감춘 유관순 혼령은 이곳 천안에 초혼묘로 모시

^
유관순 추모각을 지키는 소나무

고 있다. 이들에게 감사한다. 이들이 있었기에 아우내장터는 이제 전국 최고라는 병천순대거리로 변신해 전국 미식가들이 침을 흘리며 찾아오는 명소가 되었다.
일제에 의해 전소됐던 용두리 교회는 훗날 유관순 기념교회로 바뀌었다. 이름은 매봉교회다. 그 옆에 유관순 생가가 있다. 생가는 일제가 불태워 사라졌고, 지금 있는 초가집은 복원한 집이다. 교회 지하 기념관에는 교회들을 찾아 유관순이 연설하며 매만졌을 강단이 전시돼 있다. 교회 외벽에는 봉화를 올리는 유관순 청동 조각이 걸려 있다. 역사적인 의미는 물론 건축학적으로도 의미 있는 교회다. 그 뒷산에 유관순이 봉화를 올렸던 봉화터가 있다.

68년 뒤 1987년, 독립기념관

1987년 8월 15일 아우내장터에서 직선거리 7km 서쪽 목천에 독립기념관이 개관했다. 전국에서 찾아오기 쉬운 입지인 데다, 위에 언급한 숱한 선인들 흔적이 있는 땅이라 고른 곳이 천안이었다. 1982년 식민정책에 관한 일본 역사교과서 왜곡 파동으로 독립기념관 설립 운동이 벌어진 지 5년, 기공식 4년 만이었다. 건립 결정은 1982년 8월 28일, 경술국치 72년 하루 전날에 발표됐다. 즉각 토지가 수용되고 이주민 131가구도 기꺼운 마음으로 고향을 떠났다.
500억 원에 달하는 국민 성금으로 건축된 독립기념관은 공기를 2년이나 단축하며 건설이 순식간에 진행됐다.
1986년 8월 4일 저녁 9시 20분. 320볼트짜리 전력선을 110볼트짜리 전구에 연결시키는 바보 천치 같은 실수가 벌어졌다. 순식간에 천장이 불타버렸다. 국보1호 남대문 화재보다 더 충격이 컸다.
'빨리빨리' 증후군을 중증으로 앓고 나서야 독립기념관은 이듬해 8월 15일 개관했다. 그래도 나았다, 없는 것보다는. 말만 나오다 사라지곤 했던 독립기념관이 광복 52주년에야 생긴 것이다. 2016년 소시민으로 살고 있는 우리들을 있게 한 선인들의 흔적이 거기 모여 있다.

흑성산성과 천안벌

독립기념관 서쪽에 흑성산이 있다. 해발 519m인 이 산 정상에는 산성이 있다. 삼국시대 만든 성이다. 산성은 지금 KBS 중계소로 쓰인다. 아랫마을에서 산성까지 시멘트 포장 임도가 나 있다. 주차장에서 산성 성곽을 따라 남쪽으로 10분 정도 가면 해발 454m 조망점이 나온다. 거기 서면 동쪽과 서쪽이 속이 후련하도록 다 보인다. 부디 이른 아침 해 뜰 무렵 가보시기 바란다. 동쪽 산 너머 해가 솟을 때면 아래쪽 독립기념관부터 병천 아우내장터 뒤쪽까지 황금빛으로 출렁인다. 운무가 끼어 있으면 황홀할 정도다.

대한민국 풍경은 언제나 사연을 감추고 있다. 천안벌 그 아름다운 풍경을 잘 읽어야 한다. 고속도로에 트럭이 분주히 달리고 공장 굴뚝에 연기가 솟고 벌판 여기저기에 풍경을 해치는 아파트 단지가 서 있을 수 있는 이유를 읽어야 한다. 무명 선인들의 미소를 볼 수 있는 곳, 천안 여행이었다.

유관순 생가와 유관순 교회

볼거리

독립기념관 입장료 없음. 주차장에서 셔틀버스를 타면 된다. 철거된 중앙청 폐기물로 만든 공원도 가본다. '일본을 홀대하는 방식으로 지하 5m를 파고' 만들었다는 안내판에 대해 생각해 볼 것.

흑성산 독립기념관 입구 오른쪽 길로 가서 'KBS 중계소' 이정표를 따라갈 것. 길이 좋으면 정상까지 차가 올라간다.

유관순/순국자 추모각과 생가 생가 옆에 있는 매봉교회도 필수.

이동녕선생 기념관과 생가 독립기념관 부근. 마당에 앉아 있는 선생 조각상이 쓸쓸하다.

홍대용선생 묘와 생가 주소 수신면 장산리 462-22

광덕사 호두 시배지. 천연기념물로 지정된 400살 먹은 호두나무가 대웅전 앞에 있다.
주소 광덕면 광덕리 641-7

관광정보 홈페이지 www.cheonan.go.kr/tour.do

맛집

아름다운 정원 화수목 이탈리아 요리. 정원이 근사하다. 스파게티 1만 2000원부터. 주소 목천읍 교천리 211-1 전화번호 041-585-4201

병천순대거리 당면을 쓰지 않고 만든 순대. 돼지 소창을 써서 부드럽다. 국밥 7000원, 순대 한 접시 1만 2000원선. 초입 신은수병천순대집 추천. 주소 병천면 병천리 289-13 전화번호 041-561-0151

이동녕 선생 생가에 있는
이동녕 선생 동상

17

서울 북촌과 미스터리 애국자 정세권

가회동 31번지. 정세권이 남긴 흔적이다.

2016년 서울 북촌(北村)

경복궁과 창덕궁·종묘 사이에 있는 동네를 북촌이라고 한다. 삼청동과 가회동, 재동과 계동이 북촌에 포함돼 있다. 한옥들이 빽빽하게 들어선 북촌은 큰길가는 물론 골목길에도 크고 작은 공방과 기념품 가게가 숨어 있어 관광객들 눈과 발을 바쁘게 만든다. 기와 처마 선이 중첩돼 있는 가회동 31번지 언덕길은 과장하면 길바닥이 보이지 않을 정도로 관광객이 붐빈다. 나무 대문마다 '주민이 살고 있으니 조용히'라는 포스터가 붙어 있다. 주민들은 골치지만 한국인에게는 추억을 주고 외국인에게는 가장 한국적인 그 무엇을 느끼게 해주는 공간이다.

서울 종로구가 펴낸 유인물에는 '예로부터 권문세가들의 주거지였던 곳으로 청계천과 종로의 윗동네라는 뜻에서 북촌이라는 이름으로 불리어졌다'고 돼 있다. 서울시 자료 '북촌 산책'에는 '조선 시대 양반들이 터를 잡으면서 시작된

›
북촌을 포함해
서울 청계천 북쪽 땅을 개발해
독립운동을 지원한 정세권

이곳은 당시부터 이어져 온 오래된 길과 물길들의 흔적, 그리고 한옥들을 만날 수 있다'고 적혀 있다. 사람들은 북촌 초입 관광 안내소에서 나눠주는 이 두 자료와 지도를 따라 골목길을 걷는다. 그리고 아이들에게 이렇게 말한다. "조선 시대 양반들이 살던 집들"이라고. 거짓말이다.

머리부터 발끝까지 거짓말이다. 21세기 눈앞에 보이는 북촌은 조선 시대와 관계가 없는 1930년대 개량 한옥 마을이다. 그 한옥 마을 전부를 한 사람이 만들었다. 이름은 정세권(鄭世權)이다.

1910년 경술국치 그리고 가회동

1910년 8월 29일 소위 한일병합조약으로 대한제국이 일본으로 넘어갔다. 바로 그날 일본은 '조선귀족령'을 공포해 병합에 공을 세운 고위급 조선인 76명에게 작위를 하사했다. 후작, 백작, 자작, 남작 따위를 받은 귀족들은 막대한

은사공채와 토지도 받았다.

일제 강점기 초기 가회동 31번지 소유자는 이재완이었다. 가회동 33번지는 민영휘, 11번지 소유자는 한창수, 95번지는 한상룡이다. 1번지 소유자는 박영효다. 이들의 이력은 각각 이렇다.

이재완(1855–1922) 조선 후작. 은사공채 33만 6000엔.

민영휘(1852–1935) 조선 자작. 은사공채 5만 엔.

한창수(1862–1933) 조선 남작. 덕혜옹주를 일본으로 유학 보냄. 은사공채 2만 5000엔.

한상룡(1880–1947) 동양척식회사 이사. 일제 말기 일본 제국의회 칙선 귀족원 종신 의원.

이들은 가회동과 삼청동을 가르는 맹현 언덕과 길 건너 언덕에 대저택을 짓고 살았다. 가회동1번지 땅은 민영휘와 은사공채 28만 엔을 받은 후작 박영효 공동소유였다. 경성 인구가 폭발하던 1920년대 이후 이들의 자제들인 이달용, 민대식, 한상억 등이 이 땅을 팔아치웠다. 그 땅에 가회동 북쪽 한옥마을이 건설됐다. 2000년대 초 모 재벌이 빌라촌과 저택을 지은 1번지를 제외하면 나머지 11, 31, 33, 95번지가 현재 관광객으로 붐비는 북촌 한옥마을 핵심이다. 그 핵심을 정세권이 건설했다. 한상룡이 지은 집을 훗날 백병원 설립자인 백인제가 사들여 지금 민속자료로 지정돼 개방돼 있다. 연전에 서울시장 관저로 사용하려다 무산된 그 집이다. 한창수가 지은 집도 남아 있지만, 개방은 하지 않는다.

1930년 경성 북촌 재개발

조선이 일본으로 넘어가고, 경성은 일본인과 지방에서 몰려드는 조선인으로 만원을 이루었다. 일본인은 청계천 남쪽 남촌에 자리를 잡고 일식 가옥을 지었다. 조선인은 북쪽 북촌 계곡 아래쪽에 초가집을 짓고 살았다.

북촌은 친일파들이 독차지한 야산이었다. 나라가 사라지면서 산 아래 조선

종묘. 조선왕조 500년을 거쳐간 왕들의 신위를 모셨다.

시대 사대부 집들은 흔적 없이 사라졌다. 성삼문·박규수·홍영식과 김옥균 집이 그랬다. 상상해보라, 저 넓은 언덕배기에 드문드문 서 있는 대저택들을. 세종대왕 스승이었던 맹사성은 그 가회동 꼭대기에 살았다. 경복궁으로 출퇴근하면서 언덕을 넘었는데, 소를 타고 피리를 불면서 다녔다. 그 언덕을 맹현(孟峴)이라고 했다. 지금 가회동 31번지에 있다.

1920년대 인구가 폭발하면서 친일파들은 사기네 땅을 세밀하게 쪼개 주택 건설업자에게 불하했다. 남촌이 밀집되면서 북촌으로 진출하려는 일본 업자들에 맞서 조선 건설업체들은 경쟁하듯 북촌 땅을 매입해 거대한 필지를 수십 개로 나눠 대청 유리문과 처마 함석챙이 있는 똑같은 표준형 한옥들을 줄 맞춰 지었다. 상하수도도, 전기도 없이 초가집에 살던 조선 서민들에게 편의 시설이 있는 마이홈이 생긴 것이다. 여러 업체 가운데 정세권이 운영하던 건양사는 2등 없는 1등이었다.

미스터리의 애국자 정세권

1927년 2월 15일 창립된 좌우 합작 민족운동 단체 신간회 회장은 당시 조선일보 사장인 월남 이상재였다. 그때 정세권은 신간회 경성지부 재무부원이었다. 4년 뒤인 1931년 4월 20일 오후 4시 30분 경성 종로 낙원동 300번지에서 조선물산장려회 회관 기공식이 열렸다. 1923년 '조선인은 조선 물산을 만들고 쓰자'는 취지로 지식인과 상공인들이 만든 운동 단체였지만, 재정 불안으로 사무실조차 없던 차였다. 4층 양옥 건물 1층은 사무실, 2층은 물산 진열관, 3층은 식당, 4층 옥상은 가정집이었다. 정세권은 옥상 집에 살았다. 회관 부지와 건설비는 모두 정세권이 댔다.

1946년 6월12일 | 한글학회 소장
앞줄 왼쪽부터 김윤경, 정세권, 안재홍, 최현배, 이중화, 장지영, 김양수, 신윤국
가운데 왼쪽부터 김선기, 백낙준, 장현식, 이병기, 정열모, 방종현, 김법린, 권승욱, 이강래
뒷줄 왼쪽부터 민영욱, 박혁규, 정인승, 정태진, 이석린

1929년 정세권은 물산장려회 재무이사로 선출됐다. 1929~1930년 물산장려회 총예산은 1866원 53전이었고 이 가운데 그가 지출한 사비(私費)는 65.4%인 1220원이었다. 당시 한옥 한 채가 500원이었다. 훗날 만해 한용운이 쓴 글 제목은 이렇다. '백난중분투(百難中奮鬪)하는 정세권씨께 감사하라.'

1935년 3월 15일 경성 종로 명월관에서 조선기념도서출판관이 창립됐다. 민족운동가들이 '길사(吉事), 흉사(凶事)에 함부로 돈을 써버리지 말고 그것을 영구히 기념되게 유익한 도서 출판을 하게 하자'며 만든 출판사 겸 도서관이다. 사무실은 종로 화동 129번지 2000평 땅에 있던 2층 건물이었다. 역시 땅과 대지는 정세권이 기증했다.

세월이 흘러 1942년 8월 "국어를 사용하다가 벌을 받았다"고 적힌 함경남도 항흥영생고보 여학생 박영옥 일기장이 조선인 형사 안정묵, 일본명 야스다(安田)에게 발각됐다. 그해 10월 1일 경성 화동에 있는 조선어학회 회관에서 한글학자 33명이 경찰서로 끌려갔다. 증인 48명도 끌려갔다. 사람들은 몽둥이로 맞는 육전(陸戰), 물을 코와 입에 퍼붓는 해전(海戰), 공중에 매달아 패는 공전(空戰) 고문을 당했다. 정세권 또한 끌려가 고문을 당하고 풀려났다. 화동(花洞)에 있던 조선어학회 회관은 땅도 건물도 그가 기증한 재산이었다.

사진 한 장이 있다. 1949년 6월 12일 십일회 기념사진이다. 십일회는 1942년 10월 1일 벌어진 조선어학회 사건 수난자 모임이다. 맨 앞줄 왼쪽에서 둘째 자리에 두루마기를 입은 백발노인이 정세권이다.

춘원 이광수는 이렇게 기억한다. "토목 두루마기를 입고 의복도 모두 조선산으로 지어 입고 다니며 좀 검고 뚱뚱한 영남 사투리를 쓰고 말이 적은 사람인 것만 보았었다. 하지만 그의 인격을 존경하지 아니할 수 없었다. 한 사람의 인격의 힘이 이처럼 영향이 큰가를 느꼈다."

기이하지 않은가. 경제 자립과 민족 독립운동 그리고 민족 문화운동에도 그가 나온다. 북촌을 포함해 익선동·봉익동·성북동·창신동 등 청계천 북쪽 땅과 서대문·왕십리·행당동에 조선인 마을을 건설하고 그 돈을 민족 운동에 아낌없이 퍼부은 미스터리의 인물이다.

정세권이 지원한 조선어학회 회관터. 오른쪽은 친일파 한상룡이 살던 집이다.

1935년 7월 12일 화동 129번지

"경성부 낙원동 300번지에 있는 장산사(奬産社) 사장 정세권(鄭世權)씨가 화동 129번지에 있는 시가 4000여 원 되는 이층 양옥 한 채를 조선어학회에 기증하였다."(조선일보 1935년 7월 13일자)

그때 좋은 한옥 한 채 가격이 500원이었다. 회관은 서울 종로구 안국동 윤보선 가옥 근처 길모퉁이에 있었는데, 지금은 '조선어학회 터'라는 표석만 남아 있다. 한글학자들은 이곳에서 우리말큰사전 편찬 작업을 하다가 7년 뒤인 1942년 8월 소위 '조선어학회 사건'이 터지면서 그해 10월 1일 함흥경찰서로 끌려갔다. 회관을 기증한 정세권 또한 함흥으로 끌려가 고초를 치렀다.

정세권은 '집장사'였다. 건양사라는 주택건설회사를 운영하며 일제 강점기 중반인 1930년대 청계천 북쪽 지역 땅들을 사들여 중소규모 근대 한옥 단지를 건설한 업자였다. 주택건설업체 가운데 2등 없는 1등이었다.

정세권의 셋째 아들 정용식은 이렇게 회고했다. "그때 어학회 회장이던 이극로 선생이 아침이면 세수하러 나오는 것도 봤다. 집에 놀러도 오곤 했었다." 1989

년 홍익대 건축학과 박사과정에 있던 김란기(한국역사문화정책연구원 대표)와 가진 인터뷰에서다. 정용식은 이렇게 덧붙였다. "그 사건 때 뚝섬 부근에 있는 농장 3만 5000평도 총독부에 빼앗겼다. 이후 우리 집은 가세가 기울었다." 조선 부동산 거부 정세권과 그가 운영하던 1등 기업 건양사는 그렇게 쇠락했다. 정세권은 1959년 고향 경남 고성 하이면 덕명리로 내려가 1965년 작고했다.
가업을 물려받은 아들 정용식은 해방 후 경북 문경 광산촌 사택단지를 시공했으나, 6.25 전쟁이 터지며 공사대금을 한 푼도 건지지 못하고 파산했다. 정용식의 아들 정희영은 "친척들 빚도 갚지 못해 이리저리 작은 집으로 이사하며 살았다"고 했다. 경성공업전문학교에서 건축을 전공했던 정용식은 학계로 인생을 틀어 서울산업대(現 서울과학기술대학교) 총장을 역임하고 1997년 작고했다.

2016년 2월 24일 가회동

조선어학회 회관이 있던 안국동을 비롯해 재동과 원서동, 가회동, 삼청동 일대를 '북촌(北村)'이라 통칭한다. 가회동은 지리적으로 그 중심이다. 특히 가회동 31번지 일대는 1930년대 근대 한옥이 집단으로 보존돼 있어 그 정취를 즐기려는 사람들로 늘 붐빈다. 1930년대 정세권의 건양사가 개발한 한옥단지다. 좁은 골목길 양쪽으로 담장을 함께 나누며 빽빽하게 들어선 기와 지붕과 나무대문, 돌담…. 풍경은 TV드 라마나 영화 세트장처럼 낯설다. 한국인에게도 낯선 풍경이다 보니 한국인보다 중국, 일본 관광객이 압도적으로 더 많다. 그 틈새에서 젊고 어린 한국인들은 한복을 빌려 입고 기념사진을 찍는다. 큰 도로 건너 11번지에는 크고 작은 공방이 몰려 있다.
가회동 31번지와 붙어 있는 삼청동 35-62번지에는 북촌전망대가 있다. 1980년 대구에서 올라온 장옥희 가족이 운영하는 사설전망대다. 동서남북으로 탁 트인 전망이 일품이다. 2016년 일흔아홉 살인 장옥희가 말했다. "집과 집 사이가 하도 좁아서 우리 젊을 적에는 부엌에서 부엌으로 음식을 나눠 먹기도 했다. 그런데 이상도 하지, 여섯 채마다 동서로 큰 도로가 하나, 두 채마다 남북으로 도로가 하나씩 나 있는 네모반듯한 마을이니." 그녀가 한마디 더 했다. "전망대를 찾아온 풍수가들이 그랬다. '옛날에는 궁궐을 내려다보는 곳에는 집을 지을 수가 없었다'고. 질서정연하게 집들이 붙어 있으니 양반집일 리가 없고, 풍수가 말을 들으니 더더욱 이해가 되지 않는다"고 했다.

정세권, 북촌을 건설하다

정세권은 1888년 경남 고성 하이면 덕명리에서 태어났다. 사범학교를 졸업하고 열여덟 살에 면장이 되었다가 경술국치를 맞았다. 가난한 고향을 탈출해 정세권은 경성으로 올라왔다. 2016년 여든아홉 살인 막내딸 정남식이 말했다. "고향 초가집을 다 기와집으로 바꾸려고 했는데 나라가 망하면서 면장직을 사임했다. 대신 더럽고 가난한 경성을 보고 아버지께서 저걸 다 정리해야 한다고 생각했다고 한다. 그게 건축업으로 연결된 계기라 생각한다."

1919년 상경한 정세권은 낙원동에 장산사라는 건축회사를 차리고 이듬해부터 건축업에 뛰어들었다. 정세권은 새벽에 일어나 명동 일본인 빵집에서 배달한 빵과 우유로 식사를 하고 현장으로 나가 작업을 감독했다. 막내딸 남식은 그 빵이 먹고 싶어서 새벽마다 눈을 부비며 잠에서 깨어나곤 했다.

건양사로 이름을 바꾼 정세권의 회사는 이후 1940년대 초반까지 거침없이 사업을 확장해갔다. 처음 손을 댄 익선동을 시작으로 가회동과 삼청동, 봉익동, 명륜동과 혜화동, 성북동, 왕십리까지 영역을 넓히며 근대한옥지구를 건설해 갔다. 이들 지역 조선인들은 주로 초가집 혹은 토막(土幕)이라 불리는 움막집에 살고 있었다. 막내딸 정남식이 말했다. "삼청동에 소나무숲이 있었는데, 아침마다 가난을 비관해 목매달고 죽은 사람이 보였다. 그 숲도 아버지께서 개발해 한옥을 세웠다."

서울대 환경대학원 교수 김경민은 이렇게 평가했다. "조선인들을 위한 주택 개발을 조선인이 하지 않았다면 우리가 마주한 삼청동의 모습은 대량의 적산 주택 단지이지 한옥 집단 지구가 아닐 수 있다." 정세권과 함께 당시 물산

장려운동을 벌였던 법조인 최태영(작고)은 "서울 전체에 집을 물산 장려한 사람"이라고 했다.
정세권의 건축 철학은 명쾌하다. '건축비, 유지비와 생활비 등의 절약에 유의함이 본사의 사명인가 합니다. 재래식의 행랑방, 장독대, 창고의 위치 등을 특별히 개량했고, 중류 이하의 주택을 구제하기 위하여 연부, 월부의 판매 제도까지 강구하여 주택난에 대해서는 다소의 공급이 있다고 생각합니다.'(정세권 '건축계로 본 경성' 1925)
건축가 황두진이 말했다. "1930년대는 대호황기였다. 소규모 개량 주택을 짓지 않으면 폭발하는 인구를 수용할 수가 없었다. 정세권이 북촌을 이렇게 개발하지 않았다면 한옥의 맥도 끊겼을 수 있다. 1930년대 한옥은 그 자체가 근대 건축물로 큰 의미가 있다. 북촌에서 제일 오래된 한옥은 윤보선 집인데, 1870년 건물이다."
정세권이 지은 집은 수도와 전기가 들어오고 작지만 마당이 있는 '살 만한 집'이었다. 그리고 꼭 한옥이었다. 딸 정남식이 말했다. "조선 집이어야 조선사람이 살기 편하다고 늘 말씀하셨다. 당신도 늘 한복을 입고 새벽에는 시조를 읊곤 하셨다." 춘원 이광수의 세검정 집도 그가 시공했고 배제학당 대강당도 그가 지었다.
많은 건축가가 그를 무명 집장사로 깎아내리고 그가 남긴 작품들을 평가하지 않는다. 한옥 마을로 사람들을 북촌으로 끌어들이는 서울과 종로구는 아예 정세권이라는, 건양사라는 이름을 그 어디에도 언급하지 않는다. 사람들은 지금도 조선 시대라는 환상 속 향기를 맡으며 북촌을 걷고 있다. 반드시 수정돼야 할 역사다.

민족운동과 정세권

막내딸 정정식은 소학교 1학년 어느 날 아침을 또렷하게 기억하고 있다. 1933년이었다. "아버지께서 나를 부르셨다. 어젯밤에 상해 김구(金九)씨 심부름꾼이라는 사람이 와서 군자금을 내놓으라고 했다는 것이다. 그래서 마침 금고에 집 한 채 판 돈이 있어서 통째로 내줬다고 하셨다."

임정 요원은 굳이 야간에 찾아올 필요도 없었다. 정세권은 이미 1927년 설립된 좌우합작 민족단체 신간회 경성지부 재무부원으로 일하고 있었다. 1930년 대홍수가 나자 정세권 가족과 건양사 직원들은 조선 옷감으로 옷을 만들어 수재민들에게 보내기도 했다. 그리고 1931년에는 물산장려회 재무이사로 낙원동에 조선물산장려회 회관을 짓고 사비로 장려회를 이끌고 있었다. 1, 2층은 장려회 사무실 겸 판매소였고 가족들은 이 회관 3층과 4층에 살았다. 만주동포구제회를 만들어 김좌진 장군 유족을 비롯해 만주에서 순국한 조선인들을 지원하기도 했다.

뿐인가. 민족운동가들이 양사회라는 인재 양성 학교를 만들자 여기에도 참가해 큰돈을 출연했다. 이게 훗날 집안을 망가뜨리게 될 줄은 짐작이나 했을까. 그 사이에 1939년 6월 15일 고향 덕명리 촌동네에 덕명간이학교가 문을 열었다. 남녀 학생 35명이 입학했다. 정세권이 1600원을, 동향 김용기가 500원을 추렴했다.

1942년 10월 1일 조선어학회 사건이 터졌다. 학자 33명과 정세권을 포함한 증인 48명이 함흥경찰서로 연행돼 취조를 받았다. 그때 일본 경찰은 정세권이 양사원을 지원했다는 사실을 끄집어내 자양동 고아원 부지 3만 평을 빼앗고 정세권을 석방했다. 이듬해 건양사 건축 면허를 취소해버렸다. 집장사 정세권과 건양사는 이후 해방 때까지 집을 짓지 못했다. 땅과 기업을 빼앗긴 정세권은 몰락했다. 가난한 조선인을 위해 근대 한옥을 짓고, 번 돈으로 민족운동을 지원한 대가였다.

2016년 가회동과 정세권

북촌 그 어디에도 정세권 혹은 건양사에 대해 안내하는 표석과 안내판은 보이지 않는다. 하지만 정세권이라는 집장사의 흔적은 북촌 그 자체에 깊게 남아 있다. 관광객이 가장 몰리는 가회동 31번지 골목길 옆에 한적한 길이 하나 있다. 길 주소는 가회동 33-39번지다. 지금도 등기부에는 이 길이 정세권 명의로 올라 있다. 정세권과 그 후손 명의로 남아 있는 도로가 가회동과 삼청동에 열 군데가 넘는다. 막내딸은 "20년 전 가보고 못 가봤지만, 지금도 사진을 보면 언니와 함께 놀던 골목길이 그대로 있더라"고 했다.

북촌은 근대 한옥마을이다. 조선시대 양반마을 흔적은 찾을 수 없다. 그 근대 한옥마을은 정세권을 비롯한 1930년대 건축업자들이 만들었다. 업자 가운데 정세권이라는 사람은 단순한 업자가 아니었다. 1965년 그가 세상을 떠났을 때 서울에 마련된 빈소를 가장 먼저 찾은 사람은 한글학자 최현배였다. 덕성여대 명예교수인 손녀 정희선이 말했다. "존경하는 큰 어르신이다. 집안 어르신이 아니라 온 세상이 이 분을 알았으면 좋겠다." 정세권은 지금 고향 하이면 덕명리에 잠들어 있다.

정세권 묘소

18

서산 부석사와 원우 스님

눈을 맞고 있는 서산 부석사

검은 돌, 검은여

적돌만에 물이 밀려와도 바위들은 머리끝이 바다 위에 솟아 있었다. 바위는 검었다. 사람들은 '검은여'라고 불렀다. 뜬 돌이라고도 했다. 한자로 부석(浮石)이라고 했다. '여'는 물속에 잠겨 보이지 않는 바위를 말한다. 망망한 바다에 돌이 쌓여 있으니 바다 이름도 쌓을 적(積)에 돌 돌(乭), 적돌만이었다. 천수만이라고도 불렀다. 바닷가 갈마리마을 사람들은 바다에 떠 있는 돌무리를 숭배하며 풍어제를 지내곤 했다.

1984년 현대건설 회장 정주영이 폐기된 유조선으로 방조제 마지막 물길을 막으면서 방조제 안쪽은 뭍이 되었다. 서산간척지A, B지구가 완공된 것이다.

천수만에 솟아 오른 검은여

뜬 돌, 검은여도 뭍으로 올라왔다. 검은여는 서산간척지B지구 뻘에 비죽 솟은 돌더미가 되었다. 뻘 한가운데 있어 제사를 올릴 수도 없었다.
신성한 바위들이 뭍에 오르자 주민 이정복이 현대건설에 청원을 올렸다. 청원을 올리고 분주히 기관들을 오간 지 3년 만인 1989년 검은여 앞에 '검은여, 부석(浮石)'이라고 새긴 입석이 섰다. 정자도 섰다. 그리고 지금 충청남도 서산시 부석면 사람들은 예전에 그러했듯 해마다 4월이면 검은여에 모여 풍어제를 올린다.

부석사 이야기

검은여를 바라보는 산에는 절이 하나 있다. 사람들은 절과 바다 위 검은여가 지맥(地脈)이 연결돼 있다고 믿었다. 절 샘물이 마르면 검은여에 있는 샘도 말랐다고 했다. 산 이름은 도비산(島飛山)이고 절 이름은 부석사(浮石寺)다. 섬이 날아와 산이 되었다는 산 이름도, 뜬 돌이 만든 절이라는 절집 이름도 유별하다. 경상북도 영주시에 있는 부석사와 이름도 창건설화도 똑같다. '…당나라로 유학 간 의상대사가 자기를 흠모하는 여자를 뿌리치고 귀국해 절을 지으려니, 창건을 반대하는 무리들이 훼방을 하자 공중에서 바위가 날아와 무리들을 물리치고 무사히 절을 지었고, 그제야 돌이 내려앉더라'는 이야기. 서산 부석사 주지 원우 스님은 "서산에 인접한 당진(唐津)이 당나라로 가는 포구였으니 서산 부석사 창건설화도 일리가 있다"고 했다. 400년 전 만든 절집 심검당 상량문에도 의상대사 부분이 언급돼 있으니 최소한 400년 전 서산 사람들도 이 부석사가 의상대사가 창건한 그 절이라고 믿었다고 할 수 있겠다.
조선 말 숭유억불 정책으로 피폐해질 대로 피폐해진 불교계에 경허와 경허의 제자 만공 두 승려가 나타났다. 만공은 이 부석사에 토굴을 짓고 공부를 했다. 대한민국 불교는 이 걸출한 두 스님이 없었다면 지금처럼 융성하지 못했다.
절로 가는 길은 아름답다. 가파르지도 평탄하지도 않은 걷기 딱 좋은 산길 중턱에 절이 있다. 근세에 지은 누각과 찻집, 그리고 세월이 보이는 절집들, 간척지가 내려다보이는 탁 트인 조망, 그리고 산신각과 만공 토굴로 오르는 오솔길까지 '더도 말고 덜도 말고' 욕심 부리지 않고 산에 묻어 사는 아담한 절이다. '템플스테이'라는 한국에 독특한 휴식 형태도 이 부석사에서 시작됐다.

관세음보살 좌상 이야기

2012년 10월 2일 오후 8시 일본 대마도 서쪽 고즈나(小綱) 마을에 있는 작은 절 간논지(觀音寺)에 도둑이 들었다. 간논지는 무인(無人) 사찰이었다. 3인조 도둑은 열쇠보관함에 있던 열쇠로 문을 열고서 키 50cm짜리 불상 하나를 집어 들고는 다시 문을 잠그고 사라졌다.

해가 바뀌고 2013년 1월 절도단이 모두 붙잡혔다. 불상도 발견됐다. 마음이 바뀐 공범 중 한 명이 "신고하면 포상금이 얼마냐"라고 당국에 문의하는 바람에 들통이 났다. 절도범들은 모두 한국인이었고, 불상은 마산에 있는 자금책 냉동창고에서 발견됐다. 문화재청이 감정해보니 불상은 1330년 충남 서산 부석사에서 봉안된 고려시대 금동 관음보살좌상이었다. 일본 나가사키현 지방문화재로 지정된 불상이었다.

한국과 일본 두 나라에서 난리가 났다. '빼앗긴 보물이 돌아왔으니 절대 반환 불가'였고, '훔쳐간 장물이니 반드시 반환'이었다. '장물이니 일단 돌려주자'는 의견도 많았지만 축구 경기를 해도 반드시 타도해야 직성이 풀리는 두 나라이니 타협은 있을 수 없었다. 결국 부석사가 제기한 반환금지 가처분신청이 받아들여져, 2016년 현재 불상은 대전 국립문화재연구소 수장고에 보관돼 있다.

21세기 승려 원우와 14세기 서산 왜구

당시 대전 정수사 주지였던 원우(50) 스님은 금동불을 바로 알아보았다. "2002년 브리태니커사전에 이 불상이 나와 있었다"고 했다. 원우가 출가해 해인사에서 공부를 하던 1990년대 초, 해인사는 첨단 사찰이었다. 원우가 말했다. "해인사에는 그때 이미 인터넷 전용선이 깔려 있었고 승려들이 인터넷과

부석사 원우 스님과 설경(雪景)

PC로 공부를 했다. 문화재 보존학을 전공한 터라, 인터넷을 통해 부석사 금동불에 대해 알고 있었다." 그리고 부석사에서 젊은 날 공부를 했고, 인연이 묘해서 2015년 가을 부석사 주지로 오게 되었다고 했다. 그가 말했다. "불상은 당연히 부석사에 돌아와야 한다"고. 왜? "왜구들이 약탈해 간 불상이니까."

왜구(倭寇). '14~16세기 한반도와 중국 연안과 해상에서 약탈과 납치, 살인과 방화를 자행했던 일본 해적단'을 가리키는 용어다. 이전에도 있었고 이후에도 있었지만, 그 300년 동안처럼 수시로 조직적이고 대규모로 해적행위를 한 역사는 없었나. 왜구들은 고려 수도 개경 인근까지 쳐들어와 백성들을 공포 속으로 몰아넣었다. 관가도 불타고 관리들도 죽었다. 고려가 망해갈 무렵인 14세기에는 온 나라에 왜구가 활개를 쳤다. 고려사 최영전에는 이렇게 기록돼 있다. "적들이 동성현에 이르자, '아무도 저지하는 사람이 없으니 참으로 낙토(樂土)로다'라고 떠들었다." 동성현은 지금 경기도 김포 땅이다.

그 당시 서산은 3면이 바다였다. 방조제도 없었고 간척지도 없었다. 관군이 올 때까지 서산은 뭍으로 오른 왜구들에게 철저하게 유린당했다. 훗날 조선

鎭南門

이 개국하고 태종은 아들 세종과 함께 도비산에서 군사훈련을 했다. 성종은 1491년 서해안 방어를 위해 인근 해미에 읍성을 세웠다. 젊은 장교 이순신이 이 해미읍성에서 근무를 했다. 고려사에 따르면 서산 지역은 모두 7차례 왜구 침입을 받았다. 중원대학교 초빙교수인 김경임은 "이 때 부석사 관세음보살상을 비롯한 서산 일대 사찰 불상들이 약탈당했다"고 추정했다. 일본 규슈대 교수 기쿠다케 준이치(菊竹淳一)는 1978년 '대마 미술'이라는 학술논총에서 "왜구에 의한 '일방적 청구'가 있었을 것"이라고 추정하기도 했다.

'무쿠리 고쿠리 온다'

대마도를 비롯한 규슈지방에는 '무쿠리 고쿠리'라는 말이 있다. '자꾸 울면 호랑이가 잡아간다'는 한국말과 비슷한 뜻이다. 대마도 옆 이키섬에는 무쿠리 고쿠리라는 인형도 있다. 무쿠리는 몽고, 고쿠리는 고려사람을 뜻한다. 김경임이 말했다. "13세기 여몽연합군이 왜구를 조직화하는 데 영향을 줬다."

'서산 부석사 관음상의 눈물'이라는 책에서 김경임은 이렇게 주장한다. "1274년 10월 6일 몽고군 2만 5000명, 고려군 8000명이 전함 900척을 타고 대마도에 도착했다. 주민 희생은 별도로 치고 대마 수령과 형제, 자녀 6명과 기마군 80명과 병사 800명이 전멸했다. 8일 동안 마을들을 약탈하고 방화하고 살상하고 은광을 파괴했다. 포로 수백 명을 잡아갔는데 손바닥에 구멍을 뚫어 밧줄로 꿰어 데려갔다." 다른 기록에는 강간을 피해 스스로 배를 가르는 여자도 있었다고 나와 있다. 김경임은 "그 이후 본토에서도 버림받은 대마도 사람들이 주저 없이 왜구의 길로 들어섰을 것"이라고 했다.

불상이 있었던 간논사는 1527년 여몽연합군과 맞섰던 고노 미치아리의 후손 고노 모리치카가 세웠다. 일본 학자 기쿠다케는 "고노씨가 창립한 간논지에 1330년 고려불상이 존재한다는 것은 왜구에 의한 일방적 청구가 있었음을 추측게 한다"고 했다. 문화재청이 2015년 검찰에 제출한 조사보고서도 "왜구에 의해 약탈되었을 가능성이 높다"고 결론을 내리고 있다.

« 해미읍성 진남문

문화재환수국제연대 상임대표 이상근이 말했다. "구입 또는 취득 경로가 정당해도 그 전 과정이 불법임이 확인되면 원소유자에게 돌려주는 게 국제관례다. 비록 절도범이 훔쳐왔지만 그 이전 모든 과정이 불법이니 우리가 받는 게 옳다." 대검찰청 마약부장을 끝으로 검찰에서 은퇴한 유금와당박물관 관장 유창종이 말했다. "안 돌려주는 것은 감정적 하수에 불과하다. 좀도둑이 훔쳐온 불상을 부석사에 모셔 놓는 것은 떳떳지 못하고 부끄러운 일이다. 협상을 통해 일단 반환하고 일본으로부터 귀환시킬 수 있도록 해야 한다."
한일협정을 통해 일본으로부터 돌려받은 문화재 1432점 가운데 230점은 생활민속품이었다. 막도장, 짚신, 영등포우체국 간판, 우체부 모자가 그 예다. 국보로 지정된 문화재는 7점이었다. 지금 대마도에 있는 한국 불상은 190여 점이다. 이 가운데 절반 이상이 불에 타거나 훼손돼 있다. 정상적으로 건너간 물건이 아니라는 뜻이다. 부석사 주지 원우 스님이 말했다. "내가 만들지도 않았고 내가 빼앗긴 것도 아니다. 하지만 무슨 인연인지 내가 지금 이 땅에 살고 있다. 그 인연만으로도 불상이 돌아와야 한다고 생각한다."

똑바른 서산 여행법

섬이 날아와 솟은 산, 도비산 부석사에 눈이 내렸다. 아랫마을 진눈깨비는 일주문부터 폭설로 변했다. 원우 스님이 말했다. "이렇게 예쁠 수가!" 일희일비를 삼가고 구도에 침잠해야 할 성직자 입에서 터진 감탄사이니, 뜬금없는 설경을 만난 등산객들은 오죽 흥분했으랴. 천수만에 뜬 돌, 검은여는 이제 뭍에서 흰 눈을 맞는다. 뜬 돌이 세운 절 부석사도 온통 희디희다. 천지사방 찬란하게 빛나는 풍경 속에서 관세음보살이 머무를 곳은 어디인가. 서산에서 떠올려본 또 다른 여행법이었다.

볼거리

도비산과 부석사 절 입구까지 시멘트포장길. 만공이 수행한 만공토굴까지 길도 걷기 좋다. 맑은 날에는 서산 간척지까지 조망도 좋다. 템플스테이도 한다. 홈페이지 www.busuksa.com

해미읍성 15세기 성곽을 세운 읍성. 1578년에 이순신이 군관으로 열 달 동안 근무했다. 병인박해 때 천주교도 수백 명이 이곳 나무에서 매달려 고문을 당하고 처형됐다. 하도 처형할 사람이 많으니까 개울에 구덩이를 파고 생매장하기도 했고 돌다리에 패대기쳐서 죽이기도 했다. 프란시스코 교황이 방문했다.

천주교 상흥리공소 박해를 피해 천주교도들이 피난 와 집단으로 산 곳. 1903년에 본당이 건축됐다. 지금 남은 건물은 1909년에 사제관으로 세운 건물. 한식 목구조로 팔작지붕을 얹은 특이한 건축양식이다.

개심사 '조경'으로 도를 닦음이 분명한, 정원이 아름다운 절. 절집들도 자연목을 그대로 사용한 기둥을 썼다.

관광정보 홈페이지 www.seosantour.net

맛집

서산불고기 서산 3대 맛집이라 불리는 불고기 식당. 서산마늘, 생강, 양파로 간을 한 소고기, 돼지고기 불고기를 숯불에 구워 낸다. 소고기 1만 3000원, 돼지고기 1만 원. 2인분 이상. 고등어백반 9000원. 주소 서산시 동문동 189-10 전화번호 041-663-6659

대마도 관음보살좌상.
부석사에 있던 것으로 추정된다.

19

원주 신림(神林)과 중국에서 온 옻칠장이 김성권

원주 신림면에 있는 상남리 성황림

중국에서 온 칠쟁이 김성권

중국에서 온 칠장(漆匠) 김성권

2016년 스물여덟 살인 김성권은 옻칠장이다. 칠예(漆藝) 장인이라고도 한다. 김성권은 중국에서 왔다. 길림성 연변조선족자치주 화룡시(和龍市) 팔가자진(八家子鎭)이 고향이다. 조선족보다 한족이 더 많이 살았다. 전주가 본관에 조상이 경상도에서 왔다는 사실만 알 뿐, 나머지 가족사는 알지 못한다. 그가 말했다. "낳아주신 분도 부모지만 키워주신 분도 부모라고 생각한다. 자랑스럽게 말할 수 있다. 나의 마음엔 항상 두 개의 조국이 있다고."

아버지 김동철(54)은 기관사였다. 어머니 김화(52)는 공장 근로자였다. 아버지는 손재주가 있어서 김성권은 가구 만드는 대패며 끌이며 각종 목재가 그득한 집안에서 자랐다. 김성권이 초등학교 3학년 때 부모는 아이를 친척에게 맡기고 러시아로 가 돈을 벌었다. 2년 뒤 돌아온 아버지는 한국으로 갔고 또 2년 뒤 어머니도 한국으로 갔다. 러시아行도 한국行도 목적은 하나였다. 하나밖에 없는 자식을 위해 두 사람은 인생을 바쳤다.
용정(龍井)에서 고등학교를 마쳤을 때도 김성권은 그저 대학 진학만 꿈꿨다. 그런데 "중국에서 대학 나와봤자 장래에 뭐 하겠는가"라는 생각이 들었다. 2009년 3월 김성권은 한국 부산에 있는 영산대학교 실내환경디자인학과로 유학을 왔다. 4학년 1학기 옻칠 거장 전용복(全龍福)이 이 학과 석좌교수로 부임했다. 그때 접한 옻에 완전히 빠져버렸다. 졸업식을 남기고서 김성권이 전용복에게 찾아가 단도직입적으로 말했다. "나 제자 시켜 주시라." 세월이 3년 흘러 전용복이 말했다. "성권이는 1등이다." 거장(巨匠)이 인정하는 젊은 칠장이가 있는 곳은 대한민국 강원도 원주 상지영서대학교 칠예연구소다.

귀신이 사는 성남리 神林(신림)

강원도 원주 남쪽에 신림면이 있다. 한자로는 귀신 신(神)에 수풀 림(林)을 쓰니 귀신이 사는, 신령한 숲이라는 뜻이다.
지명만 신림이 아니라 실제로 숲이 있었다. 조선 말 김정호가 만든 대동여지도에도 신림이 나와 있고 고려사에도 신림이 나와 있으니, 숲이 여기 있은 지근 천 년이다. 숲에는 서낭당이 있어서 주민이든 보부상이든 지나는 사람은 꼬박꼬박 절을 하고 다녔다. 숲에서 똥오줌 해결할라치면 마을 어른들에게 경을 치렀고 풀 한 포기 꺾어도 난리가 났다.
신림이라는 지명도 그대로 유전됐고 숲도 그대로 이어졌다. 신림이 있는 곳은 원주시 신림면이 되었고 숲은 신림면 성남리에 여전히 울창하다. 신림면은 치악산 국립공원 어귀에 있다. 공식 명칭은 성남리 성황림이다.
삼국사기에 따르면 서기 892년 세상을 바꾸겠다고 작심한 궁예는 북원성 호족 양길에게서 군사 삼백을 얻어 치악산 기슭 석남사(石南寺)를 중심으로 주천, 영월, 울진을 정복했다. 신림 사람들은 이 석남사가 신림에 있다고 믿는다. 석남사가 있던 골짜기 절골에는 기와 파편과 주춧돌이 흩어져 있다. 이름도 '석남'에서 '성남'으로 무뎌져 지금 마을 이름이 성남리가 되었다고 사람들은 믿는다. 석남사 터는 지금 논으로 변했다. 논과 논 사이에는 옛 절 주춧돌과 기둥, 각종 석물을 얽어 축대를 쌓아 놓았다. 뒷산에 있던 부도는 언제 도굴됐는지 쓰러져 뒹군다.

성남리 귀신 숲, 신림은 해마다 4월 초파일과 음력 9월 9일 밤 열두 시에 제사를 지냈다. 돌계단 위에 세운 당집 오른편, 전나무에 제를 올리고 왼편 엄나무에 소원을 적은 종이를 태워 올렸다. 신목(神木)인 전나무와 엄나무는 하늘이요 땅이다. 단군신화에서 환웅이 무리 삼천을 끌고 강림한 태백산 신단수, 원형 신화에서 흔히 발견되는 '우주 나무'와 동일한 나무다.

제사를 마치면 마을에는 잔치가 벌어졌다. 하늘에 올린 소 한 마리를 동네방네 나눠 먹고 술을 마셨다. 밭 태워 입에 풀칠하던 화전민(火田民)들도 당제 올리는 밤에는 제사에 끼어들어 덕을 나눴다. 성남리 주민들은 "소 대신 돼지를 올린 해에 송아지들이 울타리를 넘다가 죄다 다리가 부러져 제사를 다시 지냈다"고 했다. 조선 말기부터 해방 때까지 성남리 사람들은 당번을 정해 원주 장으로 떠났다. 당번을 맡은 사람들은 콩이랑 팥이랑 옥수수 짊어지고 당집에 절을 한 뒤 새벽길을 떠났다. 해 질 녘이면 마중 나간 젊은이들이 산에서 함성을 질러 맹수들을 쫓곤 했다.

들꽃을 닮은 김명진-곽은숙 부부

신성한 성황림 옆 양지바른 산기슭에서 김명진(54)과 곽은숙(45) 부부는 차를 팔고 파전을 팔고 들꽃을 심는다. 부부가 사는 집 이름은 '들꽃이야기'다. "남의 집 놀러와 설거지를 하니 여자가 돼 보여서", "무한 긍정과 무한 지식에 홀려서" 서로에게 푹 빠진 애니메이션 제작자와 국어교사는 1998년 4월 24일 서울에서 살다가 성남리로 내려왔다. 낡은 막국수집 사서 청주공항 건설 때 철거된 집들 목재를 날라다 황토집을 지었다. "자연 속에서 아이들 키우고 싶어서"라고 했다.

정민이와 정현이 두 딸 먹여 살리느라 찻집을 열었다. 하루 매상은 많아야 2만

들꽃이야기 김명진-곽은숙과 복수초

원이었다. 가게 문 열어두고 산과 들 다니며 들꽃을 모아 뜰에 심었다. 2005년 외지인에게 마음 열린 마을 사람들은 젊은 김명진을 이장으로 뽑았다.
“글 몰라서 농협도 못 가고 전화도 못한다”는 마을 할머니들 모아서 한글도 가르치고, “평생 못 가봤다”는 극장도 모셔갔다. 후배들 불러서 음악회도 열었다. 사는 곳, 사는 모습이 워낙에 예쁜지라 어느덧 들꽃이야기는 원주는 물론 전국 명소가 되었다. 부부에게서 한글을 배운 송수분 할머니는 “한글 배워 여한 없다”고 웃으며 한글학교 졸업하고 석 달 뒤 하늘로 갔다. 여든여섯 살이었다. 그때 할머니가 쓴 글을 읽으면 지금도 부부는 가슴이 먹먹하다.

‘먼저 간 영감에게. 호호 영감아 당신과 나하고 만날 적에 당신은 말을 타고 나는 가마을 타고 이별 업시 살자더니 임자 당신 먼저 가서 북두칠성 되였스면 나는 밤중 셋별이 되어 이별 없이 만낫시다–송수분’

김명진이 말했다. “우리 어머니가 늘 말했다. 남 인심 얻으려면 내 인심 먼저 쓰라고. 사람들이 아끼고 배려하니 당숲도 저리 아름다운 게 아닌가. 신림은 그런 곳이다. 무연고지에 새로 뿌리내린 것, 후회하지 않는다." 그 사이 자연이 키워준 두 딸은 학원 한 번 안 가고도 영어면 영어, 역사면 역사, 체육이면 체육에 그림이면 그림에 큰 눈을 뜬 대학생과 고교생이 되었다.

1000년 세월 견뎌낸 원시림

어느덧 성남리 당숲은 온대림에 살고 있음직한 나무와 풀이 다 살고 있는 원시림이 되었다. 연전에 영화 〈신기전(神機箭)〉 첫 장면을 이 숲에서 찍은 영화 스태프들은 "비무장지대에서나 볼 수 있는 원시림"이라며 놀라워했다. 1933년 총독부는 이 숲을 조선보물고적명승 제93호로 지정했다. 1962년에는 그 번호 그대로 천연기념물로 지정됐다. 이름은 '윗성남 당숲'에서 '성남리 성황림'으로 변경됐다. 주민이자 사학자요 식물학자인 고주환에 따르면 "그 누구도 들어보지 못한 이름"이었다. 고주환은 송수분 할머니의 아들이다.

문화적으로 신성하기에 숯 만들어 파는 사람들도 범접하지 않았다. 주민들이 가진 신심(信心) 덕분에 숲은 생태학적으로 귀한 존재로 살아남았다. 신심이 영원을 만든 것이다. 해마다 실개울 얼음장 아래 물소리가 들리고 나무마다 새싹이 움틀 무렵이면 땅에는 샛노란 복수초가 '나 밟지 말아요'하고 방긋방긋 속삭인다.

용소막성당과 명주사

세상만사가 땅 이름 따라가라는 법은 없지만, 신림에 사는 모습은 묘하게 이름과 닮았다. 면사무소에 따르면 2016년 현재 인구 3863명인 이 작은 면에 종교시설이 서른세 군데다. 성당이 하나, 교회가 열네 곳, 절이 열여덟 곳이나 있다. 6.25 전쟁 전에는 1개 리(里)에 서낭당이 10군데가 넘었다. 그 많은 종교시설 가운데 용소막성당과 태고종 명주사는 꼭 가봐야 한다.

용소막성당은 용암2리에 있다. 1866년 병인박해를 피해 수원에서 숨어든 천주교도 공동체가 이곳에 있었다. 성당 앞 마을이름은 당뒤마을이고 그 앞 들판은 종림마을이다. 종림에는 또 다른 신림인 시무숲이 있었다. 숲에는 '명주실 한 타래가 들어가고도 끝이 닿지 않는' 늪이 있었다. 성남리 사학자 고주환이 말했다. "시무숲은 신림 전체를 지키는 당숲으로 보인다. 내 고향 성남리 당숲보다 더 오래되었다."

시무숲은 들판으로 변했고, 용소막 성당이 그 신성한 역할을 대신한다. 일제강점기에도 용소막마을은 외국인 신부들이 총독부로부터 안전하게 지켜줬다. 신자들이 즐겨 찾는 순례지요, 사진 애호가들이 잦게 출몰하는 여행지다.

명주사는 어떤가. 군승(軍僧)을 지낸 한선학 스님이 세운 태고종 사찰이며 동시에 동서양 고판화 수천 점을 소장한 고판화박물관이다. 전통이라는 굴레에 갇힌 기와집 절집이 아니라 집집마다 너와를 머리에 인 독특한 사찰이다. 박물관에는 문화재로 지정된 목판들이 숱하다. 한선학 스님과 차 한잔을 하면서 세상과 종교와 예술에 대해 고상하게 수다를 떨어도 좋다.

후회하지 않는 칠장이 김성권

신성한 숲 옆 부부의 찻집에서 김성권이 차를 홀짝였다. "옻을 접한 순간 느낌이 왔다. '이건 내 운명'이라고." 옻은 무엇인가. 안료를 섞으면 무지개색을 낼 수 있는 총천연색 도료요, 1000년을 간다는 견고한 도료다. 자개에 금속, 흙, 플라스틱까지 지구상 웬만한 재료는 섞어서 쓸 수 있는 열린 도료나. 무덤에서 나온 800년 전 옻칠 관 속 연씨가 싹을 틔우는 기적의 방부제다. 그가 말했다. "세상은 옻을 고리타분하고 경쟁력 없는 분야라 하지만 틀린 생각이다. 첨단 도료와 미학적 재료로 틀림없이 각광받으리라 확신한다." 꼼꼼한 성격도 옻칠에 딱이었다.

천하의 대가 전용복 아래 옻을 배운 지 5년이 됐지만 단 한 점도 자기 작품을 만들지 않았다. 그저 배울 뿐이다. "스승 이름 더럽히기 두렵고, 아직 수준이 안 돼서"라고 했다. 하지만 "'가기 싫다'고 생각하며 잠에서 깬 적은 단 한 번도 없었다"고 했다. 스승 전용복이 말했다. "인내심 없이는 옻 작업이 불가능한데, 성권이는 유전자에 옻칠이 돼 있는 것 같다." 제자 김성권이 말했다. "기쁘게 택한 내 운명이다. 후회하지 않는다."

신성한 숲으로 사람들이 찾아와 신념과 믿음을 의탁한다. 젊은 칠장이도 후회가 없다고 했고 들꽃 심는 부부도 후회 없다고 했다. 지구상 65억 인구는 모두가 신성하다. 하지만 그 신성한 영혼에게 후회 한 번 어찌 없으랴. 그렇거들랑 당장 신림으로 가보라. 혹시 아는가, 우리가 모르는 신이 나타나 자기만 알고 있는 세상 이치를 깨우쳐줄지.

볼거리

성남리 당숲 개인적 출입 불가. 공식 명칭은 성남리 성황림. 성황림마을 체험관에 문의하면 숲 생태체험을 할 수 있다. 사학자인 고주환 선생에게 이메일(khk8926@naver.com)로 연락하면 전문적인 해설을 들을 수 있다. 전화번호 033-763-7657 홈페이지 성황림.kr

용소막성당 1904년 횡성 풍수원, 원주 원동성당에 이어 강원도에서 세 번째로 세운 천주교 교회. 중국 기술자가 기둥 높이 계산을 잘못해 지붕 경사가 급하고 첨탑이 교회 건물에 비해 높다. 석양 무렵 실루엣이 근사하다. 주소 용암리 719-2.

명주사 고판화박물관 태고종 사찰. 아시아 각국 고판화와 희귀 목판을 감상할 수 있다. 박물관은 성인 5000원. 너와집 형식으로 지은 절집 분위기가 독특하다. 템플수련관에서 템플스테이도 한다. 주소 신림면 황둔2리 전화번호 033-761-7885 홈페이지 www.gopanhwa.com

칠예연구소 원주 상지영서대학교 전통산업진흥센터. 칠예 장인 전용복 선생 작업실 겸 사무실. 1층 전시장에 전용복 선생 작품 전시 중. 미리 연락하면 전시관을 관람할 수 있다.
전화번호 033-734-5705

맛집

카페 들꽃이야기 18년 전 성남리로 들어온 김명진-곽은숙 부부네 음식점. 들꽃 500여 종이 있는 정원, 청주공항 건설 때 철거된 옛집들 기둥 가져와 만든 집, 18년째 쌓고 있는 돌담이 있다. 남편 김명진 씨가 서울에서 목공 수업을 듣는 월 · 화 휴무. 주소 신림면 성남2리 633
전화번호 033-762-2823

용소막성당

20

지리산과 섬진강과 친절한 김미선

해마다 봄이면 섬진강변에 매화가 피고 지리산자락에 산수유가 핀다. 백운산 옛 절터에는 동백나무 숲이 거짓말처럼 끝없이 펼쳐진다. 눈 호강도 이런 호강이 없다. 장담컨대 대한민국에서 봄은 지리산과 섬진강에서 시작한다. 구례에서 광양까지, 꽃길 따라 남하해본다.

산수유 마을 구례 산동과 백부전

전남 구례 산동마을에는 백순례가 살았다. 백부전이라고도 했다. 다섯 남매 중 막내였다. 해방 정국 혼란기, 밤에는 뒷산 지리산에서 빨치산이 내려와 우

섬진강변을 가득 메운 매화. 지금 홍쌍리의 아들 김민수가 지킨다.

익들을 죽였다. 낮에는 토벌대가 좌익들을 죽였다. 누가 우익이고 누가 좌익인지 실체는 중요하지 않았다. 둘째 오빠 남승이 그 와중에 죽었다. 큰오빠 남수는 일제 때 전쟁터에 끌려가 죽었다. 그녀가 열아홉 살이던 1948년 여순반란 사건이 터졌다. 좌익으로 몰린 셋째 오빠 남극이 토벌대에 끌려가던 날, 순례가 말했다. "내가 간다. 오빠를 살려달라." 백부전이 처형 직전에 시를 읊었다. 제목은 산동애가(山東哀歌)다.

잘 있거라 산동아, 산을 안고 나는 간다.
산수유 꽃잎마다 설운 정 맺어놓고
회오리 찬바람에 부모 효성 다 못하고
발길마다 눈물지며 꽃처럼 떨어져서
나 혼자 총소리에 이름 없이 쓰러졌네

백부전의 조카 백정규는 "고모가 아니었다면 내가 세상에 태어나지 못했다"고 했다. 많은 사람들은 '빨치산 여걸 백부전이 형장의 이슬로 사라지며 부른 노래'라고 알고 있지만 틀린 말이다. 백부전은 오빠를 살려 집안 대를 이으려는 당시 시대정신의 실천자였을 뿐, 이념과는 무관한 여자였다.

세월이 흘렀지만 산동마을에는 여전히 산수유가 핀다. 개울에도 담벼락에도 뒷마당에도 돌담길에도 샛노란 산수유 사태가 난다. 산동마을에게 산수유는 관상용이 아니라 생존을 위한 꽃이다. 노란 산수유가 지고 빨간 열매가 달리면 사람들은 그 열매를 따서 팔았다. 남사들이 나무를 쳐서 열매를 훑어내면 여자들이 입으로 과육과 씨를 발라냈다. 산동마을 여자들은 대개 이가 많이 상해 있었다.

1990년대 후반 대한민국이 먹고살 만해지면서 생존을 위해 기른 이 산수유를 보러 사람들이 몰려들었다. 주민에게는 생존 도구였지만 외지인들에게는 미학이었다. 자연스럽게 축제가 생겨났다. 2016년으로 17회째인 구례 산수유꽃축제다. 마을 사람들은 "관(官)이 시키지 않고 고장을 알리기 위해 자연발생적으로 만든 축제"라며 뿌듯해 한다.
축제장이 따로 있지도 않다. 지리산을 향해 길게 펼쳐진 마을 골목과 개울, 담벼락이 온통 산수유다. 아동문학가 이원수가 지은 '나의 고향' 가사 '나의 살던 고향은 꽃피는 산골'을 눈으로 느끼고 싶거든 봄날 산동마을로 가보라. 서글프게 사라진 여자 백부전의 그림자도 찾아보시라.

서른한 살 젊은 이장, 피아골 미선이

산동마을에서 지리산 반대편에 피아골이 있다. 피아골은 원래 피밭골이었다. '피밭'에서 사람들은 자동적으로 빨치산과 토벌대 냄새를 맡는다. 사실과 다르다. 피아골 입구에 있는 신라 고찰 연곡사 스님들은 벼농사가 불가능한 첩첩산골에 피를 심었다. 수행하는 스님 수백 명을 먹여 살릴 피밭이었다. 매우 넓었다. 그래서 골짜기 이름이 피밭골이 되었다. 이 피밭골이 세월 속에 피아골로 바뀌었다.
연곡사에서 10분 정도 산길을 오르면 직전마을이 나온다. 직전은 피 직(稷)에 밭 전(田), 즉 피밭이다. 원조 피아골마을이다. 연전에 행정구역명을 바꾸면서 피밭골을 이리 한자로 바꾸었다. 관(官)에서는 그래야 고상하고 이름답다고 생각했을까? 우습다. 피아골이 단풍으로 유명해지면서 오지 피아골은 명승지로 격상했다. 피아골을 깔보던 인근마을들이 자기네도 피아골이라고 주장하기 시작했다. 또한 우습다. 서른두 가구가 사는 이 직전마을에 우리의 미선이가 산다. 미선이는 직전마을 이장이다. 임기 2년짜리 이장을 세 번이나 연임 중인 '젊은' '여자' 이장이다. 김미선, 1985년생이다.
1983년 당시 거제도 대우조선 사원 김현덕(58)은 피아골로 휴가를 떠났다. 수녀를 꿈꾸며 교회에서 피아노를 치던 여자 이영옥(55)을 보았다. 한눈에 반했다. 양가 반대를 물리치고 두 사람은 이듬해 마을 빈집에 들어가 함께 살았다. 첫딸 미선이 태어났다. "미선이 하나랑 벌 한 통으로 시작했다"고 했다. 미선이가 돌이 지나고 결혼식을 올렸고 3년 뒤 지혜가, 또 7년 뒤 애영이가 태

피아골로 돌아온 젊은 이장, 김미선

어났다. 맏딸 미선이가 쓴 메모에는 이렇게 적혀 있다.
'아버지 83년 입산. 1년간 이 선생님이라고 부르면서 엄마를 계속 쫓아다니심. 아빠는 엄마가 쫓아다녔다고 주장하시는데 택도 없는 말씀. 증인들이 너무 많으심. 84년에 결혼. 85년 바보 탄생. 86년 정식 결혼식.'
다섯 식구 삶은 팍팍했다. 미선이 말했다. "내가 다섯 살 때부터 자갈밭을 손톱으로 긁다시피 하며 일을 했다. 나, 그게 놀이인 줄 알고 자랐다. 고로쇠 물 받으러 갈 때면 엄마는 발 튼 손 보고 울었고 나는 엄마 손 옹이 보고 울었다. 엄마는 미안하다고 울고 나는 고마웠다고 울고."
자갈밭 골라 민박과 식당을 차리고 미선이 자매는 부모를 도왔다. 미선은 다섯 살에 처음 된장과 장아찌를 만들었다. 손님들은 키가 허리춤에 겨우 닿는 아이들을 예뻐했다. 1997년 말 IMF가 터졌다. 엄마는 남의 집 교복을 빌려 입혀 아이들을 학교로 보냈다. 미선이 말했다. "내가 도우면 엄마가 잠잘 시간이 더 많이 생긴다고 생각했다. 가난 탈출 같은 생각은 없었다. 아, 또 있네,

무뚝뚝한 아빠한테서 칭찬 한 번 받는 게 소원이기도 했지." 미선이네 식당에 자주 들렀던 관광버스 기사들은 훗날 피아골에 가면 "미선이 네가 그렇게 고생을 했더랬는데"하고 울곤 한다.

전주에 있는 대학교에 입학하고도 시간 날 때면 집을 찾았다. 와봤댔자 식당 일 돕고 손님들 뒤치다꺼리였지만 피아골이 좋았다. 도시로 나가 돈을 벌까 아니면 집으로 돌아올까. 집을 택했다. 2005년이다. 학교 친구들이 말했다. "청춘 안 아깝냐. 무능력자나 시골 간다." 미선이 대꾸했다. "내가 좋아하는 일 찾아가는 거니까 욕하지 마." 가끔 친구들한테 전화를 걸면 멀리서 들려오는 도시 소음이 그립긴 하다. 하지만 지금 그 친구들이 묻는다. "여기 들어와서 살려면 어떻게 하냐"고.

돌아온 고향은 바빴다. IMF 이후 보증 잘못 서 산더미처럼 불어난 빚은 여전했다. 마을이 가난에 신음하니, 갈등도 심했다. 어릴 적 그 고향이 아니었다. 미선은 엄마를 돕고 아버지를 도우며 식당과 민박을 꾸려갔다. 그리고 식품 명인들을 찾아다녔다. 장아찌를 배우고 장 담그는 법을 배웠다. 불쑥 찾아와 음식을 배우겠다는 어린 여자를 명인들은 하나같이 반겼다. 나중에 한 명인이 말했다. "이 년아, 네가 벌써 나를 뛰어넘었구나!" 하산(下山)하라는 말이었다.

삼촌, 고모, 이모라 부르며 살갑게 달라붙는 어린 미선이를 손님들은 좋아했다. 명인한테 하산 명령을 받은 손맛도 좋아했다. 미선네 민박집과 식당은 피아골 여행객들에게 명소가 되었다. IMF 때 얻은 빚, 드디어 다 갚았다. 2011년이다. 2010년 동생 지혜가 대학을 휴학하고 고향으로 왔다. 2014년 막내 애영이도 합류했다. 2011년 공장을 지었다. 장과 장아찌를 만드는 공장이다. 이름은 '지리산 피아골식품'이고 브랜드명은 '피아골 미선씨'다. 미선이 말했다. "열심히 살아서 돈을 벌었다. 그 돈으로 동생들 시집 밑천 하려고 했는데 고민하다가 공장을 세웠다. 애들한테 말했다. '나중에 몇 배로 튀겨서 줄게'라고."

2012년 6월 직전마을 사람들은 마을회관에서 야무진 미선이에게 이장 임명장을 수여했다. 스물일곱 살 먹은 처녀가 산골마을 이장이 되었다. 영화 〈어디

선가 누군가에 무슨 일이 생기면 틀림없이 나타난다 홍반장〉처럼, 이장 미선은 전등 갈아 끼우고 편지 부치고 반찬 사오고 은행 심부름을 하고 TV를 고치러 이모네, 할머니네로 스쿠터를 몬다. 노인들에게 체조를 가르치다 요가로 바꿨고 이어 춤으로 바꿨다. 그녀가 말했다. "컨설팅을 해보니, 산골이라고 다 무지몽매하지는 않았다. 어르신들마다 꽃꽂이, 영화 감상, 약초 같은 문화적인 취향이 다 있었다. 이들에게 문화적 혜택을 주고 가난했던 삶을 치유해 주고 싶다."

혼자 잘살겠다고 작심하면 콩 농사도 직접 지으면 그만이다. 그런데 미선이는 한 해 600가마 콩을 작전마을 주민들에게서 수매했다. 홈페이지에는 이렇게 적혀 있다. "공장이 잘 돼서 식당을 때려치우고 싶다. 우리 집 손님들이 동네 친구들 집으로 골고루 갈 테니까. 아랫동네 좌판 할머니들 산나물까지 몽땅 사버리고 싶다. 더 많은 동네 이모들이 월급봉투 받고 웃을 수 있을 테니까." 꿈? 피아골 미선씨가 발효식품을, 동생 피아골 지혜씨가 판매를, 피아골 애영씨가 요리를 전담하는 피아골 세 자매다.

동백나무 숲과 도선이 잠든 옥룡사지

전남 광양읍 북쪽에 있는 백운산에는 동백나무 숲이 빽빽하다. '빽빽하다'라는 말은 적합한 표현이 아니다. '끝이 없다'라고 해야 한다. 숲 한가운데에는 너른 터가 하나 있었다. 정체를 몰랐던 이 터를 1997년 순천대학교 박물관이 발굴했다. 결론은 '도선 국사가 주석하고 죽은 옥룡사지'였다. 사적 제407호다.

도선 국사(827~898). 신라 고승 원효와 함께 이 땅 웬만한 절에는 도선과 관련된 창건설화가 전한다. 묏자리를 잡는 흔한 풍수지리와 달리 도선은 모자라는 부분에 건물이나 숲을 채워 넣는 비보(裨補) 풍수에 능했다. 도선은 옥룡사에 모자라는 부분을 동백나무 숲으로 채워 넣었다. 천 년 세월이 흐르고 지금 백운산 옥룡사지에는 동백나무 숲이 끝없이 펼쳐졌다. 300년 수명을 다한 나무들은 세월 속에 또 심고, 또 심어서 지금 숲이 되었다. 어안이 벙벙할

^
백운산 옥룡사지 동백림

정도로 숲은 크고 깊다. 한꺼번에 피고 지는 다른 동백과 달리 이곳 동백은 시기를 두고 피었다가 진다.

숲에 에워싸인 황량한 절터를 지나 오른쪽 오솔길로 내려가면 경사 급한 작은 공터에 복원된 도선국사 부도탑이 있다. 1997년 발굴 당시 부도탑지 아래에서 세로 90cm짜리 통일신라시대 석관이 나왔다. 석관 속에는 가지런히 정리된 60대 남자 유골이 나왔다. 아직도 논쟁 중이지만, 많은 사람들은 도선국사 유골이라고 믿고 있다. 화장을 하지 않고 세골장을 지냈다는 것이다. 유골 진위 여부는 중요하지 않다. 부도탑 위치가 중요하다. 풍수학자 지종학은 '도선의 부도 탑에 담긴 비보 사상(2012)'에서 이렇게 주장했다.

"한반도 풍수의 비조로 불리는 도선국사의 부도는 일반적으로 명당이라 생각할 수 있지만, 실제로는 매우 취약한 지점이다. 도선의 부도는 옥룡사 절터를 비보하기 위한 목적이었을 것으로 사료된다. 도선께서 평생 이루고자 했던 것이 도탄에 빠진 중생을 구제하기 위한 구세도인(救世度人)이었음을 생각하면, 죽은 육신까지 바쳐 옥룡사를 통해 자신의 염원을 이루고자 했다고 볼 수 있다." 종교와 상관없이, 도선이 죽어서 말하려한 바가 무엇인지 동백숲에게 물어보라.

매화, 섬진강 그리고 홍쌍리

동백나무 숲에서 산을 돌아 섬진강으로 간다. 소개하기도 민망한 매화마을이 나온다. 광양 전역에 새하얗게 피어 있는 매화밭이 이곳 다압면 매화마을 청매실농원에서 발상했다. 광양시청 매화정책팀장 최연송이 말했다. "단언컨대, 광양 매실은 오직 한 사람 홍쌍리에게서 비롯했다."

홍쌍리는 청매실농원 여주인이다. 남이 뭐라든 젊을 적 강변 야산 돌밭을 개간해 매실을 심고 매실로 매실청과 장아찌, 장류를 개발해낸 여자다. 최연송은 "매실은 그저 관상용이나 약용으로 쓰였을 뿐, 홍쌍리가 매실 활용법을 보급하면서 농민들이 매실 농사를 짓게 됐다"고 했다. 지금은 아들 김민수가 농원을 꾸린다. 산수유마을처럼, 외지인들은 꽃구경을 하러 매화마을로 온다. 축제가 열리면 난리도 그런 난리가 없다. 하지만 가볼 가치가 있다. 강변 공기에는 매화 향이 가득하다. 아침이면 매화 밭은 섬진강 물안개에 싸인다. 비가 오면 매화 비가 내린다. 비가 개이면 푸른 하늘에 매화꽃이 봉긋 솟는다. 백부전은 집안을 위해 목숨을 버렸다. 김미선은 마을을 위해 마을로 돌아왔다. 도선은 나라를 위해 스스로 악지(惡地)를 골라 묻혔다. 홍쌍리 덕분에 섬진강 농부들은 매실로 돈을 벌게 되었다. 지리산과 섬진강 꽃나들이에서 엿들어야 할 이야기들이었다.

매화마을

볼거리

옥룡사지 도선 국사가 말년에 주석했다는 절터. 동백나무 숲과 도선국사 부도탑 이야기에 유의. 주소 옥룡면 추산리 303

구례 산수유마을 산동면에 위치. 마을 입구에 지리산온천랜드가 있다.

광양 매화마을 광양 다압면에 있다. 내비게이션에 '청매실농원' 검색. 축제 기간은 길이 굉장히 혼잡하다. 농원 안으로 갈수록 조용하고 분위기가 좋다. 전화번호 061-772-4066 홈페이지 www.maesil.co.kr

피아골 미선씨 지리산피아골식품 브랜드 이름. 각종 장류와 장아찌류, 각종 발효식품. 통신판매도 한다. 김미선씨 부모가 운영하는 민박 겸 식당 천왕봉산장도 있다. 주소 구례군 토지면 내동리 직전길 9 전화번호 061-782-3468 홈페이지 www.jiripia.kr

맛집

광양 삼대광양불고기집 은근하게 양념을 한 쇠고기 불고기. 얇게 저민 고기를 한 점씩 석쇠에 구워 먹는다. 주소 광양읍 서천1길 52 전화번호 061-762-9250

동백,
그리고 여자.

21

망국 수도 부여와 고고학자 심상육

밤을 맞은 부여 궁남지

그 마지막 날 풍경

찬바람이 부는 음력 8월 2일, 백제 수도 사비성 왕궁에서 잔치가 벌어졌다. 서기 660년이었다. 대청마루 위에는 당나라 장군 소정방과 신라 태종 무열왕이 앉아 있다. 마루 아래 땅바닥에는 백제왕 의자왕이 앉아 있다.

마당 한가운데에는 백제로 망명한 신라 장수 검일(黔日)이 포박된 채 앉아 있다. 18년 전인 642년 7월 검일은 백제군에 포위된 대야성(大耶城) 식량창고를 불태운 사내다. 검일은 성주인 김품일에게 아름다운 아내를 빼앗긴 한(恨) 풀이를 벼르던 사내였다. 그 전투에서 성주 김품일과 고타소(古陀炤) 부부가 죽었다. 백제군이 부부 머리를 잘라 부여로 가져갔다는 소식이 경주로 전해졌다. 고타소는 태종의 딸이고 김품석은 사위였다. 18년이 흘렀다.

태종이 말했다. "너는 죄가 세 가지다. 창고를 불 질러 성안에 식량이 모자라게 하여 싸움에 지도록 하였고 품석 부부를 윽박질러 죽였으며 백제와 더불어 본국을 공격한 죄." 신라 병사들은 검일의 팔다리를 소 네 마리에 묶어 찢어버리고 백마강에 던졌다. 딸 부부를 잃은 한풀이가 끝났다. 백제 왕국 678년 역사도 끝났다. 7월 9일 금강 하구 기벌포에 상륙한 당나라 부대와 같은 날 황산벌에서 계백 부대와 맞닥뜨린 김유신 부대가 사비성에 진군한 지 한 달도 지나지 않은 날이었다.

고고학자 심상육과 궁남지(宮南池)

부여군립 백제고도문화재단 책임연구원 심상육은 1973년생이다. 백마강 지류인 왕포천 건너 장암면 정안리가 고향이다. 마을 주변에는 백제시대 가마터가 있었고 선산에는 고분이 널려 있었다. 중학교 때는 배를 타고 강 건너 읍내로 소풍을 갔다. 옛 절터인 군수리사지에 오르면 궁남지(宮南池)가 있었다. "자연스럽게 역사에 관심이 있었는데, 어찌하다 보니 고고학자가 되었다"고 그가 말했다.

기록에 따르면 서기 634년 3월 의자왕의 아버지인 무왕이 성 남쪽에 20리 물

부여 토박이 사학자 심상욱

길을 내 못을 만들었다. 못가에 버드나무를 심고 한가운데에 섬을 만들었다. 4년 뒤 3월에는 "왕과 왕비가 큰 연못(大池)에 배를 띄웠다"고 돼 있다. 전설에 따르면 무왕은 서동이고 왕비는 신라 진평왕의 딸 선화공주다. 두 나라가 피터지게 싸우는 와중에 벌인 사랑이었다. 궁남지는 연인과 예술가들이 즐겨 찾는 관광지가 됐다. 부여를 상징하는 캐릭터도 서동과 선화공주요, 궁남지가 있는 곳 이름도 서동공원이다.

하지만 '궁 남쪽 연못'이라는 기록만 있을 뿐, 이 연못이 궁남지라는 다른 근거는 없다. 부여에서 나고 자란 70대 김요한-원한 자매는 "지금처럼 정비돼 있지는 않았지만 어릴 적에도 궁남지 못가에서 놀았다"고 회상한다. 밤이면 연못가 버드나무 밑동에 조명이 켜지고, 작은 섬 위에 있는 정자도 불을 밝힌다. 사진 찍는 사람, 산보하는 사람, 어둠에 기대어 꼭 붙어 앉은 남과 여가 그 풍경 속에서 빠지지 않는다. 이 평화로운 풍경 속에서 백제가 망했다. 평화를 그리워할 틈도 없이 순식간에 망했다.

부소산성 낙화암 가는 길,
가지끼리 재회한 소나무

7세기, 백제 멸망으로 가는 나날들

백제를 둘러싼 7세기 동아시아 역사는 복잡하다. 시대순으로 짤막하게 언급을 해본다. 641년 의자왕이 즉위했다. 642년 의자왕이 신라 깊숙이 쳐들어가 대야성을 함락시켰다. 백제 사령관 윤충은 김춘추의 딸과 사위 목을 잘라갔다. 88년 전인 554년 관산성에서 성왕 목을 잘라간 신라에 대한 복수였다. 딸을 잃은 김춘추는 김유신과 함께 백제를 멸망시키기로 작심했다. 648년 김춘추가 나당연합을 제안하러 당나라로 떠났다. 그해 김유신이 옥문관 전투에서 대승을 거두고 대야성 성주 김품석 부부 유해와 생포한 백제 장수 8명을 맞교환했다. 651년 당나라는 두 차례 벌인 고구려 공격이 실패하면서 백제에게 신라와 화친하라고 요구했다. 고구려 배후를 함께 노리자는 뜻이었다. 백제는 이를 무시하고 655년 고구려, 말갈 연합군과 함께 신라 북쪽을 공격했다. 세상은 합종연횡이 한창인데 자신만만한 왕이 이끄는 백제는 유아독존이었다.

기록에 따르면 655년 이후 백제에 해괴한 일이 벌어졌다. 붉은색 말 한 마리가 한 절 대웅전에 들어가 죽었다. 659년 2월 궁궐에 여우 떼가 나타나더니 흰 여우 한 마리가 상좌평 책상 위에 앉았다. 4월에 태자궁 암탉이 참새와 교미를 했다. 밤에는 귀신이 궁궐 남쪽 길에서 "백제는 망한다"고 울었다.
대야성 전투에서 대승을 거둔 의자왕은 개의치 않았다. 승리감에 취해 태자궁을 화려하게 수리하고 왕궁 남쪽에 큰 정자를 세웠다. 왕비와 비, 궁녀들과 함께 술을 즐기며 충신들을 멀리했다. 이미 648년 김춘추가 맺은 나당동맹이 차근차근 진행돼 659년에는 백제를 칠 준비가 완료돼 있는 상태였다.

부소산성 삼충사

고고학자 심상육이 말했다. "백제사는 기록도 많지 않은 데다 그나마 있던 유물과 기록도 사비성이 약탈되면서 망국과 함께 사라졌다. 발굴되는 기와에는 음양각으로 도장이 찍혀 있는데, 그게 무슨 뜻인지도 수수께끼다." 심상육은 "그래서 백제사는 알수록 애잔하다"고 했다. 기록이 드문 이유가 망국에 따른 철저한 유린과 약탈이라서 더 그렇다고 했다. "나는 부여 사람으로서, 고고학자로서, 부여 사적을 발굴하는 혜택을 받고 산다." 그의 말에도 애잔함이 배어 있다.
존경받던 의자왕은 말년에 승리감에 도취해 충신들을 버렸다. 삼국사기는 왕이 "황음무도(荒淫無道)했다"고 평가했다. 주색에 빠져 도리를 하지 않았다는 뜻이다. 656년 좌평 성충이 "정신 차리시라"고 극간(極諫·목숨을 걸고 아뢰는 일)했다가 옥에 갇혔다. 성충은 "기벌포와 탄현을 지키시라"고 유언하고서는 "백제 망하는 꼴 못 본다"며 단식하다 죽었다. 660년 바른 소리 하다가 유배를 당했던 또 다른 충신 흥수도 같은 취지로 조언을 했다. "듣지 마시라"는 간신들 말에 왕이 혹하던 그날 그 순간, 나당연합군은 기벌포와 탄현을 장악하고 사비성으로 진군 중이었다. 계백이 탄현으로 나가 신라군에 맞섰지만 중과부적이었다. 계백이 이끄는 오천 결사대는 목숨을 걸었다. 단신으로 적진에 두 번이나 뛰어들었다가 목만 말꼬리에 묶여 돌아온 장군의 아들, 관창을

본 5만 신라군도 목숨을 걸었다. 목숨을 건 싸움. 5만 명이 이겼다.
신라군은 승리가 아니라 백제 멸망이 목표였다. 성을 차례차례 격파하며 진군하는 전형적인 전술은 애시당초 없었다. 아무리 피해가 극심해도 무조건 최단 시간에 당나라 군사와 만나 사비성을 함락시켜야 했다. 진군 거리는 하루 20km였다. 6.25 전쟁 때 인민군이 남진하는 속도와 비슷했다. 한 달 만에 13만 당나라 대군과 5만 신라군에 백제는 사라졌다. 마지막까지 백제를 지켰던 세 충신은 부소산성 삼충사 사당에 모셔져 있다.

100년 이어진 가문의 복수

의자왕은 옛 수도인 웅진(공주) 공산성으로 후퇴해 농성전을 노렸다. 성에 들어간 지 닷새 만에 항복하고 성문을 열었다. 백성들 피해를 우려한 배려였다는 말도 있고 웅진 장수 예식(禮寔)이 왕을 강제 투항시켰다는 말도 있다. 마지막 닷새 동안 공산성에서 무슨 일이 벌어졌는지는 수수께끼다. 먼저 투항한 왕자 융(隆)에게 신라 태자 법민(法敏)이 침을 뱉으며 쏘아붙였다. "네 아비가 내 누이동생을 부당하게 죽여 감옥 안에 묻었다. 나는 20년 동안이나 마음이 아팠고 머리를 앓았다."
크게는 국가들이 벌인 전쟁이요 작게는 개인적인 복수심이 만든 전쟁이었다. 대야성 전투는 88년 전 할아버지 성왕이 참수당한 데 대한 복수였다. 대야성 성주가 저지른 패륜은 한 사내를 한(恨)을 품게 만들었다. 그 분노가 끝없이 증폭돼 18년 뒤 나라 하나를 치욕스럽고 급작스러운 멸망으로 이끌고 말았다.

2016년 사비성, 부여

당나라 병사들은 사비성을 휩쓸며 약탈을 자행했다. 소정방은 도성 한가운데에 있는 오층석탑에 '대당이 백제를 평정했다'는 글을 새겨 넣었다. 오랜 기간 '평제탑(平濟塔)'이라 불리던 탑은 정림사지오층석탑으로 개명됐다. 왕궁이 있

《 정림사지 오층석탑. 당나라 소정방이 잘난 척하고 쓴 글이 새겨져 있다.

었던 관북리 왕궁터는 폐허가 됐다. 삼천궁녀가 뛰어내렸다는 궁터 북쪽 부소산 낙화암은 그대로다.

당시 사비성 인구가 5만이었으니 궁녀가 3000명이라는 말은 터무니없다. 나당연합군이 진격한 사비도성 성곽은 발굴이 한창이다. 이 모든 곳이 2015년 유네스코 세계문화유산으로 지정됐다. 가장 찬란했고 가장 허망한 나날이 공존하는 유적들이다.

1993년 12월 12일 사비성 동쪽에 있는 능산리 계곡 주차장 공사 도중 진흙 물구덩이에서 금동대향로가 발견됐다. 절집 물건을 만드는 공방 물통 속이었다. 발굴팀은 "당나라 군대의 방화와 약탈을 피해 승려들이 황급히 숨겨두고 도주했을 것"이라고 추정했다.

이 모두가 걸어서 돌아볼 수 있는 거리에 있다. 옛 왕국 영화와 덧없는 패망 흔적은 현대 대한민국인과 외국 관광객들에게 낭만적인 옛 이야기로 남았다.

궁남지도 깔끔하게 정비됐다. 아무도 모른다. 제대로 된 발굴작업 없이 정비된 이 연못이 과연 무왕과 선화공주가 노닐었다는 그 연못인지. 토박이 고고학자 심상육이 말했다. "나는 이곳을 궁남지로 알고 소풍을 다녔고, 어른이 되어서는 궁남지에서 사랑을 만났다. 이곳이 아니라는 증거는 없다. 우리는 궁남지로 추정한다."

의자왕은 항복 한 달 뒤 네 왕자와 귀족 88명, 백성 1만 2807명과 함께 당나라로 끌려갔다. 두 달 만에 낙양에 도착한 의자왕은 며칠 뒤 죽어 북망산에 묻혔다. 2000년 부여군은 낙양시로부터 왕자 부여융의 묘지석 복제품과 북망산 흙을 기증받아 능산리에 가묘를 만들었다. 가장 찬란한 시절, 가장 드라마틱하게 생을 마감한 사내가 귀향했다. 1340년 만이었다.

볼거리

부여 백제 유적지 부여 백제 유적지는 대개 걸어서 답사할 수 있는 거리에 있다.
궁남지–정림사지–부여박물관 순

부소산성과 능산리 고분 부소산성과 능산리 고분은 이들 유적지에서 조금 떨어져 있다.

능산리 고분군 의자왕 가묘 능산리 고분군에서 의자왕 가묘는 필수. 1340년 만에 중국에서 귀환한 망국(亡國)의 지도자를 느껴보시라.

궁남지 옆
오천결사대탑

22

시화 대평원과 시화호를 지키는 최종인

죽음의 땅에서 부활한 시화호.

화목했던 우음도와 윤수심

윤수심은 목포 여자다. '갯것' 많다는 소문 듣고 한 살 아래 남편이랑 우음도로 왔다. 60년 전이다. 우음도는 지금 경기도 안산과 화성 사이 군자만에 있는 섬이다. 남쪽까지 소문이 퍼질 정도로 우음도 바다는 풍요로웠다.

궁살 앞바다에는 피조개가 널렸고 구녕물 앞살에는 늘상 꽃게와 숭어가 잡혔다. 공새 뒤편 갯벌에는 바지락이 지천이었다. 대나무 막대 하나 들고 바다로 가서 조개를 잡아 부려 놓으면 도매상이 트럭에 싣고 도시로 가곤 했다. 우음도 여자들은 실한 물건에 기분이 좋았던 장사치들 덕에 외지 관광도 하곤 했다. 남정네들은 밤새 화투판을 벌여 돈을 잃어도 개의치 않았다. 갯벌에서 담배 한 대 태우며 조개 한 지게 건져내면 그 돈 벌충하고도 남았으니까. 마을 앞바다에는 각시당이 있었다. 어촌 어디에나 다 있는 '돌아오지 않는 신랑을 기다리던 각시가 물에 빠져 죽은' 암초였다.

▼ 최종인이 발견한 공룡알 화석

3년에 한 번씩 마을 사람들은 굿을 올렸다. 갯벌 옆 나락부리 회나무에서 각시당을 향해 절을 하면 무당이 바위를 향해 초혼을 했다. 마을 안에 있는 회나무와 뒷산 꼭대기에 있는 당집에 제사를 마저 지내고, 사람들은 숲 속 군웅당 당집에 모여 하루 종일 놀았다. 회나무 아랫집에 이사 왔던 영감은 회나무가 성가시다며 가지를 잘랐다가 며칠 뒤 죽었다.

1979년 11월 1일 각시당 너럭바위 위에 군 초소가 들어섰다. 신성한 바위라 께름칙했지만 사람들은 참았다. 나라 위한 일이라니까. 몇 년 사이에 수면 아래 보이지 않는 길로 왕복하며 근무를 서던 군인 여럿이 물에 빠져 죽었다. 초소는 폐쇄됐다. 어느 날 텃밭에 풀이 무성하게 자라기 시작했다. 풀은 베어도 베어도 끝없이 자라났다. 갯벌에서 바지락이 사라지기 시작했다.

검은 바다에서는 썩은 내가 풍겼다. 윤수심이 말했다. "내 이름이 수심이니께, 수심 가득 살라는 거였제." 1987년 6월 시흥과 화성에 건설된 신흥 공단에 공업용수를 대기 위해 시화 방조제 물막이 공사가 시작된 것이다. '시화'는 시흥과 화성에서 따온 말이다. 이후 시화호 주변 마을 남정네들은 화투판을 벌이지도 않았고, 배를 타지 않았고, 평생 꼿꼿하게 펴고 살던 허리와 어깨는 순식간에 휘어버렸다.

분노한 사내 최종인

그 무렵 서울 살던 최종인이 안산으로 이사를 왔다. 안산은 우음도에서 뭍으로 더 들어가 있다. 최종인이 말했다. "나는 초등학교 졸업장이 전부다. 두 손으로 엿장사 가위를 치면서 고물상 하던 아버지 따라다닌 기억이 난다." 사업을 하다가 말아먹었다. 1989년 안산 반월공단에 정착해 시설자동화 기사로 일했다. 마흔네 살이었다. 삶이 팍팍할 때면 사내는 바다로 가서 망둥어 낚시를 했다. 푸른 바다에서 원 없이 낚시를 즐기고 조개를 줍고 새들을 구경했다. 그가 말했다. "반월천 상류 쓰레기매립장에 갔더니 까마귀들이 썩은 음식 먹고 있더라. 저 놈들이 언제 죽을까 싶어 매일 가봤다. 어허, 죽기는커녕….

그러면 인간도 저런 원리로 환경오염 없이 살 수 있지 않을까 싶더라."

어느 날 서쪽 섬마을 여자 윤수심이 목격한 일이 최종인에게도 벌어졌다. 갯벌에서 악취가 나더니 조개껍질이 갯벌을 뒤덮은 것이다. 연원을 좇아 바다 끝까지 가보니 대부도 산 하나가 사라지고 그 토석으로 방조제가 건설되고 있었다. 공단에서 나오는 폐수는 빠져나갈 구멍 없이 갇혀 있었다. 갯벌과 물고기와 물속 식물들이 함께 썩고 있었다. 20세기 말 대한민국을 혼돈으로 몰아넣은 시화호 사태가 시작되고 있었다.

민물이 빠져나갈 구멍 하나 마련하지 않고, 무조건 방조제로 막아버린 호수였다. 자유로이 바닷물이 넘나들던 갯벌에 온갖 산업폐수, 생활폐수가 고였다. 물은 물대로 썩었고 그 물에 살던 생물들이 죽으면서 시체들도 썩어갔다. 총체적 부패였다. 지옥이었다.

최종인은 퇴근하면 시화호로 나갔다. 그가 말했다. "나를 위로해주던 바다가 지옥으로 변했다. 어찌 가만있을 수 있겠나." "먹고살기도 바쁜데 왜 네가 이런 짓을 하냐"며 아버지 최달봉이 말리면 아들은 이리 대들었다. "누가 하것소, 돈 가진 사람이 하것소? 내가 해야지."

나라에서 시행하는 초대규모 토목사업에 고물상 아들이 반기를 들었다. 폐수 방류, 썩은 바다, 죽은 물고기 떼와 갈매기 같은, 우리가 알고 있는 시화호 사태 초기 사진들은 모두 최종인이 찍은 사진이다. 공청회에도 갔다. "시화호 바다는 경제성이 없다"는 환경평가 전문가에게 "죽은 조개껍질만 모아도 저 방조제를 만들 수 있다"고 사진을 내밀고 숫자를 내밀었다. 그 사이에 시화호는 사망선고를 받았다.

시화호의 사망선고와 부활

1994년 1월 24일 12.7km에 달하는 물막이 공사가 완공됐다. 바다였던 시화호수는 죽음의 땅으로 변했다. 40종이 넘던 얕은 바다 밑바닥에 사는 저서생물이 이듬해부터 사라졌다. 물고기도 사라지고 물고기를 잡는 새들도 사라

>
최종인.
오늘의 시화호를 만든 사내다.

졌다. 포도밭과 배추밭은 말라붙은 갯벌에서 날아온 염분으로 초토화됐다. 1997년 여름 학자들은 시화호를 무생물대(無生物帶)로 선언했다. '단 한 마리, 단 한 포기의 생명체도 발견되지 않는' 4000만 평짜리 지옥이 바다를 가르고 모습을 드러냈다.

최종인은 그 과정을 사진과 글로 꼼꼼히 기록해 언론에 알렸다. 모든 매체가 시화호를 이슈화했다. 개발업자와 주민들로부터는 개발 방해자 낙인이 찍혔다. 시민단체들이 움직였다. 시화호를 둘러싼 안산시와 화성시, 시흥시가 반대로 돌아섰다. 정부는 그해 3월 방조제 갑문을 열어 바닷물을 끌어들였다. 언론은 최종인을 시화호 지킴이라고 불렀다.

그해 7월 최종인은 딱새가 기어들어가는 시화호 동쪽 작은 섬 붉은 바위 속에서 타원형 화석을 발견했다. 주변에 그런 화석이 무더기로 보였다. 바위 생김도 색깔도 화석 생김도 희한했다. 중생대 지층에서 공룡 화석이 나온다는 신문 기사가 떠올랐다. 학자들에게 답사를 요청했다.

^
시화호 각시바위에 남아 있는 옛 해병대 초소

결론은 공룡알이었다. 아득한 옛날, 육지였던 시화호 일대는 공룡들 집단 서식지임이 드러났다. 건조한 갯벌 아래 무엇이 또 있을지 모를 일이었다. 2000년 3월 문화재청은 공룡알 화석 발견 지역 480만 평을 천연기념물 제414호로 지정했다. 그해 12월 정부는 시화호를 막으려던 계획을 공식 포기했다. 땅으로 변했던 바다가 환생(還生)했다. 대한민국은 어떤 방식으로든 인위적인 개발을 할 수 없는 거대한 자연을 가지게 되었다.

자연이 스스로 치유한 상처

바다였던 시화호가 물이 자유로이 넘나드는 호수로 변했다. 절반은 이제 땅이 되었다. 땅과 호수는 죽음의 공간이었다. 다시 바다로 변한 지금도 시화호는 호수로 불린다. 그 땅은 전국 최대 규모 조류 서식지이자 생태학적으로 중요한 공간이 되었다. 노랑부리백로와 노랑부리저어새, 원앙, 황조롱이, 참매, 뜸부기, 수리부엉이 같은 천연기념물과 멸종위기종이 흔하게 날아온다. 바닷물이 돌아온 호수에는 최종인 표현대로 '물 반 고기 반'이다.

소금기 먹고 사는 염생식물과 뭍에서 날아온 씨앗이 자란 육상식물이 공존한다. 세월이 가면서 염생식물에서 육상식물로 생태계가 바뀌는 모습도 관찰할 수 있다. 삵, 고라니 발자국과 사람 발자국이 공존한다. 중국 자생식물 위성류도 씨앗이 서해를 건너와 군락을 이뤘다. 군데군데 뿌리내린 나무들과 무성한 갈대와 띠풀이 만든 이국적인 풍경에, 평일 주말 할 것 없이 사람들이 몰려와 웨딩사진을 찍고 기념사진을 찍고 작품사진을 찍는다. 아이들은 부모들과 함께 공룡알을 구경하며 하루를 보낸다. 도무지 10년 전 죽음의 땅이라 불렸던 곳이라고는 믿을 수가 없다. 1999년 최종인은 안산시 환경과 공무원으로 특채됐다. 짬짬이 하던 시화호 감시작업이 직업이 됐다. 최종인이 말했다. "새들이 돌아왔다. 모든 것이 돌아왔다는 뜻이다. 학자들이 30년이 걸린다고 했던 부활이 불과 10년 만에 이뤄졌다. 원칙은 너무나도 간단했다. 바다였던 땅을 바다에게 돌려준 것뿐. 그 다음은 다 자연이 스스로 치유했다."

땅의 사람들, 땅을 찾는 사람들

환갑을 맞은 2013년 최종인은 수리부엉이 둥지를 감시하다가 12m 절벽에서 추락했다. 목뼈가 부러지고 팔다리가 부러졌다. 새끼 두 마리가 하도 시끄럽게 울어대서 녹음기를 꺼냈는데, "손가락이 부러져서 버튼을 못 눌렀다"고 투덜댄다. 전문계약직으로 전환된 최종인은 더 바쁘다. 동물이 늘어난 만큼 밀렵꾼이 늘었다. 2016년 3월 그 수리부엉이 둥지를 귀신같이 찾아내 나무들을 베어내고 플래시까지 터뜨리며 사진을 찍어간 생태사진가님도 감시대상이다. 밤 근무는 다반사다. "자살한 시신도 여러 구 수습했고 비 오는 밤에 호수를 수없이 돌아다녔다. 그런데 귀신은 없다. 정말이다. 한 번도 본 적도 만난 적도 없다. 죽었는데 무슨 혼이 돌아다녀." 그 덕에 최종인은 귀신을 믿지 않게 되었다. 그가 말했다. "나는 국민학교밖에 나오지 않았다. 공부 못 한 한은 자연에서 다 풀었다. 이 광활한 땅을 봐라. 이게 보물이다."

텃밭 매던 호미를 던지며 윤수심이 말했다. "떠날 데가 어딨어. 예서 살다 죽어야지. 근데, 옛날처럼 마을이 화목하들 못해." 사람들 다 떠난 우음도 마을은 우울하다. 굿당은 여전히 뒷산 꼭대기에 있지만 윤수심에 따르면, "노인들 열댓 명이 그렇게 하지 말라고 데모를 했지만" 코앞에 전망대가 들어서서 각시당을 볼 수가 없다. 우음도 쪽 간척지는 개발이 진행 중이다. 말끔하게 깎아 놓은 사료용 초원에 하수종말처리장 공사가 한창이다. 각시당 초소에는 사진가들이 새벽부터 나타난다. 땅은 역사다. 지난 세기말 나라를 뒤죽박죽으로 만들었던 시화호 소동도 역사다. 그 역사 책 한 장(章)이 닫혔다. 이제 새로운 장에서 기록을 기다린다.

볼거리

공룡알화석산지 방문자센터 오전 9시~오후 5시. 공룡알화석지 출입은 오후 4시 30분까지. 센터는 월요일 휴관. 주소 송산면 공룡로 659 전화번호 031-357-3951

송산그린시티 전망대 우음도 꼭대기에 위치. 시화호 대평원과 호수를 360도 조망할 수 있다. 전망대 뒤에 있는 당집을 꼭 볼 것. 우음도의 아픈 추억이다.

제암리교회 공식 명칭은 제암리 3 · 1운동 순국기념관. 1919년 4월 15일, 일본군이 제암리 주민 23명을 교회에 가두고 총을 쏜 뒤 방화한 사건을 기리는 공간. 2016년 처음으로 이들을 기리는 추모제가 열렸다. 오전 9시~오후 5시. 월요일 휴관. 주소 향남읍 제암길 50 전화번호 031-369-1663

당항성(화성당성) 삼국시대 당나라와 교류하던 산성. 2016년 초 '唐'자가 새겨진 기와가 발견되면서 당항성임이 입증됐다. 원효대사가 해골바가지 물을 마시고 득도한 동굴도 이 부근으로 추정. 왕복 1시간 안 걸리는 산행길이 좋다.

발안식염온천 화성시에서 제일 먼저 개발된 온천. 시설은 낡았지만 물이 좋다. 주소 장안면 수촌리 24 전화번호 031-351-9700

시화호에
내린 일몰

23

은둔의 땅 진천과 판화가 김준권

진천 농다리

충북 진천은 은둔자의 땅이다. 19세기 천주교도들이 박해를 피해 진천 땅으로 숨어들었다. 경기도 안성과 맞붙은 백곡은 숨어 살기에 좋았다. 사통팔달 길이 뚫려 있으되 얕은 산속에 숨으면 관가에서 찾기가 쉽지 않았다. 산속에서 교도들은 숯을 굽고 옹기를 구웠다. 가마가 쉬는 날이면 교도들은 가마 속에서 성경을 읽고 송가를 부르고 기도를 했다. 지금도 대한민국 숯 70%는 진천 숯이고 그중 70%는 백곡 숯이다. 1992년 그 백곡 은둔지에 김준권이 숨어들었다. 2016년 환갑이 된 김준권은 판화가다.

뛰어난 문인이자 잔인한 정치가 정철은 진천에 묻혔다.
정철을 기리는 송강정사를 함께 지킨 느티나무다.

은둔한 판화가 김준권

김준권은 전남 영암 사람이다. 1960년대 가족이 모두 서울로 올라왔다. 판잣집에 살면서 부모가 돈을 버는 동안 김준권은 그림을 그렸다. "환쟁이 시키려고 이 고생을 했더냐"는 반대를 뿌리치고 홍익대 미술대에 들어갔다. 75학번 미술학도는 1984년 중학교 교사가 되었다. 학교에서는 얌전하게 미술 수업을 했는데, 1985년 '한국미술 20대의 힘전'이라는 참여작가 전시회에 광주민주화운동을 소재로 한 작품을 출품했다가 압수를 당하면서 인생이 바뀌었다. 김준권은 "작품을 압수해? 오케이, 그럼 맞장 한 번 뜨지 뭐"라고 생각했다. 그리고 1989년 전교조에 가입했다가 해직됐다.

만 3년 동안 전업 활동가로 인생을 살았다. 1991년 명지대 학생 강경대 사망사건 걸개그림을 비롯해 웬만한 시위현장 걸개그림은 그가 그렸다. 판화로 찍으면 동료들이 복사를 해서 초대형 걸개그림으로 만들었다. 인생은 화가에서 판화가로 흘러갔다. 그가 말했다. "목판화, 고무판화는 날카롭고 굵은 선이 특징이다. 메시지 전달에는 더할 나위 없는 수단이었다."

하루 지나기가 무섭게 사람이 죽어 나갔다. 시인 김지하가 말한 '죽음의 굿판 시대'였다. 소위 '프로파간다' 목적으로 시작한 판화가 업이 되었다. 그러면서 생각했다. '왜 우리가 거리로 나가는가. 민족공동체를 위해서가 아닌가. 미술로 공동체를 실현할 방법은 따로 있다'고. 또 생각했다. '판화라는 장르가 이 엄한 시대만의 유행이라고는 믿을 수 없다. 우리 인쇄는 거의가 목판이었다. 팔만대장경도 목판인쇄가 아닌가.' 전쟁과 산업화로 초토화돼 버린 미술적 맥락을 잇겠다는 생각을 했다.

1992년 김준권은 사회운동을 떠나 진천 백곡면으로 들어갔다. 변절이라고도 했고 변신이라고도 했다. 서울에서 가깝되 숨어 살기 딱 좋았다. 천주교도들이 숨어든 이유와 유사했다. 남의 땅 빌려 움막을 짓고 목판을 새겼다. 온갖 나무를 구해서 칼로 새기고 온갖 종이에 그림을 찍었다. 왼손으로 꾹꾹 눌러가며 칼을 놀린 덕분에 오른손 엄지손가락은 엄지발가락처럼 넓적하고 커졌다. 그 기형적인 손으로 스쿠터를 몰고서 김준권은 진천 곳곳을 쏘다녔다. 그가 말했다. “세상은 단색이 아니었다. 한국, 정말 컬러풀한 땅이었다.” 그래서 그는 1980년대 날카로운 단색을 버리고 채색판화를 택했다. 복사꽃 핀 진천 들판을 그렸고 대숲 가득 부는 바람을 그렸다.

대한민국이 활황이던 1990년대, 김준권은 잘나가는 판화가 반열에 올랐다. 번 돈 다 털어서 중국에서 3년 동안 공부도 했다. 일본 공방에 가서 6개월 동안 일본 판화 우키요에도 공부했다. 그리고 결론을 내렸다. “한국적인 판화를 한다.”

서양 유성잉크를 원판에 발라 서양 판화지에 찍어내는 서양식 판화 말고, 한지(韓紙)에 수성 먹(墨)으로 찍는 수묵 판화를 하겠다는 뜻이었다. 먹은 번지고 한지도 번졌다. 윤곽선은 희미해지고 농담 조절도 어려웠지만, 먹이 종이 속으로 스며들면서 생기는 은근한 효과는 기존 판화에서는 볼 수 없는 놀라운 세계였다. 민족공동체와 정체성을 찾는 작업이 진천 첩첩산중에서 완결된 것이다.

24년 전 그가 만든 작품과 지금 작품을 보면 도저히 같은 작가가 한 일이라고 믿기지 않는다. 여유와 화려함, 너그러움과 관용이 날카로운 비판을 대체했다. 관객에게 찾아보라는 듯, 메시지는 작품 속에 숨어서 침묵한다. 그가 말했다. “나는 내가 달라졌다고 생각하지 않는다. 여전히 세상은 올바르게 돌아갔으면 좋겠고 행복했으면 좋겠다.” 사는 곳에 따라 심성도 달라진다. 진천 땅에서 판화가는 여유를 얻었고 날카로움이 무뎌졌으며 직설과 투쟁 대신 은유와 여백을 얻게 되었다.

어은마을 은둔자, 송강 정철

351년 전인 1665년 문인(文人) 하나가 죽어서 진천으로 왔다. 호는 송강이고 이름은 정철이다. 정철은 굳이 설명이 필요 없는 가사문학의 선구자요 정치가다. 그는 지금 진천 문백면 어은마을 환희산 기슭에 묻혀 있다. 연유는 이렇다. 선조와 광해군 시대, 정철은 정치가였다. 술을 좋아하고 문(文)에 능했다. 사

진천에 은둔한 판화가 김준권

미인곡, 속미인곡 같은 그가 쓴 가사들은 대입 시험 필수 암기사항이었다. 정적도 많고 말도 많았다. 앞뒤 재지 않고 말 곧게 하는 덕택에 좌천도 여러 번 당했다. 전하기로는 선조 임금이 "항상 이만큼만 부어 마시라"며 내려준 은잔을 정철은 크게 늘려서 마셨다고 한다. 임진왜란 와중인 1593년 결국 선조가 강화도로 귀양을 보내 그곳에서 죽었다. 죽어서 묻힌 곳은 선산이 있는 경기도 고양이었다. 고양에 있는 초분지에는 현대 시인 후학들이 비석을 세워 놓았다.

1665년 손자인 정양이 진천현감으로 부임했다. 정양은 노론의 거두 우암 송시열과 호형호제하는 사이였다. 괴산으로 낙향하던 송시열이 진천을 지날 때 정양이 말했다. "할아버지 묘소에 물이 차서 골치다. 묫자리를 봐주시게." 그때 송시열이 봐준 터가 문백면 환희산 기슭이었다. 그해 정양은 아버지 정종명과 함께 정철을 어은마을로 이장했다. 정철 사당 정송강사가 그때 세워졌다.

정송강사에는 신도비와 후대가 세운 시비가 있다. 신도비 앞에는 400년을 산

늙은 느티나무가 서 있다. 산소로 가는 길은 땀을 제법 내야 하는 깔딱고개다. 산소터는 무식한 사람이 봐도 명당이라 부를 만큼 온종일 양지바르고 아늑하다. 정철이 잠든 곳 이름은 어은(漁隱) 마을이다. 어부가 숨은 땅이다. 송시열이 붙여준 이름이다. 어부가 숨었으니, 송시열은 정철로 인해 성리학과 노론의 부활을 꿈꿨을지 모를 일이다.

은둔지를 잇는, 농다리와 보탑사

21세기 판화가를 대면하고 16세기 문학가 흔적을 쫓기만 해도 진천 여행은 의미가 있다. 그런데 진천에는 농다리도 있다. 공간과 공간 사이만 아니라 시간과 시간을 잇는 다리다. 고려 말에 세워진 농다리는 이 땅에서 가장 오래된 돌다리다. 고려 고종(1213~1259) 연간에 권신 임연이 고향 마을에 세웠다고 하니 근 800살을 먹은 다리다. 신라 때 김유신 장군 아버지인 김서현이 만들었다는 말도 있다. 한일 강제합방과 6.25 전쟁 때 다리가 울어대 주민들이 잠을 못 잤다는 말도 전한다. 다리 한편에 있는 초평저수지는 1958년 만들어졌다. 21세기 들어 농다리에서 호수 주변으로 나무데크가 깔려 보기 드문 산책로가 생겼다.

꼭꼭 숨어 있는 진천 산중 공간에는 이런 유적지들이 있다.

농다리에서 나와서 시계방향으로 남진하면 정송강사가 나오고 김유신 탄생지가 나오고 보탑사가 나온다. 정송강사에서 가면 사당과 나이가 같은 노거수(老巨樹)의 위용에 사람들은 놀란다. 풀밭에 서 있는 김유신 생가 앞에서 김유신이 진천 사람임을 몰랐던 사람들은 또 놀란다. 만뢰산 산중에서 경주 황룡사 구층탑을 재현한 웅장한 보탑사 대웅전을 만나면 다시 놀란다. 그러다 길을 이어 북쪽으로 향하면 판화가가 은둔한 백곡과 재회한다. 순식간에 우리는 고려에서 조선으로, 조선에서 신라로, 신라에서 현대로 시간대를 뒤섞은 여행을 한 것이다. 그게 진천이다.

볼거리

한국목판문화연구소 김준권 화백 작업 공간. 주소 백곡면 사송2길 66-1 전화번호 010-7192-5592

물안뜰체험관 참숯찜질방과 숯제품 판매. 민박, 카페테리아, 식당도 있다. 목판화 체험교실도 운영한다. 주소 백곡면 백곡로 964 전화번호 043-536-0411 홈페이지 www.baekgok.co.kr

정송강사 송강 정철 영정을 모신 사당. 옆에 묘소도 있다. 주소 송강로 523 전화번호 043-532-0878

농다리와 초평호 다리 건너 초평호 전망대와 하늘다리로 연결되는 데크산책로가 좋다. 주소 농다리로 1032-11 전화번호 043-539-3862

김유신 탄생지 김유신 장군 태실도 산 정상에 있다. 주소 김유신길 170-4 전화번호 043-539-3840

보탑사 경주 황룡사 구층탑을 모델로 한 목조 대웅전. 주소 진천읍 김유신길 641 전화번호 043-533-0206

관광정보 전화번호 043-539-3621 홈페이지 www.jincheon.go.kr

송강정사에 있는 정철 묘소

24

인연 찾아 떠난 양평과 민기남 · 사충성 부부

양평 사나사. 구한말과 6.25전쟁 때 폐허가 됐다가 복원됐다.

경기도 양평 지평면에는 망미리(望美里)가 있다. 1914년 행정구역 개편 때 논리와 섬부리와 신대리를 합쳐서 지은 이름이니 오랜 지명은 아니다. 중심 마을은 섬부리다. 섬부리는 '석불리(石佛里)'가 바뀐 지명이다. 예로부터 마을 어딘가에 돌부처가 있다고 했으나 어디 있는지는 아무도 몰랐다.
1967년 11월 15일 마을에 철도역이 생겼다. 이름은 석불역(石佛驛)이다. 이용주민이 줄어들면서 석불역은 2010년 열차가 서지 않는 무정차역으로 변했다. 첫차를 타고 서울 경동시장으로 가서 야채를 팔던 농민들과 그 돈으로 학교를 다니며 자라난 농민의 아이들이 반대했다.
2012년 2월 기막힌 일이 벌어졌다. 아비의 아비와 그 아비의 아비들이 소문만 듣고 자랐던 그 돌부처가 망미산 기슭에서 발견된 것이다. 잊혔던 돌부처가 환생한 데 이어 2013년 12월 28일 원색 페인트칠을 한 장난감 같은 석불역 새 역사가 문을 열었다. 부처와 역이 돌아오더니 하루 네 차례 석불역에 서는 열차에서는 앙증맞은 석불역을 찾는 여행자들이 쏟아졌다. 부처님 가피라고 해도 좋고 주민들 애정이라고 해도 좋고, 관계 당국의 주민 위주 행정이라고 해도 좋았다. 땅과 땅 이름과, 땅에 사는 사람들이 맺은 인연은 그렇게 이어졌다.

因緣, 어비계곡 민기남과 사충성

민기남은 강원도 가평 설악면 가일리 여자고 사충성은 서울 남자다. 1948년생 동갑이다. 두 사람은 지금 양평 옥천면 용천리 어비계곡에 산다. 어비계곡은 '물고기가 날아다니는(魚飛)' 계곡이다. 이러구러한 사연으로 남편과 아내를 떠나보낸 두 영혼이 부부가 된 지 24년이다.
어릴 적 민기남은 등산객이라는 사람들을 이해할 수 없었다. 그녀가 말했다. "일부러 산에 간다고? 나는 먹고살려고 나물 캐러 저 험한 산을 헤맸어. 여기가 전쟁터였잖아. 산에 가면 지뢰밭인데 그것도 모르고 막 다녔어. 빨간 지뢰밭 표시판 보면 쓰레받기 삼겠다고 서로 뜯어서 가곤 했지. 그러다 지뢰 터져서 허벅지며 넓적다리 잘라진 애들 많았어. 그런데 그 산을 놀러 간다고? 성

렬이 아버지는 저기 바위 옆에서 호랑이를 만났대. 아무렇지도 않은 척 담배 물고 천천히 집으로 도망왔더니 바지에 똥이 한 바가지더라나, 호호호."

삶은 둔탁했다. 모진 시련도 없었고 날카로운 행복도 없었다. 이북에서 피란 온 아버지는 나이 오십에 외동딸 민기남을 낳고서 딸이 열세 살 때 하늘로 갔다. 민기남은 엄마 손잡고 양평장에서 소금이랑 간고등어 사서 집으로 걸어올 때 정도가 행복했다. 남자를 만나 사랑도 했고 살림도 꾸렸지만 삶은 시종일관, 고단했다. 그러다 1992년 서울에서 얼굴 시커먼 남자가 민기남을 찾았다. 남자 이름은 사충성이다.

사충성이 말했다. "나, 젊은 날 좀 놀았다. 영등포에서 이름 좀 날렸지. 그때 아내가 죽었다. 세상 별건가 싶어서 검은 시절 청산하고 양평에 사는 친구한테 갔다. 거기에서 이 여자를 만났다. 이 여자 아니면 안 되겠다 싶더라." 훗날 민기남이 말했다. "딱 보니까 몸 함부로 굴려서 얼마 못 살겠더라. 그런 남자 살려내면 얼마나 보람이 있을까 생각이 들었다."

그래서 아무것도 없는 여자와 아무것도 없는 남자가 마흔넷에 사랑을 했다. 가일리에서 산 너머 나오는 양평 땅 어비계곡 물가에 집을 짓고 살았다. 여전히 여자는 지뢰밭에 올라가 나물을 캤다. 남자는 개를 키웠다. 여자는 오가피며 당귀며 몸에 좋은 온갖 것들 캐 와서 가마솥에 펄펄 끓여 병든 남자에게 먹였다.

그러다 1994년 인생이 바뀌었다. 민기남이 말했다. "나물을 다듬고 있는데 등산객 부부가 집에 와서 밥 좀 달란다. 그래서 닭도리탕 드시라 했더니 내 몰골을 빤히 보더라. 머리는 산발에, 먼지로 얼굴은 새카맣게 해서 식칼을 들고 있으니, 나라도 못 믿었겠지." "정말 맛있냐"는 거듭된 물음에 "잡수고 맛없으면 그냥 가시라"고 답하곤 부부는 닭 한 마리를 잡아서 내놨다.

먹으면서 남자가 웃고, 여자가 웃었다. 그걸로 둔탁했던 삶은 멈췄다. 어느 틈에 주말이면 닭도리탕 달라는 사람이 쇄도했다. 사람들이 그저 '민기남집'이라 부르기 시작한 부부네 산중 살림집에서 연일 닭들이 죽어 나갔다.

남자가 말했다. "젊을 때는 '(주먹) 한 방에' 모든 일들을 해결했다. 무책임했

^
민기남-사충성, 그리고 부활한 석불역

다. 내 나이 이제 칠십인데, 절반은 책임 있게 또박또박 살아왔다. 이 여자 덕이다." 봄비 내리는 계곡에서 여자가 숲을 바라봤다. "저 새싹들 봐라. 평생 저 숲을 보고 살았다. 참 지루했었는데, 지금은 사랑스럽다. 다 이 남자 덕이다." 서로가 서로를 덕이라 하니, 과연 인연이다.

임진왜란, 6.25 전쟁, 사나사(舍那寺)

어린 소녀 민기남이 헤매고 다녔던 지뢰밭은 6.25 전쟁 때 생겨났다. 양평은 전쟁 때 최대 격전지였다. 용문산전투와 지평리전투는 전쟁 초기 국군과 UN 연합군이 거둔 최대 승전이었다. 1895년 명성황후 시해사건 이후 양평에서는 대규모 의병활동이 벌어졌다. 이 을미의병이 최초로 일어난 곳이 바로 이곳 양평이다. 이후 1907년 일본군은 용문산 기슭에 있는 고찰 사나사(舍那寺)를 의병 본거지로 찍어 불태웠다. 1913년 3월 30일 일본 조선주차군사령부에서 발간한 의병 탄압 기록 『조선폭도토벌지(朝鮮暴徒討伐誌)』에 따르면 이 토벌

작전에 양평읍 시가지가 전소되고 용문산 일대 고찰들이 모두 불탔다.
어찌된 셈인지, 사나사는 전쟁과 인연이 깊다. 사나사는 신라시대인 923년 창건된 절이다. 고려 때인 1367년 태고왕사 보우가 중건한 절은 200년 뒤인 임진왜란 때 왜군에 의해 전소됐다. 그리고 구한말 다시 한 번 일본군에 의해 흔적도 없이 사라진 사나사는 6.25 전쟁 용문산전투에서 세 번째 초토화됐다. 절에 있는 철조 비로자나불 좌상에는 화상 흔적이, 보우를 기리는 원증국사비와 석탑에는 총탄 흔적이 뚜렷하게 남아 있다. 사바세계 만물을 치유하고 중생을 보듬어야 할 대가람에 이리도 흉터가 깊다. 흉터들은 역사가 되었다.
사나사 초입 계곡 이름도 사나사다. 계곡 개울가에는 양근 함씨(楊根 咸氏) 시조인 함왕(咸王)이 태어난 함왕혈이 숨어 있다. 후손들이 이 작은 수중 동굴 주위에 울타리를 세우고 보호 중이다.

한음 이덕형, 그리고 양평

석불역 남쪽으로 구둔역이 있었다. 임진왜란 때 마을 산에 군사 아홉 부대가 있었다고 해서 마을 이름이 구둔(九屯)이다. 1940년에 문을 연 구둔역은 폐쇄됐지만 등록문화재 제296호로 보존 중이다. 영화 〈건축학개론〉 몇 장면을 이곳에서 찍기도 했다.
임진왜란 초기 문경새재를 무혈진군하고 탄금대에서 신립 부대를 궤멸시킨 고니시 유키나가 부대는 양평을 휩쓸고 동대문을 통해 한양으로 입성했다. 9개 조선 부대도 소용없었다. 고니시 부대와 경쟁을 벌이던 가토 기요마사 부대는 몇 시간 뒤 용인을 거쳐 남대문으로 한양에 입성했다. 양평과 용인은 쑥대밭이 됐다. 기록에 따르면, "한양은 텅 비어 있었다."
1933년 일본 총독부는 '조선보물고적명승천연기념물보존령'을 통해 남대문과 동대문을 보물 1, 2호로 지정했다. 늦게 입성한 가토 기요마사는 본국 보고서를 일찍 보낸 덕분에 먼저 입성한 부대로 기록됐다. 남대문이 보물 제1호다. 서대문은 헐어버렸다. 당시 보물 등재 순서가 단순히 지역별, 규모별이라는 분석이 다수설이지만, 의미는 이렇게 간단하지 않다.

고니시 부대가 진군한 양평에는 이덕형이 살았다. 호는 한음이다. 임진왜란 당시 명나라도 일본도 협상 대상으로 이덕형을 꼽았을 정도로 명망가요 합리적인 정치가였다. 선조와 광해군 시대, 이덕형은 세 차례 영의정에 올라 전쟁과 정치를 주도했다. 명으로 달려가 원군을 불러온 이도 이덕형이었고 왜군과 단신으로 협상을 한 사람도 이덕형이었다. 선조는 모친상을 당한 이덕형에게 끝까지 귀향을 허락하지 않고 옆에 뒀다.

그런데 광해군 때 이덕형은 당쟁 와중에 모든 공적을 박탈당하고서 양평으로 낙향했다. 낙향 한 달 만에 이덕형은 기력이 쇠하여 죽었다. 백사 이항복은 "도량이 넓었으나 불의와는 타협 할 줄 몰랐으니 결국 이 때문에 죄를 얻었고 또 그 때문에 만백성의 추앙을 받게 되었다"고 그를 기렸다. 1759년 영조는 후손에게 대대손손 제사를 허락하는 '불천위(不遷位 · 사당에서 위패를 치우지 못하도록 하는 것)'를 허용했다. 이덕형은 지금 양평 목왕리에 묻혀 있다. 묫자리는 명나라에서 온 풍수가 두사충이 점지했다고 전한다. 묘소 가는 길은 짧되 숨 가쁜 산길이다. 묘소에서는 양평 땅이 한눈에 보인다.

카페와 러브호텔만 보이던 양평 땅에 이런 인연이 숨어 있다. 계곡에는 남 보기에 시시껄렁하되 우리네 민초들에겐 소중한 인연이 숨어 있다. 산기슭에는 이 땅에 사는 사람이라면 누구든 감사해야 할 오랜 인연이 잠들어 있다. 석불역에서 천년 고찰 사나사까지, 천지사방에 귀하지 않은 것 하나 없는 여행이었다.

볼거리

한음 이덕형 영정각과 묘소 양서면 목왕리에 위치. 신도비와 영정각, 묘소는 떨어져 있다.

사나사 신라 때 만든 절. 경내 산책도 좋고 힘이 남으면 절 뒤로 나 있는 등산길도 좋다. 절 아래 계곡도 추천.

석불역과 구둔역 내비게이션에 각각 이름 검색. 폐쇄된 구둔역은 역 안을 마음껏 걸어 다닐 수 있다.

맛집

민기남집 유명산 어비계곡 안에 있다. 닭볶음탕 전문 식당. 야채와 고추장 양념 닭을 가마솥에 넣고 장작불로 끓여서 낸다. 4만 원. 예약은 받지 않는다. 민기남-사충성 부부 사는 모습을 볼 수 있다. 계곡 숲과 물길 산책도 추천.

향기나는 뜰 한음 이덕형 영정각 옆에 있는 카페. 한마디로 '근사한' 집이다. 조경이면 조경, 인테리어면 인테리어, 요리면 요리 모두 10점 만점에 10점인 식당. 서울에서 패션 디자인과 원단을 하는 주인 부부가 운영. 여주인이 만든 액세서리와 옷도 판매. 일요일 휴무. 각종 차와 음료 판매. 비빔밥 1만 5000원, 빵 1만 원선. 주소 양서면 목왕로 462 전화번호 031-772-9911 홈페이지 hyanggarden.com

이덕형 묘소.
명나라 지관 두사충이
점지했다고 한다.

25

농민의 땅 고창(高敞)과 보리밭 주인 진영호

고창 학원농장 보리밭

진영호는 그 고창에서 태어나
지금 고창에 산다.
직업은 농부다. 14만 평짜리
보리밭을 가는 어마어마한 농부다.
농장 이름은 학원농장이다.

도통(道通)한 전라감사 이서구

실학자 이서구(1754~1825)는 기인이었다. 우의정을 지내고 1793년에 이어 1820년 두 번째로 전라관찰사로 부임한 이서구는 곳곳에 전설을 남겼다. 굶어 죽어가는 백성이 부지기수인 때였다.

책상머리에 앉아서 보고나 받았으면 모르되, 이서구는 남도 곳곳을 돌아다니며 백성들 삶을 눈으로 확인했다. 선정(善政)이 많다 보니 공적비도 많고 전설도 많다. '물은 30장을 내려가고 땅은 30장을 오르리'라고 예언한 부안 바다는 새만금 간척지가 되었다. '이 누각 앞으로 화마(火馬)가 다니리'라 예언한 전주 한벽루 앞에는 기차 터널이 뚫렸다.

만물에 관심이 많던 이서구인지라, 고창 선운사 마애미륵불을 그냥 지나치지 않았다. 배꼽 복장에 미래를 적은 비결이 감춰져 있다고 소문이 자자했던 부처님이었다. 부임한 지 며칠 만에 이서구가 사다리를 타고 복장 뚜껑을 열고 비결을 펼쳐보았다. 첫 장을 펼치자 이리 적혀 있었다. '이서구가 열어본다(이서구개탁 · 李書九開坼)'. 날벼락이 몰아치고 이서구는 비결을 쑤셔 넣고선 회로 봉해버리고 물러났다.

단순한 호기심은 아니었을 것이다. 어지러운 조선을 어찌 일신해보려는 뜻도 있었을 터다. 더군다나 비결이 있는 곳은 미륵불, 바로 중생을 구원하는 미래불 배꼽이 아닌가. 자그마치 56억 7000만 년 뒤에 찾아올 부처다. 그 세월이 하도 길기에 참을성 감추지 못한 이서구는 복장을 열어보려다 죽다 살았다.

보리의 땅 고창과 진영호

고창 옛 이름은 모양성이다. 모양은 보리 모(牟)에 볕 양(陽)이다. 백제 때는 털 모(毛) 자를 썼다. 땅이 척박하다 보니 고창은 옛날부터 보리농사를 지었다. 논보리도 많았고 밭보리는 더 많았다. 눈은 더 많았다. 워낙 폭설이 잦아서 사람들은 고창(高敞)이 아니라 설창(雪倉)이라 불렀다. 진영호는 그 고창에서 태어나 지금 고창에 산다. 직업은 농부다. 14만 평짜리 보리밭을 가는 어마어마한 농부다. 농장 이름은 학원농장이다.

함평 대지주 집안에서 시집온 어머니 이학은 꿈이 농장이었다. 1963년 진영호가 중학교 때 이학은 고창 황무지 6만 평을 샀다. 마을 사람들이 땔감용으로 소나무며 잡목들 베어내는 쓸모없는 돌밭이었다. 이촌향도 현상에 가속이 붙던 그때, 아랫마을 사람들은 진영호 집안에 주변 밭을 팔고 도시로 떠났다. 50년 만에 6만 평이 14만 평이 되었고, 돌밭은 1급 농경지로 변했다. 사연이 간단하지 않다. 진영호가 말했다.

"어머니와 영화를 보러 다녔다. 영화라는 게 늘 〈자이언트〉 〈에덴의 동쪽〉이었다. 하나같이 미국 텍사스 대농장이 배경이었다. 농장주가 되는 게 어머니 꿈이었다." 기독교 모태신앙처럼, 진영호는 당연히 농장을 해야 한다고 생각하며 자랐다. 농장을 경영하려면 당연히 농경제학과를 가야 하는 줄로만 알았다. 그래서 서울대 농경제학과에 들어갔다. 주말이면 과 친구들과 고향에 내려와 밭을 갈았다.

1971년 졸업과 동시에 진영호는 일제 경운기 하나 사서 고향으로 내려왔다. 고창군 내에 경운기가 10대가 채 없던 때였다. 뽕나무 심고 누에를 쳤다. 당연히 망했다. 터가 너무 넓었고 잠업(蠶業)에 대한 실무적 이해가 없었다. 경운기 고치려면 광주까지 나가야 했다. 그가 말했다. "이론과 실제는 전혀 달랐다."
바보 농부 진영호는 1년 반 동안 돈 다 까먹고 금호그룹에 입사해 20년을 살았다. 이란과 일본에서 상사맨으로 뛰다가 이사를 끝으로 고향으로 회귀했다. 친구들도 가족들도 '때가 왔구나'라고 생각했다. 1992년이었다.

황무지가 보리밭이 될 때까지

언덕에는 수박을 심었다. 길 건너에는 카네이션과 백합 비닐하우스를 차렸다. 수박밭 6만 평을 수확하고 나니 이익보다 인건비가 더 들었다. 망했다. 카네이션 팔아서 벌충하려 했더니 원예시장이 개방됐다. 콜롬비아산 카네이션에 중국산 카네이션이 절반 가격으로 들어왔다. 망했다. 기가 막혔다. 그가 말했다. "손대는 작물마다 망해나갔다. 갖고 왔던 돈은 없어지고 빚만 늘어가더라. 경험 없는 초보 농부가 처음에는 농사를 잘한다. 지가 천재라 그런 줄 안다. 어림 반 푼어치도 없는 얘기다. 다 땅이 주고 하늘이 주는 거다. 내가 그랬다. 자만심 가득한 초짜 농부."
1990년대 초, 대한민국 농민들이 대부분 그랬다. 농업시장이 개방되고 전통적인 내수시장은 쪼그라들고 있던 때였다. 분기탱천한 다른 농부들이랑 전세버스 타고 서울 여의도에서 죽창 들고 화염병도 던져봤다. "막다른 길을 가고 있지 않나, 안 될 걸 하고 있지 않나 그런 생각이 들었지만, 오기가 나고 용기가 없어서 버릴 수가 없었다."
1994년 갈아엎은 수박밭에 보리를 심었다. 이문은 적어도 인건비가 덜 드는 작물이다. 보리가 자리를 잡고서 여기 저기에서 사람들이 몰려와 사진을 찍고 갔다. 그 사람들이 뿌리고 간 돈이 제법 되었다. 신기했다. 그래서 2003년 보리를 베고 난 밭에 콩 대신 메밀을 심어봤다. 무려 20만 명이 소금 같은 메밀꽃을 보

옛 고부 땅 정읍 만경강변에 있는 만석보터

러 몰려왔다. 진영호가 말했다. "짜증이 났다. 농사에 방해가 될 정도였으니까." 그때 군청 농업진흥과 직원 김가성이 말했다. "진 사장, 이거 축제로 만들자." 그리 되었다. 수확을 포기하고 관광으로 발상을 전환하니 짜증이 사라지고 돈이 보이는 게 아닌가. 긴가민가하며 부둥켜안고 있던 카네이션 비닐하우스는 그해 겨울 고창을 뒤덮은 폭설로 100% 전파돼버렸다. 그가 말했다. "정읍, 부안, 고창에 농가 축사들도 다 무너졌다. 하루 저녁에 전부 사라졌다. 그때 받은 보상금으로 하우스 다 철거하고 빚 갚았다. 폭설이 없었다면 지금도 질질 끌려와 살고 있지 않았을까." 한 번 이름이 나고 나니 이듬해 봄 언덕을 뒤덮은 보리밭에 구름 같은 30만 인파가 몰려들었다. 6월에 보리를 베고서 메밀을 뿌렸던 그해 가을, 고창 전역에 교통 체증이 발생했다.

2006년에는 보리와 메밀 사이에 해바라기를 심었다. 한겨울을 제외한 1년 365일 농장 일대는 꽃만큼이나 사람이 몰려들었다. 소위 '경관 농업', 수확보다 미관을 중시하는 농업이 탄생했다.

진영호가 말했다. "쫓겨 쫓겨 살다 보니 여기까지 오게 됐다. 자다가도 웃음이 나왔다. 내가 봉이 김선달이지. 신기하고 이상했다. 의도해서 기다리지는 않았다. 굳이 내 자랑을 하자면, 포기하지 않고 끝까지 새로운 방법으로 앞날을 꿈꿨다는 정도?" 그리고 머뭇대다 한마디 덧붙였다.

"박 기자, 6차 산업이라고 있지요? 농업이 농사만으로 먹고사는 게 아니라 앞뒤좌우로 연관 산업 함께해서 농민들 잘 살아야 한다는 그거? 지금 고창에서 하고 있는 게 그거야. 그런데 보리농사 지으면서 농장에 매점 만들면 그 매출은 농사가 아니니까 지원을 안 한대. 아니, 보리 수확해서 못 먹고 사니까 경관농업해서 관광객 부르는 건데, 매점으로 돈 벌면 지원금을 안 줘? 이게 무슨 농부들 돕는 거고 무슨 6차 산업이야?" 그러고 보니 농장 한편이 황무지였다. 많은 지주들 가운데 한 사람이 "보리 경관농사해서 지원금 못 받으니, 내 땅에는 감자농사 하겠다"며 갈아엎어버린 땅이었다.

모든 혁명은 미래를 꿈꾼다. 현재를 파괴하고 신세계를 세우려는 파천황(破天荒)을 꿈꾼다. 이서구를 위시해 18~19세기 실학자들이 꿈꿨던 이상세계도

< 선운사 마애미륵불.
네모난 배꼽 속 비결은 동학꾼들이 가져갔다. 그래도 혁명은 미완이다.

마찬가지였다. 그 꿈이 민초들에게는 전설과 설화로 변했고, 종교에서는 메시아와 미래불로 연결됐다. 뽕나무밭 말아먹고 상사맨으로 뛰던 초보 농사꾼이 수박 말아먹고 카네이션 말아먹고 폭설에 풍비박살 나고 마침내 보리와 메밀로 먹고 살게 된 내력도 기실은, 혁명(革命)이다.

동학과 고창, 그리고 만석보

학원농장에서 서쪽으로 10분만 가면 동학혁명 발상지가 나온다. 공원으로 꾸민 이 작은 터에서 농민들은 가렴주구(苛斂誅求)에 죽창을 들었다. 1894년 2월 사방에서 몰려든 농민군은 죽창으로 무장하고 고부로 북상했다. 고부는 지금 정읍이다. 그때 고부 군수는 조병갑이었다. 가렴주구로 익산으로 쫓겨갔다가 뭐가 미련이 남았는지 다시 돌아와 학정을 펴던 탐관오리였다.

부임하자마자 조병갑은 백성들을 옥에 가두고 돈을 처먹고, 자기 아비 송덕비 건립 비용을 징수했다. 배들평야에 물을 대는 동진강물을 만석보로 막아버리고 물세를 받아먹기까지 했다. 혁명이 터졌다. 고부로 진군한 농민들은 고부 관아를 부숴 쌀 창고를 열었다. 만석보를 뚫어 물을 풀었다. 이후 정세는 역사에 기록돼 있다. 청과 일본이 동학군 진압을 핑계로 조선에 들어와 전쟁을 벌였고 조선은 15년 뒤 사라졌다.

그 흔적들은 고창과 정읍 곳곳에 남아 있으니, 학원농장 보리밭보다 사연이 더 깊고 처연하다. 고부 관아도 사라지고 만석보도 사라졌다. 관아는 학교로 변했고 동진강변 만석보 자리에는 낡은 말뚝들과 유지비가 서 있다.

망할 나라에 망조가 들어서, 전주로 도망갔던 조병갑은 1898년 대한제국 시절 판사로 복귀해 동학 접주 최시형에게 사형을 선고했다. 그 판결문이 아직도 남아서 작게는 조병갑, 크게는 조선이라는 나라가 왜 망했는지를 선명하게 말해준다. 2006년 당시 정부 고위직이던 그 증손녀는 "우리 (조병갑) 할아버지는 동학과 직접적인 관련이 없고 김해에는 선정비가 있다"고 주장했으니, 이게 도대체 무슨 나라 꼬라지인가. 파천황의 꿈은 사라졌다.

볼거리

학원농장 6월부터 보리를 벤다. 6월에는 해바라기, 8월에는 메밀을 볼 수 있다. 전화번호 063-564-9897 홈페이지 www.borinara.co.kr

동학혁명 발상지 동학농민혁명 첫 봉기지. 주소 공음면 구암리 594

선운산/선운사 전라감사 이서구와 동학혁명 전설이 얽힌 산과 절. 마애미륵불까지 숲길이 좋다. 마애불 위쪽 전망 좋은 도솔암까지 '숨 막히는' 계단길도 추천.

석정온천휴스파 게르마늄성분 온천. 숙박도 한다. 주소 고창읍 석정2로 173 전화번호 063-560-7500 홈페이지 www.huespapension.com.

만석보터 동학농민혁명을 촉발시킨 장소. 주소 정읍시 이평면 하송리 658-1

맛집

명진풍천장어 소금구이와 양념구이. 6만 원부터. 주소 상하면 상하1길 24 전화번호 080-9288-0592

길에서 만난
양귀비

26

운염도와 모도와 조각가 이일호

사막으로 변한 운염도 갯벌

허구한 날 세상에는 비현실적인 사건이 벌어진다. 엔간히 끔찍한 사건은 놀랍지도 않다. 현실이 비현실적이다. 세상이 그리 되었다. 땅도 그리 되었다. 섬 사이 바다가 뭍이 되더니 몇 백 톤짜리 날틀이 뜨고 내리는 비행장이 되었다. 인천 영종도와 용유도 이야기다.

영종도로 가는 다리 영종대교 아래에 있는 운염도 운명도 마찬가지였다. 운염도와 이웃 소운염도, 매도 사이 바다가 매립되더니 차를 타고 고속도로로 20분이면 서울로 가는 기상천외한 일이 벌어진 것이다. 운염도에서 태어난 서른여섯 살 먹은 사내 양현호가 말했다. "1998년으로 기억한다. 평생 옆 섬 영종도도 배를 타야 갈 수 있던 우리가 차를 타고 집 밖을 나갔다. 아버지 입에서 '감회가 새롭다'는 말이 저절로 나왔다."

모도 배미꾸미공원에 서 있는 스테인리스 버드나무. 이일호 작품이다.

천지개벽한 운염도

평생 배를 몰았던 아버지 양정복은 매도 사람이다. 2016년 일흔 살이다. 1960년 매도가 군부대에 수용되면서 이웃들과 함께 운염도로 집단이주했다. '염'은 작은 돌섬을 뜻하는 우리말이니 운염도는 그리 큰 섬이 아니었다.

할아버지는 돛 단 목선을 몰았다. 아버지 양정복도 목선을 몰았다. 바지락을 잡았고 굴을 캤고 수많은 물고기를 잡아 아이들을 키웠다. 목선은 철선으로 바뀌었다. 돛은 엔진으로 바뀌었다. 그리고 바다가 매립됐다.

바지락은 사라지고 굴은 줄어들었다. 어획량은 '어마어마하게' 줄어들었다. 길 났다고 좋아했던 주민들은 모두 떠났다. 섬에는 세 집 남았다. 양정복은 나라를 원망하지 않았다. 57년 살아온, 섬 아닌 섬을 떠나지도 않을 작정이다. 양정복은 입에 달고 산다. "아이들 다 키웠다. 내 집이 별장이고 낙원이다."

늙은 어부의 집으로 가려면 길이 험하다. 매립공사가 진행 중인 다리 아래 황톳길을 뚫고 한참을 가야 한다. 임시로 만든 아치형 철교를 넘을 때부터 몸과 마음이 긴장된다. 험하되, 갈 가치가 있다.

어부 양정복의 집

다리 아래에는 길 두 줄기가 평행으로 나 있다. 왕복 일방통행길이다. 다리 왼쪽으로는 황량한 칠면초와 함초 초원이 펼쳐져 있다. 껍질을 드러낸 갯벌 위를 붉은 함초와 칠면초가 뒤덮었다. 풀밭은 아득하다. 저어새 같은 희귀조들이 그 밭에서 목격된다. 길 끝 초원 한가운데에 원두막이 서 있다. 벽 없는 집, 기둥과 지붕만 있는 집이다. 사람이 보이지 않아 용도는 물어보지 못했다. 지평선에 떠 있는 그 집, 낭만적이며 고독하다.

집이 보일 무렵 길이 오른쪽으로 비껴가고 그 길 끝에 어부가 사는 집이 나온다. 집은 누렁이와 뚱보와 그 친구 이렇게 개 세 마리가 지킨다. 갯벌은 호화롭다. 누워 있는 목선, 선착장으로 난 작은 돌길과 그 끝에 놓인 신발 한 켤레, 그 옆에 서 있는 깡마른 나목 숲이 보인다. 나목 숲은 잡은 물고기를 꿰어

놓고 말리는 덕장이다. 따가운 바다 햇볕에 풍경이 녹는다. 트럭 오가는 황톳길 끝에 이런 비현실적인 풍경이 있다니.
그 풍경에 홀린 외지인들이 어부네 집을 제집처럼 휘젓는 바람에 속이 상할 때도 있다. 덕장 앞에서 포즈를 취하라고 머슴 부리듯 구는 작가님들, 가재도구를 이리저리 맘대로 옮겨 놓고 카메라 셔터를 눌러대는 사진가님들이 얄밉고 이해가 가지 않는다. 아들 현호에 따르면, 촬영을 다 마치고서 이렇게 묻는 것이다.
"갯벌이 어디에요?"
이 비현실적인 풍경마저 시시하게 만드는 초현실적 공간이 운염도에 숨어 있다는 뜻이다.

비현실적인 갯벌

뭍으로 변한 갯벌에 물이 마르면서 대한민국에서 듣도 보도 못한 풍경이 생겨났다. 꾸들꾸들해진 갯벌을 붉은 함초와 칠면초가 덮기 시작했다. 태양열에 수분이 증발하면서 10년이 넘도록 메마른 갯벌이 갈라지기 시작했다. 갈라진 틈새를 뚫고 또 염생식물들이 솟았다. 가뭄에 갈라졌다가 해갈되면서 원상복구하는 논밭 정도가 아니다. 갈라진 조각 형상 위로 비가 퍼붓고 밀물에 물이 스며들면서 담금질을 당한 단단한 사막이 되어 버렸다. 그 옆에는 아직 물 찰랑대는 얕은 바닷물이 끝없이 펼쳐져 있다.
사진가들은 세상 좋은 풍경은 귀신처럼 찾아낸다. 어느 틈에 운염도 사막에는 육중한 카메라로 무장한 무리들이 나타났다. 어부의 아들은 "주중에는 하루 서너 명, 주말에는 말도 못하게 많이 와서 길을 묻는다"고 했다.
운염도 사막은 영종도로 나가는 일방통행 둑길 너머에 있다. 차는 중간에 있는 갈림길에 대야 한다. 풍경은, 글로 묘사할 수준이 아니다. 위장복을 입은 탐조객들과 카메라를 든 촬영객들이 서로에게 자기 본 풍경을 이야기하고 길을 묻는다.

물이 덜 빠진 갯벌에는 미니어처 세상이 펼쳐져 있다. 화성 표면 같기도 하고 타클라마칸 사막 같기도 하다. 물길은 사막에 난 외길 도로처럼 보인다. 쫙쫙 갈라진 건조지대는 낯설고 아름답다. 회색 혹은 고동색 혹은 소금이 말라붙은 흰색 땅에 푸르고 붉은 염초들이 생명을 잇고 있다. 날이 흐려서, 운염도와 매도와 영종도 산등성이가 보이지 않는다면 그곳은 지구가 아니다.

풍경에 취했던 조각가 이일호

운염도에서 나와 영종도 삼목선착장에서 배를 타면 신도로 간다. 신도는 믿을 신(信)에 섬 도(島)다. 주민들은 신실한 섬 이름에 자부심을 갖고 있다. 신도와 시도와 모도는 다리로 연결돼 있다. 신도 선착장에서 내리면 세 섬은 다 차로 다닐 수 있다. 시도는 조선시대 영종도 군부대에서 활쏘기 훈련을 할 때 과녁으로 삼았다고 시도(矢島)요, 모도는 그물을 걷으면 물고기보다 띠풀이 많았다고 해서 띠염이라 불리다 모도(茅島)가 됐다. 시도에서 모도를 건너는 다리 왼편에는 달려가는 청년과 앉아 있는 소녀 조각상이 있다. 조각을 한 사람은 이일호다.

2016년 일흔 살이 된 이일호는 중견 조각가다. 죽음과 삶, 성(性)을 초현실주의 감각으로 표현하는 작가다. 그가 말했다. "풍경에 취하면 예술을 하지 못한다. 창작을 하려면 멋대가리 없는 풍경 속에 살아야 하는데, 실수였다."

이일호, 보통 사람은 아니다. 회화, 조각, 음악, 글 따위 온갖 분야에 끼를 발산하는 예인이다. 전인권이 부른 '맴도는 얼굴(원제는 '헛사랑'인데 무슨 그런 불손한 사랑이 다 있냐고 금지곡이 됐었다)'을 지었고 영화 시나리오도 만들었고 글도 쓴다. 주변에서는 "말은 유치한데 작품은 천재적"이라고 한다.

2003년 서울에 살던 이일호는 친구 초청에 모도 옆 장봉도에 갔다가 모도에 반했다. 산허리를 구불구불 넘어가야 나오는 배미꾸미 해변 황량한 갈대밭에 반했다. 남들이 보면 황량하기 짝이 없는 땅이었지만 그 황량한 바다가 좋았다. 땅을 사고 이듬해 작업실을 차렸다. 만든 작품은 갈대밭 옆 모래밭에 아

조각가 이일호

무렇게나 세워뒀다. 그 무렵 TV 드라마 〈풀하우스〉 세트장이 인근에 섰다. 드라마가 대박이 났다. 어떻게 찾고 오는지, 세트장을 구경 온 사람들이 작업실까지 찾아와서 작업실을 기웃대고 작품들을 기웃댔다. 작은 섬 시도가 외지인으로 북적이고 작업실은 필수코스에 포함됐다.
일찍 세상을 떠난 아버지 대신 가족을 먹여 살린 형을 따라 보령에서 군산으로, 평택으로 옮겨 다니며 큰 사내였다. 이일호는 슬그머니 북한산 자락으로 작업실을 옮겼다. 모도 작업실은 주변 권유로 공원으로 만들었다. 예술가가 떠난 해변에 예술이 흔적으로 남았다.
이일호가 말했다. "풍경에 홀려서 눌러앉았는데, 그 풍경이 나를 떠나보냈다. 어쩔 수 있나. 바다를 좋아하는 게 아니었다. 바다는 공(空)이다. 그걸 내가 좋아했으니." 예술가는 속이 상했지만 사람들은 즐겁다. 영화감독 김기덕이 군이 찾아와 이곳에서 영화 〈시간(2006)〉을 찍은 이후, 외국 관광객이 많다. 다만 에로티시즘을 담은 작품을 보며 감상 대신 희화화하는 사람들이 아쉽다고 했다.

배미꾸미조각공원 비빔밥은 일품이다. 해초와 야채를 버무리고 땅두릅과 구기자, 질경이와 소라, 도토리묵과 파래를 반찬으로 낸다. 감탄스러운 작품들 앞으로 뜨는 아침노을과 쏟아지는 별 아래 묵는 펜션도 있다. 예술가는 떠났지만, 이 작은 섬 모도에 기대 앉던 풍경은 남아 있다.

섬에서 섬으로

조각공원 길목 버스정류장에는 불망비(不忘碑)가 서 있다. 조선 말 경기도 암행어사 영재 이건창(李建昌 · 1852~1898)을 기리는 비석이다. 거지 행색을 한 이건창은 모도 민중을 수탈하던 관리들을 처단했다. 그 앞에는 작은 논이 있다. 1987년 이곳 소녀로부터 "개구리 소리를 듣고 싶다"는 편지를 받고서 이곳을 찾은 당시 내무부장관 노태우가 제방을 세우고 만들어준 논이다. 신도와 시도와 모도는 '삼형제길'이라는 트레킹코스로 연결돼 있다.

시인 정현종이 말했다. '사람들 사이에 섬이 있다/그 섬에 가고 싶다'(「섬」 전문) 모든 섬은 외롭다. 운염도도 모도도 외롭다. 섬으로 틈입해본다. 거기 비현실이 숨어 있다.

볼거리

운염도 내비게이션에 '영종공설묘지' 검색. 금산IC에서 나와서 묘지 쪽으로 가다가 마을 속으로 들어가 작은 삼거리에서 좌회전. 다음 삼거리에서 우회전한 뒤 매립지 공사장에서 좌회전 후 곧바로 우회전. 아치형 작은 철교를 건넌 뒤 직진. 다리 건너 왼편에는 염초 초원, 오른쪽은 왕복 일방통행 비포장도로다. 길 끝 무렵에 왼쪽 갯벌을 볼 수 있는 공간이 있다. 막다른 길 정면에 공사장이 있고 오른쪽으로 이어진 길 끝에 어부의 집이 있다. 갈라진 사막, 갯벌은 영종도로 나가는 둑방길로 올라가야 한다. 방향 엄수. 중간에 삼거리가 나오고 차 댈 공간이 있다. 왼쪽으로 가면 호수와 탐조 공간, 직진하면 드디어 사막이다.

삼목여객터미널 신도까지 승용차 1만 원, 성인 2000원.

모도 배미꾸미조각공원 입장료 2000원. 비빔밥 1만 원. 펜션은 문의할 것. 전화번호 032-752-7215, 011-304-3065 홈페이지 www.baemikumipension.com,

갈라진 사막 갯벌

27

궁장 현중순과 천년 역사가 공존하는 연천

연천 재인폭포

궁수(弓手)에서 궁장(弓匠)으로

2016년 쉰다섯 먹은 현중순은 정미소 주인이다. 경기도 연천 전곡에 산다. 정미소는 가업이다. 할아버지도 정미소를 했고 아버지도 정미소를 했다. 이북 땅이던 중면에서 할아버지와 아버지는 직접 물레방아를 만들어 방앗간을 했다. 전쟁이 나고 남쪽으로 몇 십㎞ 피란 와서도 정미소를 열었다. 시간이 나면 활을 만들어 산에서 꿩이며 돼지를 사냥하며 놀았다. 그 손자 현중순이 정미소를 물려받았다.

손자는 "쌀가마 옮길 힘도 기를 겸, 남에게 맞기 싫고 담력도 기를 겸" 합기도를 배웠다. '아무도 몰래 공중 부양도 해 본다'는 공인 4단이다. 쌀가마 짊어지다 허리 디스크가 나가서 헤매고 있을 때, 합기도 도반들 권유로 국궁을 배웠다. 나무에 물소 뿔을 덧대 만든 각궁(角弓)을 배웠다. 공인 4단이다.

그런데 "각궁이 다 좋은데 너무 비싸고 쉽게 망가지더라"고 했다. 비를 맞으면 접착제로 쓴 아교가 녹아내렸고, 잘못 다루면 활이 부러졌다. 할아버지와 아버지한테서 물려받은 손재주가 근질거렸다. 2003년 현중순은 자기 손으로 활을 만들기 시작했다. 나무 다섯 트럭을 이러저러하게 허비한 끝에, 2016년 현중순의 신풍정미소는 대한민국 실전 궁사들 성지로 변했다. 현중순은 궁수요 목궁장(木弓匠)이다.

기씨의 꿈

결혼기념일을 사흘 앞둔 2015년 2월 28일, 인천 강화도에서 사업을 하는 기남용(74)은 꿈을 꾸었다. "공장장이 나더러 짐승 한 마리 키우시라고 했다. 그러마 했더니 커다랗고 하얀 짐승을 또 주면서 '병든 놈 하나 더 키우시라'는 것이었다. 꿈이었다." 기남용은 5000원짜리 로또 복권 두 장을 사서 지갑에 넣고는 잊어버렸다.

눈 내린 결혼기념일 아침 까닭 없이 기분이 좋아서 연천에 있는 조상 할머니 묘터로 찾아갔다. 경운기가 뚫어 놓은 길 따라 덤불까지 갔더니 길섶 눈틈으로

〉
목궁을 만드는 현중순

하얀 돌이 나와 있었다. 작대기로 파보니 무덤 앞에 흔히 있는 석양(石羊)이 아닌가. 온전한 석양 한 마리와 부서진 석양 한 마리를 찾았고, 달려온 동생이 한 마리 더 찾았다. 텅 빈 구릉 주소는 경기도 연천군 연천읍 상리 산 145다. 당첨되지 못한 로또 복권을 꺼내며 기남용이 말했다. "지금이야 텅 빈 구릉이지만 이곳은 우리 할머니, 고려 말 원나라로 시집갔던 기황후(奇皇后)가 묻힌 터다." 기황후는 1338년 원나라 예종의 제2황후가 된 고려 여자다. 원 조정 실권을 장악한 그녀는 주원장이 명을 세우고 원이 몽골지역으로 후퇴해 북원을 세울 때까지 정권을 좌지우지했다. 고려 또한 그녀의 친인척인 기씨들이 한동안 득세했던, 시대의 여걸이었다. 그녀가 이 연천 땅에 잠들어 있다는 것이다.

왕들의 사냥터, 연천

연천은 번화한 도시였다. 고려 수도 개경에서 직선거리가 서울-일산 신도시

보다 가까운 80리 정도였다. 일제강점기 때 화신백화점 분점도 있었다. 분단만 아니었다면 연천은 지금도 번성했을지 모른다.
임진강과 용암이 만든 험한 산세는 연천을 군사 지대로 만들었다. 삼국시대 고구려와 신라가 서로 만든 요새들을 빼앗으며 혈투를 벌였다. 분단 현실 속 연천 노변 풍경은 여전히 살벌하다.
군사 문화는 효율적이다. 적진(敵陣)을 점령하면 무기든 진지든 성곽이든 최대한 재활용한다. 호로고루, 당포성, 은대리성처럼 지금 남아 있는 성터에는 시대별로 유적과 유물이 뒤섞여서 튀어나온다. 평화가 오면 군사 요충지는 어김없이 관광 명소로 변해서, 잔디 뗏장을 입힌 옛 성터는 사시사철 사람들이 찾아온다.
사냥꾼의 땅이기도 했다. 연천에는 활쏘기가 흔했다. 조선조 왕실 사냥터도 연천에 있었고 일제강점기에도 활쏘기 대회가 열리곤 했다. 어릴 적 현중순도 수수깡에 못 박고 군용 통신전선인 삐삐선으로 활줄 만들어 활쏘기를 하고 놀았다. 맹수들이 사라지고 수렵 문화도 사라졌다. 활꾼도 사라졌다.

경주에 묻히지 못한 경순왕

장남면 고랑포리 산 18-2번지에는 경순왕릉이 있다. 21세기 들어서 민간인 출입이 자유롭게 된 땅이다. 경순왕은 고려에 나라를 바친 신라 마지막 왕이다. 그래서 시호도 '공손하게 따른(敬順)' 왕이다. 그가 연천에 묻혀 있다. 서기 978년 경순왕은 고려 태조 왕건보다 35년 더 살고서 개경에서 죽었다.
신라 유민들이 들고 일어날까 걱정했던 고려 왕실은 "왕릉은 수도에서 100리 밖을 넘지 못한다"는 규정을 꺼내 귀향을 막았다. 경순왕이 고랑포 나루를 건너지 못하고 연천에 묻힌 이유였다. 왕릉은 이후 새까맣게 잊혔다가 1747년 후손들이 찾아냈다. 그때 영조 임금이 "제사를 지내게 해 달라"는 후손들 청원을 수용해 비석을 세웠다.
자, 비석을 본다. 비석에 농축된 이 땅 역사를 본다. 무덤 주인공은 신라 임금이요, 왕릉은 고려 무덤이다. 비석은 조선 때 세웠다. 그리고 비석에는 총탄

자국 6개가 선명하다. 당연히 20세기 흔적이다. 뒤를 돌아보면 묘 앞 너른 터에 어린아이들이 뛰어놀고 있다. 이 작은 비석이 여행객들에게 “1000년이 넘는 역사를 읽어보시라”고 책갈피를 활짝 펼쳐 놓고 있지 않은가.

궁장, 기황후 그리고 용암

활꾼 현중순은 연천 산하를 헤매며 목궁을 연구했다. 물푸레나무도 써보고 느릅나무도 써보고 구지뽕나무도 써봤다. 태워도 봤고 삶아도 봤고 땅에 1년 묻어도 봤다. 두 종류 나무를 덧붙여도 봤다. 강원도, 충청도, 경상도 활꾼들을 찾아가 노하우도 배웠다. 활을 알아야 활을 만드니, 궁술을 연마했다.

정미소에 있는 작업실에는 현중순이 만든 목궁들이 전시돼 있다. 각궁에 비해 길이도 길고 직선에 가깝다. 그가 말했다. “임진왜란 이후 조선 병사들에게 근거리 사격술과 속사법이 보급됐다. 이동하는 목표를 타격하는 궁법도 보급됐다. 그 기본은 각궁이 아니라 목궁이다.” 명상과 수양을 위한 궁도가 아니라 실전 병술이라는 말이다.

마당 한쪽 궁터에서 그가 활을 쏘았다. 영화 〈최종병기 활〉에 나온 것처럼, 화살집에서 순식간에 화살을 꺼내더니 활을 30도 비틀고 그보다 더 빨리 화살을 쏘아댔다. 각궁처럼 입술에 활줄을 대고 쏘는 지중해식이 아니라 눈꼬리까지 손을 올려 쏘는 몽골식 사법(射法)이다. “몇 배는 더 정확하고 몇 배는 더 파괴적”이라고 그가 말했다. 함께 시범을 보인 아들 승환은 “화살 종류에 따라서 멧돼지는 그냥 관통한다”고 했다. 대위로 예편한 승환 또한 육군참모총장기 전국궁도대회에서 우승한 궁사다. 아들과 사라졌던 활 문화, 무사 문화는 일단 이 정미소 주인에 이르러 부활 조짐이 보인다.

기황후에게는 무슨 일이 있었을까. 꿈을 꾼 후손 기남용이 말했다. “할머니 고향이 고양시 행주다. 유목민인 원나라에는 죽으면 고향에 묻는 풍습이 있었다. 할머니도 아마 고향에서 죽게 해달라고 청원하지 않았을까. 그리고 고향으로 가던 길에 죽었거나 아니면 변고가 있었거나.” 향토문화재로 지정된 기황후릉터는 앞에 '전(傳)'자가 붙어 있다. '~카더라'라는 뜻이다. 연천문화원 향토사료연구위원장 이준용이 말했다. "기남용이 발견한 석양 셋과 기존에 발굴한 석인(石人)들은 재질은 물론 양식도 원나라 형태다. 『동국여지승람』에는 기황후 묘와 석인, 석양, 석물이 있다고 기록돼 있다. 이제 석물만 찾아내면 이 '전(傳)'자를 뗄 수 있다." 석양과 석물은 지금 연천문화원에 옮겨져 있다. M1 소총으로 경순왕릉 비석보다 더 참혹하게 깨뜨려 놓은 비석 하나도 볼 수 있다. 그 비석을 보니 궁금해진다. 경순왕릉 비석 흉터는 누가 만들었을꼬. 지난 시대, 개념 없이 살던 우리들 책임이다.

궁사가 찾아낸 목궁과 후손의 꿈이 찾아낸 할머니 무덤과 어린이 놀이터가 된 왕릉은 모두 연천 땅에 있다. 연천 북동쪽 재인폭포는 용암이 만든 미학의 극치다. 폭포수가 말라 있어도 즐겁다. 오각, 육각으로 주렁주렁 매달린 주상절리(柱狀節理) 기둥들은 땅 위로 솟은 용암이 굳어서 생긴 무늬들이다. 그 용암이 땅을 녹이며 흘러간 흔적이 한탄강이다. 평화와 전쟁과 긴장과 나른함이 혼재된, 한탄강이 연천에 흐른다. 궁장의 꿈, 기씨 후손의 꿈도 함께 흐른다.

✓ 황후 무덤터에서 나온 기이한 석물, 그리고 총탄 흔적 무수한 경순왕릉 묘비

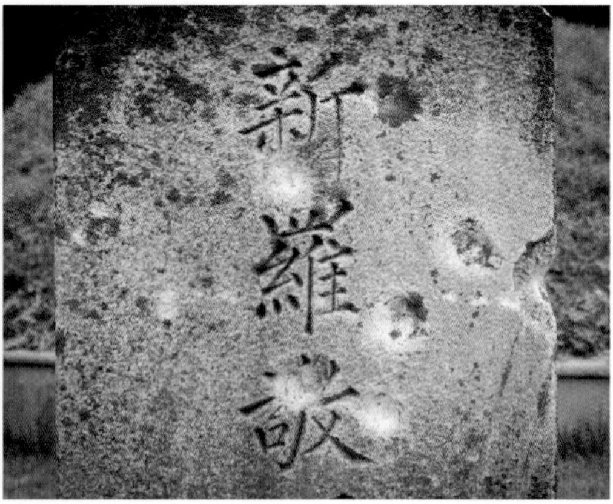

볼거리

경순왕릉 오전 9시 개방. 반드시 비석을 살펴보자. 주소 장남면 고랑포리 산18-2

호로고루 고구려 군사요새 터. 경순왕릉에서 가깝다. 임진강 너머 풍경도 좋다.

연천문화원 마당과 로비에 전시된 석물들에 대해 설명을 들어보자. 전화번호 031-834-2350 홈페이지 cafe.daum.net/ycclove

전 기황후릉터 텅 빈 구릉. 주소 연천읍 상리 산 145

재인폭포 권력과 탐욕에 얽힌 상반된 전설 이야기를 들어보자.

국궁문화연구회(신풍정미소) 목궁을 포함해 국궁에 관심이 있다면 필수. 판매는 하지 않는다. 주소 연천군 전곡읍 은대로 4 이메일 8322729@naver.com

장인들이 날린 화살들

28

김신조가 지나간 파주와 초리골 나무꾼 우성제

덕진산성에서 바라본 임진강 풍경

장파리 이야기

경기도 화성 출신 경동고 학생 조용필은 가수 레이 찰스와 밴드 벤처스에 빠져 살았다. 가수가 되겠다는 꿈을 교육자 집안이 반대했다. 1968년 졸업과 함께 조용필은 경기도 파주 파평면 장파리로 가출해버렸다. 장파리 미군 클럽에서 연주를 하고 노래를 했다. 주로 흑인 전용 클럽 블루문홀에서 했다. 백인 클럽 라스트찬스에서도 했다.

라스트찬스는 미군부대와 장파리를 잇는 리비교 초입에 있었다. 다리 건너 첫 클럽이라 원래 '퍼스트찬스'였는데, 외출 나온 사병들이 귀대 직전에야 들른다고 해서 라스트찬스로 이름을 바꿨다. 김태화, 윤항기도 라스트찬스에서 음악을 했다. 장파리에 있던 클럽은 메트로홀, 럭키바, 나이트클럽, DMZ홀과 라스트찬스와 블루문홀 여섯 군데였다.

장파리에는 미군이 뿌린 달러가 흘러넘쳤다. 미군은 장파리에 재건학교를 지어줬다. 시외버스 종점도 장파리에 있었고 이발소와 다방과 극장과 정미소도 외지인들 덕에 성업을 했다. 쌀 한 가마가 3500원 할 때, 가수 이미자는 장마루극장에서 세 곡을 부르고 6만 원을 개런티로 받았다. 세월이 흘러 조용필은 가왕(歌王)에 등극했다. 미군은 장파리를 떠났다. 블루문홀은 사라졌다. 라스트찬스는 카페로 바뀌었다.

감악산 백비(白碑)

1951년 4월 23일 밀려오는 중공군에 영국 글로스터 대대는 감악산 설마리에서 혈투를 벌였다. 사방으로 포위된 상태에서 글로스터 대대는 1개 중대를 제외한 530여 명이 포로로 붙잡혔다. 전술적으로는 패했지만, 사흘 동안 중공군 공격을 지연시키는 전략적 승리를 거뒀다. 그들이 지켜낸 감악산 꼭대기에는 비석이 하나 서 있다. 법륜사를 스치며 오르는 등산길은 밑도 끝도 없이 오르기만 하는 행군 수준 산길이다. 꼭대기에는 헬기 착륙장과 군부대가 서 있다. 거기에 백비(白碑)가 있다. 당나라 장수 설인귀 비석이라고도 하고 신라

김신조부대를 만난 나뭇꾼, 우성제

진흥왕 순수비라고도 한다. 하지만 비문을 한 글자도 읽을 수 없어서 그저 백비라 한다. 서쪽 임진강변 장파리부터 동쪽에 솟은 감악산까지, 파주 역사에서 전쟁 흔적을 지우면 파주는 이해 불가능이다.

김신조와 초리골과 나무꾼 우성제

장파리에서 도로로는 11km, 직선거리로는 5km가 못 미치는 임진강변에 고랑포 나루가 있다. 몇 가지 사실(史實)로 기억되는 포구다. 삼국이 임진강변을 쟁패하던 시대, 고구려는 고랑포 위 절벽에 호로고루 성채를 건설했다. 서기 978년 신라 마지막 왕인 경순왕이 이 나루를 건너지 못하고 언덕배기에 묻혔다. 1968년 1월 19일 북한 특수부대원 32명이 청와대를 목표로 얼어붙은 고랑포 여울목을 건넜다. 속칭 김신조 부대다. 훗날 군이 파악하기로 기관단총 31정, 실탄 9300발, 권총 31정, 대전차 수류탄 252발과 방어용 수류탄

252발, 단검 31정으로 중무장한 특수부대였다. 생포된 김신조는 "박정희 목 따러 왔수다"라고 했다.

부대는 고랑포를 건너 파주 법원읍 법원리 삼봉산에서 1차 숙영을 했다. 동지 섣달 산속 기온은 영하 15도. 날고 기는 특수부대가, 응달에 은폐한다는 원칙을 깨버리고 따뜻한 바위 앞에 짐을 풀었다. 첫 번째 실수였다.

그날 오후 1시 산 아래 단양 우씨 집성촌 초리골에 살던 우씨 형제가 땔감을 구하러 산에 올라왔다. 네 명이나 올라왔다. 이름은 각각 희제, 경제, 철제, 성제였다. 6촌, 8촌 사이였던 네 형제는 희제가 서른 살, 막내 성제는 스무 살이었다. 우성제가 말했다.

"겨울에 해 먹을 게 뭐 있어. 점심 먹고 낫이랑 지게 메고 땔감 구하러 갔지. 나랑 쌍둥이처럼 같이 자란 6촌 철제 형이랑 갔는데, 앞에 방한모자를 쓴 남자 셋이 앉아 있는 거라. 아, 저 놈들 산 너머 갈봉리 애들이 초리골 나무 훔치러 왔구나. 나중에 뺏어야겠다, 생각하면서 그냥 지나쳤어." 우성제가 산 아래 20~30m 내려가 나무를 베고 있는데, 위에서 철제 형이 부르는 소리가 들렸다. "형 손짓에 올라갔더니, 군인 네댓이 서 있는 거라. 아이쿠, 죽었구나 했지. 소위, 하사, 사병 계급을 붙여놨는데 딱 봐도 국군이 아니야. 개머리판 없는 AK소총에 권총에 수류탄에 지도에 주렁주렁 매달고…." 소위가 성제에게 물었다. 대화는 코미디였다.

소위: 너희들 네 명인데 둘은 어딨나.

성제: (도망가려고) 내려갔다. 가서 데려오겠다.

소위: 됐다. 너는 학교 어디까지 나왔나.

성제: (형을 보며) 국민학교 2학년 나왔다.(사실은 중학교 졸업했다)

소위: (철제에게) 너는?

철제: (성제를 보며 우물쭈물) 국민학교 졸업했다.(사실은 중학교 졸업했다)

소위: 서울은 가봤나.

철제: 창경원 가봤다.

소위: 청와대는?

철제: 그게 뭐하는 곳인가.

척하면 척하는 쌍둥이 같은 형제들이었다. "똑똑한 청년들"이라며 숙영지까지 같이 가자는 소위에게 형제가 대답했다. "이 나무를 장에 갖다 팔아야 내일 아침에 부모님 보리죽이라도 드신다. 여기서 얘기하면 안 될까." "일 못한 거 보상해준다"는 소위에게 형제가 "필요 없다"며 신경질을 내자 소위가 소총으로 툭툭 치며 말했다. "거기 낫 내려놓고 따라와라." 가보니 공비들이 바글바글했다. 공비들은 사발엿과 오징어를 줬다. 이름 안 적힌 담배와 이름 없는 캐러멜도 줬다.

"우리가 누군가."

"26사단에서 훈련 나왔군. 수고 많다. 우리 집 가서 따뜻한 국이라도?"

"까놓고 얘기하자. 우리는 지하혁명당 소속이다. 일 끝내고 이북으로 복귀하는 길이다."

"잉? 어떻게 북에서 올 수 있나."

"믿어라. 우리 당원이 경기도에 5만 명, 의정부에만 5000명이다. 6개월 뒤에 남조선이 해방된다. 김일성 태양님 햇빛 받아 거지 없이 다 잘산다. 지상낙원이 온다."

성제가 맞장구를 쳤다.

"와, 우리는 죽지 못해 사는데. 벼 열 가마 거두면 자본가들이 세금 가져가 끼니도 못 때운다. 그런 나라, 우리도 살고 싶네." 소위가 유식한 척 말했다. "그게 바로 현물세라는 거다."

우성제가 말했다. "나무하러 갔으니, 옷도 구멍 뚫린 작업복이었고 시골에서 세수는 무슨, 머리도 안 감고 갔으니 우리 말을 다 믿더라." 그때 집에 내려갔던 맏형 희제와 경제가 도로 올라왔다. "야, 너희 토끼 잡냐." 네 형제 몽땅 잡혔다.

^
풀이 무성해 조금만 걸어도 풀독이 올랐던 계곡 아래 풀밭에는
아담한 펜션과 식당이 군데군데 들어섰다.

밤이 왔다. 투표에 의해 형제들 운명이 결정됐다. 딱 반반씩 살리고 죽이자고 나왔다. 대장이 살린다고 결정했다. "땅이 얼어붙어서 죽여도 파묻을 수 없다"는 의견이 이겼다. 우성제가 말했다. "선물이라면서 조잡한 일제 시계를 줬다. 물론 나무할 때는 당연히 차지 않았지만, 우리는 날짜랑 요일이 나오는 세이코 시계가 있었는데."

그러고 집으로 내려와 종갓집 어르신 우종하의 집에서 전화로 신고하고 파출소로 가니 오후 9시였다. 척척 죽이 맞는 형제들 기지에 완전히 속아 넘어간 공비들은 '해병대도 이해 못할 초고속으로' 능선을 질주해 서울로 들어가 난리를 피웠다. 김신조를 제외한 부대원 전원 죽었다. 한 명이 도주했다는 소문도 있으나 미확인이다.

초리골은 이후 3년 동안 군부대가 주둔했다. 단양 우씨들은 초리골을 알뜰하게 지켰다. 나무꾼 우씨들과 친척인 우능제는 대학을 나와 초리골을 생태적인 공간으로 만들었다. 20년 전 그가 이리 말한 적이 있다.

"여기는 2층 이상으로는 개발 금지다."

세월이 흐른 지금, 그리 되었다. 공비들 침투로는 왕복 6시간짜리 우아한 등산로로 변했다. 땔감으로 벌거벗었던 산은 온갖 나무들이 밀림을 이뤘다. 풀이 무성해 조금만 걸어도 풀독이 올랐던 계곡 아래 풀밭에는 아담한 펜션과 식당이 군데군데 들어섰다. 목사가 된 김신조는 가끔 초리골에 찾아와 우씨들과 만난다. 막내 나무꾼 우성제는 이후 경찰관으로 일하다가 은퇴했다. 여기까지가 48년 전 겨울 파주 법원리 초리골 삼봉산에서 벌어진 김신조부대와 나무꾼 4형제 조우 전말기다.

김신조와 동파리와 조봉연

임진강에는 좁은 여울이 두 군데 있다. 김신조 부대가 원래 건너려던 여울은 동파리 초평도 여울이었다. 동파리에 사는 조봉연(59)이 말했다. "물이 빠질 때면 초평도 여울이 아주 거세다. 그래서 고랑포로 갔다."

조봉연이 사는 동파리는 동녘 동(東)에 언덕 파(坡) 자를 쓴다. 뜻은 아름다운데 강하게 발음하면 똥파리가 돼 버리니, 훗날 이장이 된 조봉연은 마을을 해마루촌으로 개명했다. 해마루촌은 민통선 북쪽에 있다. 출입하려면 일일이 허가를 받아야 하는 공간이다. 정식 주소는 경기도 파주시 진동면 동파리다. 김신조부대는 마을에서 30분 거리 철책을 뚫고 고랑포로 틈입했다.

조봉연 집안은 대대로 진동면 하포리에 살았다. 해방이 되고 진동면은 이북 땅이 됐다. 전쟁이 끝나고도 진동면은 민통선으로 묶였다. 1952년 11월 미군에 의해 주민이 남쪽으로 소개된 뒤 주민들은 고향으로 가지 못했다. 인민군 탱크부대가 주둔했던 동파리는 지뢰밭이 됐고 하포리는 미군 사격장이 됐다. 허가를 받은 주민들이 들어가 농사를 짓고 밤이 되면 나오는 땅이 되었다. 조봉연의 아버지 조남희는 고향에서 죽는 게 평생 소원이었다.

1997년 조남희가 하늘로 갔다. 1년 뒤 동파리 지뢰를 제거하고 마을을 건설하겠다는 파주시 결정이 내려졌다. 복잡한 행정절차와 민-관-군 갈등을 거쳐 2003년 동파리 마을이 건설됐다. 문득 네티즌들이 인터넷 구글어스에서 동파리를 내려다보니, 마을 구조가 음악 높은음자리 기호와 똑같았다. 지금 마을 중앙통 이름은 '높은음자리길'이다.

조봉연은 그 첫 입주자다. "고향이 뭐라고, 아버지가 왜 그리 고향 고향 했는지 내가 알아보려고" 입주했다고 했다. 진동면에 연고를 둔 실향민 출신에 민통선 안에 농경지가 있을 것, 따위 조건을 갖춘 60가구가 입주했다. 실제로 어릴 적 동파리에 살던 노인 4명도 포함됐다. 조봉연이 말했다. "농사지으러 들어와 보니 군에 땅이 다 수용돼 쉽지 않았다. 그래서 김대중 정부 때 농촌체험마을을 만들고, 이명박 정부 때 생태체험마을을 만들었다. 먹고살려고." 조봉연은 마을에 이로운 일이면 서울로 나가서 데모도 하고 국방부에 시청이며 도청까지 들락거렸다. 연천 경순왕릉도 민통선에서 제외시키고 해마루촌 출입 규정도 완화시켰다. "간첩 나오면 신고도 못한다"며 인터넷과 전화선도 끌어들였다.

수십 년 사람 손 안 탄 땅이니 식물부터 동물까지 온갖 생태가 보존돼 있다.

동파리에 사는 사내, 조봉연

민통선을 넘는다는 호기심도 방문욕을 부른다. 남북관계가 좋으면 마을은 붐비고 나쁘면 한가하다. 해마루촌 부근에 있는 허준 묘가 개방되면서 방문객이 더 늘었다.

1993년 재미 고문서 연구가 이양재가 허준 후손들로부터 의뢰를 받아 찾아낸 묘소다. 진동면 하포리 언덕에서 '陽平' '聖功臣' '浚'이라는 여섯 글자가 새겨진 동강난 비석이 나왔다. 허준 문중 기록과 일치하는 비석과 묘소 지형이었다. 2008년 해마루촌 주민들 요청에 의해 허준 묘 또한 관광코스로 개방됐다. 마을에서 2km 떨어진 덕진산성 또한 답사객이 잦다. 백제가 만들었고 고구려와 신라, 그리고 임진왜란 이후 조선이 사용했으며 6.25 전쟁 이후 최근까지 국군 벙커가 있던 성채다.

덕진산성에서 내려다보이는 초평도 풍경은 근사하다. 농사도 짓지 않는 무공해 밀림과 초원이 펼쳐져 있다. 동파리와 초평도 사이 여울은 6.25 전쟁 때 피난민들이 건넜던 길이요, 공비들이 포기했던 루트다.

아득한 옛날부터 전쟁터였던 곳들이 사람 살기 좋은 곳이 됐는가 하면 대한민국 대중음악을 잉태하기도 했고 무장공비 부대에 뚫렸던 진격 루트들이 하나같이 관광지로 변신했다. 이 어찌 기이하지 않다 할 수 있는가. 이 책에 글과 사진으로 그 기이한 파주 역사를 기록해둔다.

진동면 하포리에 있는 조선 명의 허준의 무덤

볼거리

초리골 김신조 루트(왕복 6시간) 등산로. 우씨 집안의 초호쉼터는 잔디구장과 카페, 방갈로, 회의실이 있는 종합시설이다. 단체만 받는다. 12인 이상 1인 6만 6000원에 숙박. 바비큐, 조식, 술, 음료 무한 제공. 주소 파주시 법원읍 초리골길 134 전화번호 031-958-0029 홈페이지 www.chohopark.com

해마루촌 40인 이상 단체에 한해 생태 및 농촌 체험 프로그램 운영. 사전 예약 필수. 허준 묘와 덕진산성 답사도 가능. 전화번호 010-5347-8963 홈페이지 www.haemaru.org

감악산 법륜사 코스. 왕복 3시간. 백비와 군부대가 있는 정상과 임꺽정봉 두 곳 다 가볼 것. 정상까지 쉼 없이 오르는 등산로다.

민통선 관광 상품 임진각에 있는 DMZ매표소에서 출발. 허준묘~해마루촌~제3땅굴~도라전망대 3시간 30분 코스 등이 있다. 1인도 출발. 셔틀버스 이용. 어른 9500원, 학생 7300원. 예약 불가. 신분증 필수. 월요일 휴무. 전화번호 031-954-0303

맛집

초리골막국수 우씨네가 운영. 초계탕, 막국수 등 판매. 전화번호 031-958-5295 홈페이지 www.초리골.kr

한창 발굴 중인
덕진산성

29

문학의 땅 장흥과 시인 이대흠

물이 빠지면 뭍과 연결되는 소등섬

이대흠은 시인이다. 전라남도 장흥 사람이다. 창작과 비평을 통해 등단한 지 22년 되었다. 『귀가 서럽다』『물 속의 불』『눈물 속에는 고래가 산다』 같은 시집과 산문집 『탐진강 추억 한 사발 삼천 원』을 썼다. 2016년 현재 마흔아홉 살이다. 몸속에 끼가 득실거리는 사람들이 대개 그러하듯, 이대흠은 고등학교 때부터 친구들과 어울려 술이며 담배를 즐겼다. 포장마차에서 타교 신임 교사들과 어울려 "신임이시니 근무 잘 하시라"며 술을 마셨다. 자취집으로 찾아오는 담임선생에게는 "예고하고 오시라"며 대놓고 술을 먹고 시를 썼다. 결국 문학을 전공하고 시인이 되었다. 시인이라는 직업은 얄궂게 가난하다. 시인 지망생들도 가난을 각오하고 시인이 되려고 한다. 시인이 된 이후 이대흠 또한 대처(大處) 광주로 나가서 카페도 운영하고 이러구러 살다가 고향 장흥으로 돌아와 산다. 왜 장흥인가, 물으니 그가 이리 대답한다. "장흥은 문화의 수도다."

득량만으로 숨어든 농민군

득량만은 식량(糧)을 얻는(得) 바다라는 뜻이다. 임진왜란 때 백의종군하며 복귀한 이순신이 보성에 있는 군량창고를 탈환했다는 의미를 가지고 있다.

✔ 이청준의 고향 진목마을에서 본 득량만

이름 그대로, 득량만에는 해산물이 풍부하다. 보성 차밭도 벌교 꼬막도 모두 득량만에서 생명을 보충한다. 낙지는 어찌나 많은지, 장흥군청 공무원 전희석은 "뻘에 기어다니는 낙지가 눈에 보일 정도라, 뜰채만 있으면 낙지 잡는다"고 했다. 2012년 태풍 볼라벤이 장흥 산하를 뒤집어 놓는 바람에 많이 줄기는 했지만 그래도 장흥 바다와 산과 들에는 먹거리가 흘러넘친다. 시인 이대흠은 "맛을 찾는 지주(地主)가 많고, 교통이 발달해 먹는 문화가 더 발달했다"고 했다.

1895년 수많은 동학꾼들이 득량만으로 틈입했다. 1894년 갑오년 서울로 진격하던 농민군은 세 줄기로 남하하는 일본군에게 패해 후퇴했다. 공주 우금치에서 득량만까지 쫓긴 농민군은 장흥에서 결사항전을 하다가 최후를 맞았다. 이후 동학꾼들은 득량만 일대 섬으로 숨어들었다.

동학꾼이 숨어든 그 섬과 바다에 개신교가 전파됐다. 장흥에는 100년 넘은 교회가 네 군데다. 지금이야 보성과 강진에 땅을 나눠주고 인구도 적지만, 장흥은 20세기 초까지 남도 중심지였다. 조선 말 군(軍)과 행정기관이 장흥에 밀집해 부패를 일삼았다. 동학꾼이 패주하기 전 이미 장흥에는 전임 군수가 백성들과 패를 지어 관에 맞섰을 정도였다. 거기에 동학과 기독교 사상이 전파됐다. 이대흠은 말한다. "그 중심지에 파고든 개혁사상과 신문물은 장흥 지식인들에게 큰 영향을 미쳤다"고. 세월이 흘러 21세기, 그 정신적으로 풍요와 물질적인 풍요가 합쳐져 장흥이 되었다.

한승원과 한강, 이청준

21세기 장흥은 문학의 땅이다. 5만 명 되지 않는 장흥 주민 가운데 등단한 소설가, 시인이 100명이 넘는다.

소설가 한승원이 쓴 소설 『아제아제 바라아제』는 일찌감치 영화로 만들어졌다. 그가 남긴 구도적인 소설들은 두고두고 읽히는 작품들이다. 한승원은 장흥 사람이다. 동학꾼이 살았던 득량만 덕도에서 어부생활을 하다가 문학가가 된 사내다. 딸 이름은 한강이다. 2016년 영국 멘 부커 상을 받아 아버지보다 더 유명한 딸이 되었다. 한강은 어린 시절 방학 때면 고향으로 내려와 덕산리 큰집에서 김 기르는 김발을 고르고 책을 읽었다. 아버지 한승원은 "강이는 내 작품이 아니라 자기 엄마 작품"이라고 했다. '자기 엄마'가 태어난 외가는 진목마을이다. 진목마을에는 이청준이 살았다. 이청준은 소설가다.

이청준. 이름을 듣지 못한 사람이 얼마나 될까. 진목마을은 득량만을 끼고 있다. 뒤에는 산이 있고 앞에는 바다가 있다. 동학과 기독교가 무의식을 지배하고, 일제강점기 이래 간척된 논에서는 쌀이 나고 바다에서는 해물이 나니 비록 가난했어도 굶을 걱정 없는 땅이었다. 그래도 사람 사는 곳이라 부자가 있으면 빈자도 있는 법이어서, 이청준은 젊은 시절 내내 가난에 빠져 살았다. 광주로 가서 공부를 할 때도 집은 가난하기 그지없었다.

어릴 적 여읜 아버지와 형, 그리고 시집가며 여윈(전라도 사투리로 '헤어진'이라는 뜻이다) 누나는 한 번도 울지 않은 씩씩한 이청준을 울게 만들었다. 풍요한 주변과 극빈한 자신이 만든 모순이 그를 작가로 이끌고 과연 그는 작가가 되었다. 그것도 장흥을 대표하고 대한민국을 대표하는 작가가 되었다.

쫄딱 망한 어미와 아들이 눈 내린 새벽녘 산길을 걷는 풍경, 소설『눈길』은 가난과 풍요를 세밀하게 묘사한다. 진목마을에서 대덕읍 삼거리까지 산길을 넘어 아들을 배웅하는 어미, 그리고 툴툴거리며 어미와 무심하게 작별하는 다큰 아들. 공동묘지를 지나 해 뜰 녘 산길에서 하염없이 바다를 바라보며 무언가 되뇌는 어미…. 그때 어미는 이리 회상한다. "…그런데 이것만은 네가 잘못안 것 같구나. 산 사람 목숨인데 설마 그때라고 누구네 문간방 한 칸이라도 산 몸뚱이 깃들일 데 마련이 안 겄냐. 갈 데가 없어서가 아니라(…) 그놈의 말간 햇살이 부끄러워서 그럴 엄두가 안 생겨나더구나. 시린 눈이라도 좀 가라앉히고자 그래 그러고 앉아 있었더니라…"

진목마을 초입에 들어서면 소설이 그대로 보인다. 그가 살던 생가, 그가 걷던 골목, 산 너머 사라지는 읍내 가는 길이 모두 소설 속에 구현돼 있고 현실에 살아 있다. 이청준은 그 마을 입구에 잠들어 있다. 눈길 배경이 된 산길은 걷

›
장흥의 숱한 문인 가운데 한 사람, 이대흠.
동학농민혁명기념관장이다.

기 좋은 문학 산책로로 변했다.

진목마을에서 산길을 거쳐 바다로 더 내려가면 선학동이 나온다. 이청준 작품 『천년학』을 영화로 찍은 곳이다. 오두막집 세트가 둑방에 남아 있고 봄이 되면 들판에는 유채꽃이 핀다. 관음산 아래 있다고 '산저마을'이던 이름은 천년학을 계기로 선학동으로 개칭됐다. 문학에 맞춰 현실을 바꾼 마을이다. 영화가 개봉되자 마을 사람들은 "어떻게 개척한 논인데, 저걸 모두 (컴퓨터그래픽으로) 다시 바다로 만들어놨구나!"하고 울었다고 했다.

문학을 따라가는 현실은 이어진다. 해안 따라 북상하면 정남진(正南津)이 나온다. 세련된 전망대가 솟고 거기가 서울 광화문에서 정남쪽 끝이라고 했다. 이대흠은 "그 옛날 '남끄테'라 부르곤 했던 곳 주변이니 제 이름을 찾은 곳"이라고 했다.

그 북쪽으로 남포마을이 있다. 반달처럼 들어간 작은 포구에 주민들이 제사를 올리는 작은 소등섬이 있는 마을이다. 이청준이 소설 『축제』를 쓰고 있을

^
옛 장흥교도소. 크고 작은 잡범들이 이곳을 거쳐갔다.

무렵 영화감독 임권택이 영화화를 제의했다. 두 장인은 강원도 두메를 헤매며 촬영장소를 물색했는데, 성과가 없었다. 모두 포기하고 장흥으로 돌아온 날, 무심코 들른 남포마을에서 임권택이 말했다. "이 선생은 어찌 고향에 이 좋은 데를 놔두고 헤매게 만드셨소." 물 빠지면 걸어 들어가는 솥뚜껑을 닮은 소등섬이 있고 마을은 한산하다. 거기에서 이청준은 소설을 썼고, 임권택은 영화를 찍었다.

문학의 주변, 장흥의 미학

해거름 혹은 해 뜰 녘 남포에서 밀물을 만나면 운수대통이다. 반짝이는 공기와 그만큼 반짝이는 물 위로 공중부양하듯 조심조심 발을 떼며 섬에 다가가는 이적(異蹟)을 경험할 수 있으니까. 남포에서 더 올라가면 나오는 득량만 여다지해변 갯벌은 낙지와 조개 천지다. 처연할 정도로 시뻘건 여다지 석양은 꼭 보아야 한다.

그러다 여행자는 숲으로 간다. 조림가 손석영이 1958년부터 억불산 황무지에 심은 편백나무가 진득하게 피톤치드를 내뿜는 숲이다. 숲만 찾아도 장흥에 들른 본전을 찾는다. 그 옆에는 해방 정국 때 좌와 우 모두에게서 존경을 받은 지주 출신 정치가 고영완이 살던 고택이 있다. 배롱나무가 숲을 이루고, 작은 인공호수가 반기는 마을 이름은 평화리다.

장흥 북쪽 신라 고찰 보림사도 가봐야 한다. 이 땅에 선종(禪宗)이 첫발을 디딘 가람이요 아마도 이 땅에서 가장 위풍당당한 비로자나 철불을 만날 수 있는 곳이며 신라 석탑의 전범(典範)인 석탑을 볼 수 있는 곳이다. 화려하되 절제미 가득한 보조선사탑도 반드시 본다.

기이하게도, 다른 곳으로 이전된 옛 장흥교도소에는 그 모든 아름다움이 숨어 있다. 빈한함과 풍요로움, 동학 패전과 신문물 흡수라는 모순된 현실과 이상이 이 폐쇄된 감옥에 압축돼 있다. 바른 생활을 하겠노라는 각오를 끄적거린 감방도 감방이거니와, 장식 하나 없이 하얗게 칠해 놓은 두꺼운 시멘트 외벽만 밖에서 봐도 좋다. 그 거대한 벽이 구분해 놓은 공간 이쪽과 저쪽 삶과 고뇌, 고민을 생각하며 기념사진 한 장. 그때 이대흠이 이리 묻는 것이었다. '울며 바닥을 혀로 기어본 적이 있느냐? / 강이 묻는다'(이대흠 「강이 묻는다」 전문) 문득, 장흥이었다.

옛 장흥교도소 외벽. 많은 생각을 일으키게 하는 공간이다.

볼거리

추천코스 보림사–평화마을–장흥우드랜드–동학농민혁명기념관–진목마을–선학동마을–정남진–남포마을–여다지해변

장흥우드랜드 억불산 편백나무 숲에 산책로와 숙박시설과 체험관을 갖춘 휴양시설. 입장료 3000원. 숙박시설은 예약 필수. 홈페이지 www.jhwoodland.co.kr

동학농민혁명기념관 동학 농민군 최후의 전투장인 석대리에 있다. 우금치전투 패전 후 장흥으로 후퇴했던 동학 농민군의 후반기 상황을 알아볼 수 있다. 전화번호 061–864–6531

관광정보 전화번호 061–863–7071 홈페이지 travel.jangheung.go.kr

맛집

여다지회마을 여다지만 갯벌에서 나오는 장어 샤브샤브 추천. 육수 재료는 한약재. 초고추장 육수 대신 된장으로 맛을 낸 물회도 좋다. 주소 안양면 사촌리 557 전화번호 061–862–1041

신가네 낙지삼합 낙지와 키조개와 삼겹살을 쌈 싸서 먹는 장흥식 삼합 요리. 낙지가 떨어지면 김치찜을 낸다. 주소 장흥읍 건산리 752–4 전화번호 061–863–6663

만나숯불갈비 한우와 키조개와 표고버섯을 쌈 싸서 먹는 장흥 삼합. 주소 장흥읍 건산리 379–22 전화번호 061–864–1818

장흥 평화마을
고영완 고택

30

문경새재와 아리랑을 부르는 송옥자

문경새재 1관문 주흘관. 임진왜란 때 고니시 유키나가 부대가 지나갈 때는 이 문은 없었다.

신충원 이야기

충주 사람 신충원(申忠元)은 문경새재 한가운데에 성벽을 쌓았다. 지금 조곡관이라 부르는 문경새재 2관문이다. 신충원은 충주에서 군사를 일으켜 왜군과 맞선 의병이었다. 누가 시킨 일은 아니었다. 그저 새재 개울 앞 매바위 길목만 지키면 소수 병력으로도 나라를 지키리라 믿었다. 매바위 앞은 임진왜란 발발 직후 고니시 유키나가와 가토 기요마사가 이끄는 일본 육군 4만 병력이 무혈로 통과한 길목이었다. 성을 짓네 마네 하고 관료들이 말싸움을 벌이고 있을 때, 신충원은 사람을 모아 성을 쌓았다. 전라, 충청도 피란민들이 신충원을 찾아가 의지하는 전라, 충청도 피란민들로 산중이 가득했다. 1594년, 임진왜란이 터지고 2년 뒤 이야기다. 역사는 이후 참으로 황당하게 흘러갔다.

영남대로와 문경새재

조선 왕조 개국과 함께 조선 정부는 전국에서 한양에 닿는 고속도로 9개를 건설했다. 개경에서 한양으로 천도를 했으니, 신작로 건설은 당연했다. 이 가

✔ 맨발로 걷는 문경새재, 그리고 입신양명을 기원하는 책바위

운데 부산에서 한양까지 380km 길을 영남대로라고 불렀다. 경부고속도로보다 48km 짧았다. 걸어서 보름이 걸렸다. 경상도에서 충청도로 넘어가는 문경새재는 영남대로에서 가장 험준한 고개였다. 억새가 무성해 새재라고 했고 새도 넘기 어렵다고 해서 새재라고도 했다.

다양한 삶이 새재를 넘었다. 과거 보러 가는 선비도 있었고 가족 생계를 책임지는 보부상도 있었고 지방 출장을 떠난 공무원들도 있었다. 선비들은 고개 중턱에 있는 책바위에 돌을 던지며 합격을 빌었다. 선비든 상인이든 관리든, 사람들은 맹수와 도적떼 들끓는 고개를 무리 지어 넘나들곤 했다.

아리랑 부르는 송옥자

주흘산, 조령산 자락에는 물박달나무가 많았다. 재질이 단단하되 가지가 가늘고 크지 못한 물박달은 쓸모가 적었다. 부러지면 버리고 다시 깎아 망치 머리에 끼워 넣는 연장자루 정도? 그런 정서는 새재사람들이 흥얼대는 아리랑 가락에도 남아 있다.

"낙락장송 좋은 나무는 잘 다듬어져 경복궁 만들었다. 몇 백 년 가도 안 썩는다. 우리 물박달은 경복궁 만들 때 연장자루로 썼다. 홍두깨 방망이로 다 나갔다. 양반들에게 대들지도 못하고 항의도 못하니, 저 물박달 신세와 내 신세가 뭐가 다른가."

새재 아리랑을 노래하는 여자, 송옥자가 말했다. 2016년 현재 송옥자는 예순다섯 살이다. 송옥자는 대전 사람이다. 1972년 1월 10일 경기도 광주에서 살다가 문경으로 시집을 왔다. 힘들게 살았다. 한 해 제사가 열 번이 넘었다. 전기도 들어오지 않고 라디오도 없는 촌구석에서 송옥숙은 베틀을 돌리며 우울증을 앓았다. 심하게 앓았다. 죽겠다고 농약도 먹었다. 예쁘다 소리 듣던 여자가 마귀할멈으로 변했다. 1986년 마을 스피커 방송에서 문경사람 송영철이 부르는 문경새재 아리랑을 들었다. 나훈아의 문경새재, 송춘희의 문경아가씨, 조용필의 강원도 아리랑이 흘러나왔다. 송옥자가 말했다. "운명을 받아들였

문경새재 아리랑을 부르는 송옥자.
가사 내용처럼
송옥자가 살아온 삶도 모질다.

다. 노래로 한풀이하겠다고."
송옥자는 전국을 돌아다니며 소리를 배웠다. 시조에서 시작해 경기민요로 넘어갔고, 이어 아리랑에 정착했다. "문경에서 내 존재감 되찾고 이름 석 자 남기려면 아리랑밖에 없었다." 그리 되었다. 송영철을 찾아가 소리를 배우고, 가사를 짓고, 노인들을 찾아가 가사를 채록했다. 세월이 흘러 2016년 송옥자는 문경새재 아리랑 전승자가 되었다. 새재 중턱에는 송영철과 송옥자가 복원한 문경새재 아리랑 기념비가 서 있다. 송옥자는 노래를 하며 여러 번 울었다. 연장자루처럼 산 인생이 어쩌면 새재 아리랑 가사와 그리 똑같은지!

문경새재와 탄금대와 서울 남대문

1592년 4월, 그 새재에 또 다른 발자국이 찍혔다. 그달 26일, 고니시 유키나가가 이끄는 2만 일본 육군이 문경에 도착했다. 부산에 상륙한 지 열사흘 만이었다. 문제는 고모산성 토끼비리와 문경새재였다. 목이 좁고 외길이라, 자칫하면 병력 손실은 물론 패전까지도 우려되는 길목이었다. 그런데 수색을 갔다 돌아온 척후병 보고는 "조선 병사 단 한 명도 없음"이었다. 계략이라 의심한 고니시가 몇 번이나 거듭 척후병을 보냈어도 마찬가지였다. 징비록은 이렇게 기록했다. "적장이 '하늘이 도왔다'며 춤을 추며 지나갔다." 하늘이 도운 게 아니라 하늘이 조선을 버린 것이다.

조선 정부는 북방 오랑캐를 무찌른 장군 신립에게 중앙 정예부대를 주고 새재 방어를 맡겼다. 실록을 본다. "…모두가 새재를 이용해 적을 막자고 했으나 신립은 따르지 않고 들판에서 싸우려 했다. 아군은 대패(大敗)했다. 신립은 물에 뛰어들어 죽었다."(선조실록) "(신립이 새재 방어 대신 충주를 택하자) 김여물은 여물은 틀림없이 패할 것을 알고 이에 종을 보내어 아들 김류

2관문 조곡관. 일본군이 휩쓸고 가고 2년 뒤에야 건설됐다.

^
전쟁과 학정 그리고 식민시대를 겪은 새재. 지금은 평화롭다.

(金瑬)에게 유서를 부쳤다."(선조수정실록)

그 누구도 의심하지 않던 천혜의 요새였다. 적장 고니시 유키나가마저도 두려움에 떨며 머뭇대던 요새였다. 그런데 평야 기마전에 익숙한 신립은 산성을 버리고 충주 달천변 들판을 택했다. 논투성이 들판은 말이 달릴 수 없었고, 배후에는 탄금대 절벽이 버티고 있었다. '땅을 진동하는 총소리와 하늘 가득한 먼지에(징비록)' 조선군 8000명은 전멸했다. 탄금대까지 몰린 신립은 투신자살했다.

"토끼비리와 새재 사이에 활 잘 쏘는 군사 수천 명을 매복시켰어도 능히 적을 막아 낼 수 있었다. 그 험한 요새를 버려둔 채 평지에 나와 싸웠으니 어찌 패하지 않을 수 있었겠는가?"(징비록) "대장 신립(申砬)은 조령을 지키지 않고 달천(達川)으로 물러나 주둔하여 한 차례의 접전에 1만 군사가 섬멸되었으니, 말을 하자면 참혹하다."(선조실록)

고니시 부대는 그 길로 양평을 거쳐 한양으로 진격했다. 탄금대 전투를 옆에서 지켜보던 라이벌 가토 기요마사 부대는 용인을 거쳐 같은 날 한양에 몇 시간 늦게 입성했다. 342년 뒤인 1934년 8월 27일 조선 총독부는 두 부대가 입성한 남대문과 동대문을 조선 보물 1, 2호로 지정했다. 당시 여행 가이드북 『趣味の朝鮮の旅』에는 이렇게 소개돼 있다. "가토 기요마사 부대와 고니시 유키나가 부대가 남대문과 동대문으로 경성에 들어갔다." 남대문과 동대문은 대한민국 국보1호, 보물1호다.

새재를 걷다

전쟁이 끝나고 새재 고개에 평화가 왔다. 문경에 부임한 현감들도 태평천국을 누렸다. 현감이 떠나며 백성들은 선정비를 세웠다. 아니, 많은 현감들이 재임 기간에 선정비를 스스로 세웠다. 그러니까 선정비라기보다 악정비다. 전국에 있는 많은 선정비가 부서져 있다. 원님이 떠나고 주민들이 한풀이를 한 흔적이다. 경상감사 인수인계식이 벌어지던 새재 교귀정 옆에는 선정비가 여럿 서 있다. 이모(李某) 현감 선정비와 애휼비는 한풀이를 피하려고 아예 큰 바위에 조각으로 새겨 놓았다.

신충원이 2관문을 세우고 근 200년이 흐른 숙종 대에 1관문과 3관문이 축성됐다. 구한말 문경에 의병이 일어나자 일본 토벌대가 새재를 휩쓸었다. 그때 2관문과 3관문이 무너졌다. 1관문은 6.25 전쟁 때 전화(戰禍)를 겪었다. 2관문 부근 소나무 밑동에는 일제강점기 후반 군용 연료로 송진을 채취한 V자 상처가 남아 있다.

관문들은 1974년 대대적 보수 끝에 복원됐다. 1976년 당시 대통령 박정희가 청년시절 교사로 있던 문경을 찾았다. 그때 포장도로로 계획된 문경새재 개발이 전면 백지화됐다. 지금 새재길은 맨발로 걸을 수 있는 길로 남아 있다.

다시 신충원 이야기

새재에 관문을 세우고 정유재란 때 일본군 통과를 저지한 신충원이었다. 유성룡에 따르면 그 인생은 이해할 수 없는 방향으로 흘러갔다. "신충원이 모집한 중에 노비들이 많았는데 노예를 잃은 주인들 비방이 자자했다. 신충원 또한 지나치고 거슬린 일이 없지 않았다. 이 때문에 끝내 금부에 잡혀 형을 백여 차례 받고 사면이 있어도 풀려나지 못했다." 이후 신충원의 행적은 전혀 기록이 없으니, 그 인생이 새재 골짜기에 무성한 물박달나무와 다를 바가 무엇인가.

오늘, 새재를 걸었다. 역사를 걸었다. 답습해선 아니 될 역사 속을 걸었다.

볼거리

토끼비리와 고모산성 문경읍에서 동쪽에 있다. 후삼국시대 왕건이 견훤에게 쫓기다가 벼랑에 몰렸는데, 토끼 한 마리가 지나간 길을 찾아 목숨을 건졌다는 전설이 전해진다. 고려 건국 후 그 길을 중심으로 절벽에 만든 길이 토끼비리다. 수백 년 걸어간 사람 발자국에 일부 구간은 바위가 반들반들하다. 고니시 유키나가 부대가 지나간 길이다.

진남교반 다리와 도로와 철도가 교차하는 태극형 지형. 토끼비리 위 전망대에서 내려다보는 강변 풍경이 일품이다. 대표적인 문경 유원지.

문경 옛길박물관 새재를 중심으로 문경에 나 있는 주요 옛길에 얽힌 역사를 볼 수 있는 박물관. 문경새재 도립공원 입구에 있다.

문경새재오픈세트장 웬만한 TV 사극과 영화는 다 이곳에서 촬영했고 촬영 중이다. 입장료 2000원.

수옥폭포 충북 괴산에 위치. 새재 3관문 바깥.

전동차 입구에서 1관문까지 운행. 편도 1000원.

관광정보 홈페이지 tour.gbmg.go.kr

토끼비리 옛길

31

세 사내의 꿈이 잠든 아산과 꽃 세상 꿈꾸는 남기중 가족

충남 아산 이충무공 묘소

이지함은 조선 중기 학자요 정치가다. 말년에 군수를 지내고 평온하게 죽었다. 이순신은 조선 중기 군인이다. 전쟁 때 죽었다. 누구나 다 알고, 알아야 할 사내다. 김옥균은 구한말 정치가다. 1884년 갑신정변을 일으켰다가 실패하고 중국 상해에서 죽었다. 삶도 모질었지만 죽음은 더 모질었다. 충남 아산에 가면 인연 없어 보이는 이 세 사내 흔적을 만난다. 사내들이 이루려고 한 꿈을 만난다. 사내들을 만나기 전 만날 사람이 있다. 이름은 남기중이고 직업은 농부다. 딸이 둘 있는데 그녀들 또한 농부다.

꽃 세상, 농부 가족의 꿈

아산 사람 남기중(59)은 꿈을 꾸었다. 과수원집에서 태어난 어릴 때부터 똑같은 꿈을 꾸었다. "어른이 되면 나는 섬을 하나 사서 꽃밭을 만들 거다. 꿩도 사서 기르고." 초등학교, 중학교를 가서도 꽃과 흙에 미쳤다. 그래서 아버지한테 고등학교 안 가고 고등공민학교에서 꽃 배우겠다고 했다. 얻어맞았다. 맞아도 정신이 돌아오지 못해서 고등학교 강제로 입학하고 산에 다녔다. 에베레스트 가겠다고 설치다가 또 맞았다. 신구전문대 원예과에 들어간 1976년 4월 5일, 정신이 잠깐 돌아와서 산을 끊었다. 대신 꽃에 더 미쳤다. 학교 농장에서 먹고 자며 꽃을 배웠다. 열심히 공부해서 이듬해 건국대 원예과에 들어갔다. 군 제대 후에 평생 같이 살 여자를 만났는데 신구대 선배였다. 이름은 윤석원이고 두 살 위였다. 피터팬처럼 환갑 앞두고도 꽃밭에 꿈을 키우며 살 수 있게 해준 여자, 고향 아산에 세계꽃식물원이라는 거대한 꿈을 개화하게 해준 여자. 운명은 그리되었다.

남기중은 88올림픽 직전 고향 땅에 화훼단지를 만들었다. 성화 봉송길 주변 가로 화단용 국화 5억 원어치를 주문받았다가 취소가 됐다. 돈은 150만 원 남았고 유치원생 딸 슬기와 기어 다니는 딸 빛나가 있었다. 공부나 하라고, 그 여자 윤석원이 남자를 호주로 보냈다. 돈 없는 남기중은 청소만 원 없이 했다.

꽃 세상을 만든 남기중과
두 딸 슬기(왼쪽)와 빛나

귀국해서 종묘회사 취직했다가 꽃 병이 재발했다. "꽃도 팔고, 원예용품도 팔고 식물원도 만든다." 겁 없고 황당한 꿈을 또 윤석원이 지원했다. 1994년 영농조합 만들고 정부 돈 지원받아 45억 원짜리 사업을 시작했다. 3년 뒤 IMF가 왔다. 꽃은 사라지고 비닐하우스 2800평은 텅텅 비었다. "인생이 거덜 났다"고 했다. 채권단에 읍소하고 설명해서 완전 파산은 면했다. 대신 비닐하우스에 식물원 지어서 빚 갚겠다고 소리쳤다.

2004년 3월 19일 식물원이 문을 열었다. 남은 돈은 0원이었고 채워 넣을 식물도 변변찮았다. '남기중이 식물원 한단다.' 소문을 들은 친구들이 꽃들을 보내줬다. 할머니 한 분은 "오래도 봤다"며 19년 키운 나무를 보내줬다. 어떤 이는 이집트에서 몰래 가져온 씨앗을 싹 틔운 10년 된 난초를 보내줬다. 비닐하우스에 꽃 사태(沙汰)가 났다.

12년 세월이 흘렀다. 과수원집 아이가 낳은 딸들과 아들은 식물원집 아이들로 자랐다. 젖먹이 빛나(29)는 미국에서 첼로를 전공하다 돌아와 허브를 기르고 제품을 개발한다. 첫째 슬기(32)는 일찌감치 농장 일을 하다가 2015년 KAIST MBA를 마치고 식물원에 재합류했다. 막내아들 귀현(23)은 농수산대학교에서 화훼를 전공 중이다. 남기중은 백합 재배 기법으로 박사 학위까지 받았다.

식물원을 찾는 사람은 한 해에 20만 명이 넘는다. 식물원 대표가 된 딸 남슬기가 말했다. “일만 저지르는 우리 원장님(아빠를 그리 부른다), 우리 엄마 없었으면 어찌 됐을까.” 꽃 세상 속에서 피터팬과 같이 사는 엄마 윤석원은 아

아산향교 앞집 벽화. 사군자와 소나무를 그려놓았다.

무리 찾아도 볼 수가 없었다. “절대로 앞에 나서는 법이 없다”고 했으니, 우리는 아산 땅에 피어나는 꿈 하나를 막 보았다.

기인 이지함의 꿈

새해가 오면 고단한 삶들은 주술에 의지해 한 해 희망을 점치곤 했다. 정초 사람들이 들춰보는 비결을 토정비결이라고 했다. 비결을 쓴 사람은 토정이다. 토정은 호고 이름은 이지함이다. 이지함은 정치를 했다. 훌륭한 정치를 했다. 정치를 펼친 곳은 충남 아산이다.

토정은 흙 토(土)에 집 정(亭)이다. 흙집이다. 이지함(1517~1578)은 서울 마포 사람이다. 조선 중종 때 사람이다. 마포 강변에 흙으로 집을 짓고 살면서 성리학은 물론 의학과 천문과 지리와 수리를 공부했다. 기골이 장대하고 어릴 적부터 더위도 추위도 타지 않았다. 돈에 관심이 없고 남 돕기를 잘했다. 갓에 구멍이 뚫려 망가지자 집에 있는 쇠솥을 철모(鐵帽)처럼 쓰고 다녔다. 양반 신분에도 노 젓기를 잘해서 제주도까지 여행도 즐겼다. 제주 목사가 천하절색 기생을 시켜 “이 사람 사랑을 받으면 곳간 곡식 다 네 것”이라 했는데, 끝내 실패했다.

평생 공부만 하다가 말년에 경기도 포천 현감으로 추천받았다. 그때 임진강 범람을 예견하고 백성들을 피신시켜 칭송을 받았고 선정 또한 칭송을 받았다. 2년 뒤 아산 현감으로 추천받아 아산에 부임했다. 그때 그가 관아 한쪽에 걸인청을 만들었다. 떠돌아다니는 거지와 노약자들을 모아 체력에 따라 일감을 주고 일한 만큼 재물을 주었다. 그 흔한 선정비도 없이 포천을 떠났고 아산을 떠났다. 포천에서 떠날 때는 사람들이 몰려나와 가는 길을 막았다. 그가 한 선정과 기행이 후대까지 전해져 작자 미상의 토정비결 또한 그가 지은 책으로 세상은 알고 있다.

기인 토정 이지함이 선정을 베푼 관아터는 영인초등학교다. 학교 앞에는 관아 입구인 여민루가 남아 있다. 그가 이전시킨 아산향교도 인근인데, 이전한 연유는 알지 못한다. 향교 앞에 흐르는 개울 담벼락에는 사군자와 소나무가 그

려져 있다. 평생 검약하게 살며 구휼과 선정으로 일관한 사내, 그가 이루려 한 세상이다.

풍운아 김옥균과 덧없는 꿈

김옥균은 풍운아다. 바람처럼 살다가 구름처럼 사라져버린 사나이다. 아무리 선각(先覺)이어도 시대와 정세를 제대로 만나야 꿈을 펼칠 수 있는 법. 김옥균은 죽어서도 정처 없이 떠돌았다. 아산은 그 흔적이 남은 곳이다.

갑신정변은 신분제를 철폐하고 평등사회를 만들겠다는 급진개화파의 거사였다. 주도자는 김옥균이었다. 1851년생이니 정변 때 나이 서른셋이었다. 1884년 10월 17일 서울 종로 우정국 개국 잔치에서 시작된 거사는 사흘 만에 실패로 돌아갔다. 타도 대상이던 민씨 세력이 청나라 위안스카이 군대를 끌어들였고, 정변을 후원하던 일본 세력은 꼬리를 내렸다. 김옥균, 박영효, 서재필 등 정변 세력은 일본으로 망명을 떠났다. 일본은 등을 돌렸다. 김옥균은 섬과 북방을 떠돌며 연금 생활을 했다. 그러다 1894년 3월 청나라 상해로 망명을 했는데, 그곳에서 민씨 세력이 보낸 자객 홍종우에게 암살당했다. 반역자의 죽음은 간단하지 않았다. 시신은 조선으로 운반돼 서울 양화진에서 또 한 번 형을 당했다.

소위 능지처참이다. 상해에 있던 무덤에서 꺼내버렸으니 부관(剖棺)이요, 그 시신을 칼과 도끼로 산산조각 내버렸으니 능지처참(凌遲處斬)이다. 조각난 시신 가운데 머리는 일본인 친구가 거둬서 일본으로 가져가 장례식을 행하고 도쿄 청산영원에 묻었다. 나라가 사라지고, 1914년 그가 복권된 뒤 아산 군수로 재직하던 양아들 김영진이 그 묘에서 손톱과 발톱, 입고 있던 옷을 가져와 아산에 묘를 만들었다. 바람과 구름처럼 살던 혁명가가 정처한 곳, 아무 연고가 없는 이곳 아산이었다.

선정을 실천한 기인 이지함의 흔적과 미완의 혁명가 김옥균이 잠든 곳은 걸어서 10분 사이에 놓여 있다. 두 사람의 꿈이 함께 대기 중에 부유(浮游)한다.

^
공세리성당의 평화, 그리고 미완의 혁명가 김옥균묘를 지키는 석물

이 땅에 평화 - 이순신과 공세리성당

이순신 장군은 말해서 무엇하랴. 서울 건천동에서 태어난 이순신은 가세가 기울며 외가가 있는 이곳 아산에서 자랐다. 이곳에서 아내를 만나 결혼을 하고 과거에 급제해 무관이 되었다. 얼토당토 않는 모함에 계급장 뜯기고 고문을 당했어도 끝까지 반역을 꾀하지 않고 나라를 지켰다. 그리고 죽었다. 1598년 11월 19일, 54세였다. 전남 완도군 고금도에 모신 유해는 이듬해 이곳 아선 금성산으로 왔다가 16년 뒤인 1614년 응봉면 어라산 덕수 이씨 선산으로 이장됐다. 현충사에서 그가 남긴 행적을 볼 수 있다면, 그가 잠든 유택에 가면 그를 느낄 수 있다. 송림에 에워싸인 충무공 묘소가 장엄하다.

해거름이 찾아올 무렵 공세리로 북상한다. 조선시대 충청 땅에서 나라에 쓸 재화를 그러모아 한양으로 보내던 공세창이 있던 곳이다. 그 창고가 있던 언덕에 1895년 성당이 섰다. 언덕으로 오르는 얕은 오르막길과 고딕양식 본당 주변 노거수(老巨樹), 본당을 에워싼 십자가의 길 모두 아름답다.

갯벌 가득했던 언덕 주변 백성들은 새로운 신에 의탁해 성당에 모였다. 공세리성당 본당이 서기 전, 구한말 박해기에 신도 31명이 순교했다. 지금도 공세리 마을 주민은 대부분 천주교도다. 일제 강점기 강퍅한 삶, 무엇엔가 의지하지 않고는 숨쉬기 어려웠던 그 시대를 성당은 지켰다. 지금 사람들 그 아름다움에 홀려 이 성지(聖地)를 찾는다. 주말이면 공세리마을 중앙통은 교통경찰이 나올 정도로 붐빈다. 그래서 성당 사람들은 아쉽다. 성지가 그저 볼거리로 전락했다고. 하지만 어쩌랴, 세상은 궁벽함을 벗었지만 마음은 여전히 궁벽하니 그 마음 위로해줄 곳이 드문 탓이다.

이상이 아무 인연 없는 이지함과 이순신과 김옥균이 아산 땅에서 인연을 맺게 된 연유다. 성당에 나그네들이 잦게 출몰하는 이유다. 그들로 하여 착하고 못됐고 찌질하고 용감한 우리네 모든 사람들이 살아 있는 것이다. 그 아산에서 농부 가족이 꽃 세상을 꿈꾸고 있고.

세계꽃식물원

볼거리

공세리성당 1895년 조선 왕실용 조세창고가 있던 공세창에 건축된 성당. 병인박해와 신유박해 때 신도 31명이 순교했다. 신도 이명래가 프랑스 신부로부터 배워 만든 종기 치료약이 이명래고약이다.

김옥균 유허 서울 양화진에서 능지처참된 시신의 일부는 일본, 손톱과 발톱, 옷은 이곳 아산에 묻혀 있다.

아산향교와 여민루 토정 이지함이 환갑 때 아산 현감으로 부임해 정치를 한 흔적. 여민루는 아산관아 현관이고, 향교는 현감 재임시절 토정이 지금 위치로 이전했다. 관아는 영인초등학교 자리다. 김옥균 유허와 여민루는 내비게이션에 '영인초등학교'를 검색.

이충무공묘와 현충사 서로 자동차로 15분 거리. 현충사에서는 충무공 생애를 '볼 수' 있고 묘역에서는 충무공의 삶을 '느낄 수' 있다.

세계꽃식물원 한 농부의 꿈이 실현되고 있는 곳. 입장료 8000원. 카페와 매장만 구경해도 좋다.
전화번호 041-544-0746 홈페이지 www.liaf.kr

레일바이크와 쇼타임코미디홀 구 장항선 폐선로 들판을 달리는 왕복 4.8km. 2인승 1만 8000원. 함께 있는 쇼타임코미디홀은 개그쇼를 상시공연한다. 월요일 휴관.
홈페이지 레일바이크 www.아산레일바이크.com | 쇼타임코미디홀 showtimehall.co.kr
전화번호 레일바이크 041-547-7882 | 쇼타임코미디홀 041-542-5145

공세리성당 내부

32

고인돌이 있는 화순과 소설가 정찬주

화순 고인돌공원에 있는 감태바위. 청동기시대 채석장이다.

화순 사내 이영문과 고인돌

전남 화순 땅 도곡면에서 춘양면으로 가는 고갯길 이름은 보검재다. 길이는 5km 정도다. 보검재에는 바위가 많았다. 태곳적 무등산 폭발로 생긴 화산재가 굳은 응회암 덩어리들이다.

효산리 쪽 입구 언덕에도 큼직한 바위가 있었다. 높이 3m에 폭은 3.6m, 길이는 5.3m나 됐다. 괴바우라고도 했고 누구는 괸바위라고도 했다. 1995년 12월 15일 오전 목포대 고고학과 교수 이영문이 제자들과 함께 효산리 입구에 당도했을 때, 이영문은 "범상치 않았다"고 했다. 아랫부분이 오목하게 깎여 있는 바위는 작은 굄돌(지석 · 支石)들 위에 놓여 있었다. 시작이었다.

이영문은 수풀을 헤치고 보검재 속으로 들어가 길섶을 샅샅이 훑었다. 잘 다

✔ 일어서지 못한 운주사 와불

니던 교사직을 1년 만에 때려치우고 고고학에 입문한 지 16년째 되는, 혈기왕성한 고고학자였다. 마흔두 살짜리 젊은 교수가 가시 비죽한 잡목을 헤치고 언덕을 기어올라 바위 밑동을 보면, 또 어김없이 굄돌이 놓여 있었다.
훗날 발굴 조사가 끝나면서 세어보니 5km 고갯길 양쪽에 고인돌이 모두 596기나 됐다. 채석장으로 쓰였던 감태바위(감투바위)에서는 조선시대 돈치기 놀이를 했던 상평통보가 나왔다. 청자 부스러기도 나왔다. 200톤에 이르는 핑매바위에는 1929년 새겨 놓은 여흥 민씨 세장산(世葬山) 비석이 보인다. 무덤, 기념물로 쓰인 고인돌은 물론 채석장까지 갖춘 청동기 흔적에 세월을 초월한 각 시대 손길이 남아 있다. 2002년 이곳은 유네스코 세계문화유산으로 지정됐다.

양주 사내 김삿갓과 화순

이영문은 고향 화순에서 나고 자라 고향에 정주하는 사내다. 김병연(1807~1863)은 달랐다. 평생을 떠돈 유목민이었다. 세간에 김삿갓으로 알려진 김병연은 고향이 경기도 양주였다. 할아버지가 홍경래의 난 때 항복한 죄로 집안이 멸족돼 황해도로 갔다가 강원도 영월 땅에 숨어 살았다. 살다가 영월 백일장에 '김익순의 죄를 논함'을 글제로 일등을 했는데 알고 보니 김익순이 자기 할아버지였다. 역적 가문이요 조상을 능멸한 죄책감에 김병연은 팔도를 방랑했다. 하늘 볼 낯이 없다고 삿갓을 쓰고 다니며 세상을 조롱하고 비아냥거렸다. 그래도 결혼은 해서 아들도 둘을 낳았다.
김병연은 1841년과 1850년, 1857년 이렇게 세 번 화순을 찾았다. 마지막 6년 살던 동복면 구암마을에 둘째 아들 익균이 찾아왔지만 막무가내였다. 1863년 김병연이 구암마을 선비 정치업의 사랑채에서 죽었다. 정치업은 김병연 시신을 거둬 마을 뒷산 무연고 묘지에 초장(初葬)을 치러줬다. 묘지는 동산(洞山) 혹은 천한 놈들 묻었다고 똥뫼등이라고 불렀다. 3년 뒤 익균이 찾아와 아비 시신을 거둬 영월 양백지간(소백-태백 사이), 영월과 영춘 사이 노루목에 묻었다. 화순 구암마을에는 초장지 표석과 김병연이 죽은 정씨 사랑채가 복원돼 있다.

화순 동복에 있는
삿갓 김병연 초장지

모두가 돌아오는 화순

화순 사내 이영문은 화순으로 돌아와 고인돌을 찾아냈고 정처 없던 김삿갓은 화순에서 죽었다. 말년에 구암마을에서 보낸 6년 세월은 가장 긴 정주 생활이었다. 왜 20세기 학자는 화순에 집착하며, 19세기 시인은 어이하여 아들을 뿌리치고 화순에서 눈을 감았을까.

동복면 동복호반에는 적벽(赤壁)이 있다. 1519년 기묘사화 때 화순으로 유배된 신재 최산두가 중국 장강에 있는 적벽을 빗대서 지은 이름이다. 물 위로 80m 솟은 수직절벽이 사시사철 아름답다. 지금은 동복댐으로 수위가 올라 절벽 높이가 30m밖에 되지 않지만, 그래도 아름답다. 최산두도, 정약용도, 김병연도 적벽이 곱고 웅장하다고 다들 한마디씩 노래했다. 오랫동안 상수원 보호구역으로 묶여 있던 이 적벽이 2014년 가을 주 3회씩 개방됐다. 난리가 터졌다. 유·무명 문객들이 노래한 그 적벽을 내 눈으로 목격하다니! 팔도 사람들이 굳이 화순 땅으로 향하는 이유 가운데 하나다.

또 다른 이유는 운주사다. 경내 곳곳에 석불이 서 있고 바위에 기대어 있고 땅바닥에 뒹군다. 탑마다 있는 기하학적 문양과 원형 탑, 북두칠성 배치를 닮은 산기슭 칠성바위 그리고 민짜 석불….

최근에는 이 절이 불교가 아니라 도교사원이라는 주장도 나왔다. 불상들 손 모양이 부처상이 가진 수인(手印)과 전혀 다르고 탑 배치와 문양이 천문학적이라는 근거를 든다. 경전 못 읽는 민초들에게 이 부처가 석가여래요 저 부처가 비로자나불이라 알려줄 방법은 손 모양밖에 없는데, 그 손 모양이 '에 네르 기 파' 할 때처럼 좍 펴져 있거나 아예 소매 속에 감춰져 있으니 불상이 아니라는 말이다. 오히려 무사들이 기 수련을 할 때 내는 자세와 비슷하다는 것이다. 탑 배치는 어떤가. 고려 초 별자리 배치와 땅에 있는 탑 배치가 유사하다는 주장이다. 그러니 천문과 수련을 중시하는 도교 사원이었다는 말이다. 이가 됐든 저가 됐든, 종교와 상관없이 운주사는 신비하다.

화순 적벽. 많은 문인들이 시를 썼다.

김삿갓이 운주사에 들렀을까? 우리네 범상한 시심(詩心)으로도 시가 솟구치는 공간에, 그 천재가 다녀간 흔적을 남기지 않았으려고? 단언컨대, 그럴 리가 없다.

주잠, 정율성, 그리고 정찬주

그렇게 화순 땅에 세월이 흐른다. 1224년 송나라가 망하고 원나라가 서던 무렵 성리학을 집대성한 남송 학자 주희의 증손자 주잠(朱潛 · 1194~1260)이 망명을 감행한다. 일곱 학자와 경호원과 가족을 데리고 황해 건너 도착한 곳이 능주, 지금 화순이었다.

주잠은 신안 주씨 시조다. 주잠은 원나라 첩자들을 피해 이름을 주덕적으로 바꾸고 무등산 첩첩산중에 숨어 살았다. 그 무렵 외동딸과 경호 무사 구존유가 결혼을 했다. 지금도 신안 주씨와 능성 구씨는 쉽사리 통혼을 하지 않는다. 만대창성을 기리며 본관도 바꾸고 전국으로 흩어져 살던 신안 주씨는 조선조 고종 때 본관을 통일하고 지금 13만 명이 넘는 대가문이 되었다.

신안 주씨 가문은 1970년대 한 집 당 닷새씩 짬을 내서 능주 땅에 손으로 사

정율성 동상과 주잠묘

스스로 가두려고
화순으로 내려온 소설가 정찬주

당을 지었다. 주자를 기리는 사당, 주자묘(朱子廟)다.

중화인민공화국과 대한민국 시대가 되었다. 화순 땅에 주희를 기리는 주자묘가 웅장하게 섰다. 2014년 서울대를 찾은 중국 주석 시진핑은 "주잠은 원나라가 해외 파견한 교수"라고 했다. 주자묘를 지키는 주잠 26세손 주형식은 피식 웃는다.

주자묘에서 지석천을 건너면 108년 전 개교한 능주초등학교가 나온다. 정율성(1914~1976)은 이 학교가 있는 능주면 관영리 사람이다. 정율성은 세 살 때인 1917년부터 6년 동안 이곳에 살면서 이 학교를 다녔다. 기생들을 가르치는 학교 앞 신청(神廳)에서 노래를 들으며 자랐다. 그러다 작곡가가 되었다.

1933년 정율성은 중국으로 가서 무장운동을 지향하는 의열단 조선혁명정치군사간부학교를 졸업했다. 그리고 중국 팔로군행진곡을 비롯해 숱한 항일투쟁가를 지었다. 팔로군행진곡은 지금 중국 인민해방군 군가다. 중국에 국빈이 오면 늘상 연주하는 곡이다. 정율성은 지금 중국 3대 혁명음악가로 추앙받는다. 해방 후 정율성은 평양에서 활동하다가 중국으로 돌아가 그곳에서 죽었다. 평양 체류라는 사실로 인해 우리는 정율성을 망각했다. 한때 대한민국에서 이름 꺼내기도 금기였던 사내. 그를 기리는 정율성 교실이 이 학교에 재현돼 있고, 옛 교문 입구에는 그 동상이 서 있다. 누구는 망명지로 화순을 택했고 누구는 혁명을 위해 화순을 떠났다. 떠난 자도 택한 자도 지금 모두 화순에서 만날 수 있다.

그 모든 인연을 만나고 서울로 돌아가는 길목에 정찬주에게 물었다. "왜 그리 다들 화순에 머물고 화순에서 죽고 화순을 찾는 건가요?" 정찬주는 소설가다. 2001년 정찬주는 잡지 샘터사 기자를 끝으로 도시를 떠났다. 보성이 고향인데, 고개 너머 나오는 쌍봉사 앞에 집을 짓고 화순 땅에 산다. 15년째다. '귀 씻어서 성불하겠다'며 집 이름은 이불재(耳佛齋)라 지었다. 사랑채는 생전에 법정 스님이 '무염산방(無染山房)'이라 지어줬다. 무염은 정찬주의 호다. 물들지 않는다는 뜻이다. 그가 말했다. "때로는 가두고 때로는 풀어주려면 일단 스스로 가두려고 화순으로 내려왔다. 만족한다."

도시를 향하던 그리움은 완전히 정리됐다. 이제 도시에 가면 이틀을 머물지 못한다. 대신 사람들이 찾아온다. 정찬주 글을 보고 작가를 찾아온 사람, 책 들고 처마 밑에 비를 긋고 있는데 알고 봤더니 그 책을 쓴 작가 집이라 소스라치게 놀라는 사람 등 별 사람 다 있다.

그가 말했다. "왜 화순이냐고? 사람들이 명당 명당 하는데, 명당이 따로 있나? 잘 살면 명당이라 부르는 게지. 명당은 터 덕(德)이 아니라 인덕(人德)이오 인덕." 그래도 또 물었다. 왜 고개 너머 고향이 아니고 화순이냐고. 그가 답했다. "임제선사가 말했다. 수처작주입처개진(隨處作主立處皆眞)이라고. 어디든 무슨 상관인가. 어딜 가든 주인이 되어 살면 그곳이 진리거늘." 1박 2일 꼬박 화순 땅을 헤맨 나에게 여긴들 어떠하고 저긴들 어떠하냐니.

어안이 벙벙하여 이불재 맞은편 쌍봉사 앞마당에 앉으니 돌좌탁에 이따만 한 공룡 발자국이 찍혀 있는 게 아닌가. 발톱자국까지 선명한 발자국에 나는 고인돌을 발견한 이영문과 화순에서 죽은 시인과 화순에서 글을 쓰는 작가를 완전히 망각해버렸다.

볼거리

적벽 매주 수 · 토 개방. 예약 필수. 1만 원. 홈페이지 tour.hwasun.go.kr

김삿갓 종명지와 공원 동복면 구암마을. 종명지터 위편 마을 뒤쪽에 초장지.

능주초등학교 정율성 교실 학교 후문쪽 동상과 역사관에 있는 정율성 교실.

주자묘 능주초등학교에서 지석천 건너. 근처에 있는 영벽정도 꼭 가볼 것.

운주사와 고인돌공원, 쌍봉사 화순 남쪽. 쌍봉사는 목탑형식 대웅전과 뒤편 철감선사 부도탑을 꼭 볼 것.

관광정보 전화번호 061-379-3501 홈페이지 tour.hwasun.go.kr

맛집

영벽정식당 메기탕 3만 원(중), 4만 원(대). 주소 능주면 관영리 165-8 전화번호 061-372-1210

사계절 도곡온천 부근. 전복한방약닭 6만 원. 주소 도곡면 천암리 117-4 전화번호 061-373-4477

달맞이흑두부 각종 두부요리. 주소 동면 천덕리 480 전화번호 061-372-8465

숙박

도곡온천, 화순온천 남쪽은 도곡온천, 북쪽은 화순온천에 숙소를 잡을 것.

운주사
돌부처들

33

당진에서 태안까지 내포(內浦) 마을과 술 빚는 김용세

흥선대원군 아버지 남연군묘. 왕이 3명 나온다는 명당이다.

충청남도 서쪽 홍주, 결성, 해미, 태안, 서산, 면천, 당진, 덕산, 예산, 신창을 합쳐서 내포(內浦)라고 한다. 1751년 이중환이 쓴 택리지에 나오는 말이다. 이 열 개 마을은 모두 '가야산 앞뒤에 있다'고 했다. 복잡한 해안선을 따라 항구가 육지 깊숙이 들어와 있는 지역이다. 가야산은 예산에 있다.

항구와 뭍이 뒤섞이다 보니 신문물도 일찍 들어왔고 사람들도 신문물에 개방적이었다. 이를 내포 문화라 부른다. 조선 선조 때 사람 김복선도 그런 사람 중 하나였다. 태어난 지 적어도 400년이 됐지만 워낙에 이인(異人)이라 지금도 어딘가에 살아 있다는 소문도 있다. 김복선처럼 꿈과 비전을 가진 사람들 흔적을 찾아 내포로 간다.

김복선과 당진

토정비결을 쓴 토정 이지함이 내포지역 당진 땅 옆 아산현감으로 있을 때였다. 천문(天文)과 수리(水理)에 능한 이 이인(異人)이 살펴보니 아산을 비롯한 내포 일대가 곧 물에 잠길 참이었다. 이에 놀라 백성들을 모두 대피시키는데 봇짐장수 하나가 말을 듣지 않고 지게를 땅바닥에 세우곤 주저앉는 것이었다. 과연 하늘에서 큰물이 내리고 바다에서 더 큰 물이 밀려왔지만 딱 지게를 꽂은 거기까지만 물이 차는 게 아닌가. 알고 보니 봇짐장수 이 자 이름이 김복선이었다.

인물은 인물을 알아본다. 토정의 명성과 성품을 익히 알던 김복선과 천민이되 지혜로운 김복선을 알아본 토정은 친구가 되었다. 마침 내포 땅에 은둔한 유학자 송익필과 교류하던 율곡 이이가 김복선을 찾아와 토정과 함께 나랏일을 걱정하게 되었다. 어느 날 토정과 율곡이 훗날 벌어질 왜구와의 전쟁을 걱정하자 김복선이 이리 말했다. "두 분 선생은 인신년상사(寅申年喪事)인데 어이 임진년 일을 걱정하시오." 그리고 덧붙였다. "내가 나서면 임진년 전쟁은 4년이면 끝나나, 내가 천민이니 나라가 나를 쓸 리 만무하고, 이순신이라는 장수가 7년 만에 전쟁을 끝낼 것이외다." 김복선이 두 사람을 배웅한 곳은 해발

64m짜리 망객산(望客山)이다. 김복선이 오줌을 눈 오줌바위도 있고 그가 개간했다는 논도 남아 있다. 망객산은 신평면에 있다. 1578년 무인년에 토정이 죽었다. 6년 뒤 갑신년에 율곡이 죽었다. 그리고 4년 뒤 1592년 임진년에 전쟁이 터졌다.

신평면에 사는 김용세

김용세는 술 만드는 사내다. 2016년 일흔세 살이다. 정확하게 언제부터인지는 모르겠지만 김용세는 대학교 졸업하고 대학원 졸업하고서 아버지 김순식으로부터 신평양조장을 물려받았다. 1960년대 행정학 석사가 됐다고 딱히 고

안국사지를 지키는 삼존 석불

신평양조장 김용세.
아버지 김순식으로부터 물려받은 양조장을
지금 김용세의 아들이 잇고 있다.

관대작이 될 확률이 큰 것도 아니었다. 김용세는 아픈 아버지 도와서 가업을 잇는 일도 좋겠다고 생각했다. 양조장은 1933년에 문을 열었다. 그가 말했다. "어릴 적부터 보고 자란 게 술도가였으니 쉽게 생각했다. 그런데 이론과 실제는 달라서 난감했다. 그래서 술 제조법을 공부하려고 했더니 이번에는 책이 없는 것이다. 아주 난감했다."

왕실에서는 실록이다 일기다 하며 기록을 이어갔지만, 민간에서는 술 만드는 법조차 가문의 비밀로 기록을 꺼렸다. 오죽하면 짚신 못 팔아먹는 아들을 아비 짚신장수가 딱하게 여기더니 죽을 때에야 귓속말로 "아들아, 짚신 팔아먹으려면 터럭을 잘 다듬으면 된다"고 비밀스럽게 제조 노하우를 구전(口傳)했을까. 그래서 일본인이 만든 탁주, 청주 제조법 책자를 섭렵하고, 실전에서 수없이 응용을 한 끝에 술맛을 해독했다. 그가 말했다. "책대로 만들면 맛이 나지 않았다. 그런데 몇 년 동안 실험해서 제 술맛을 찾고 보니 책이 맞더라."

수덕사 스님들에게 배운 다도(茶道)를 응용해 백련(白蓮) 잎을 막걸리에 넣으면서 김용세식 술맛이 완성됐다. 2007년 연꽃 향이 은근하게 밴 신평양조장 막걸리는 청와대와 삼성그룹 건배주로 선정됐다. 대기업에 다니던 아들 김동교가 아버지 일을 돕다가 회사를 때려치우고 3대 술도가 주인으로 들어왔다. 1933년 문을 연 양조장은 그때 그 자리에 서 있다. 술맛은 할아버지에서 아버지로, 그리고 아들로 대를 잇는다. 2016년으로 83년째다.

농촌 개혁의 꿈, 심훈과 필경사

신평양조장에서 서해안고속도로를 가로질러 북쪽으로 가면 필경사(筆耕舍)라는 이정표가 나온다. 글을 대필해주는 곳이 아니다. 『상록수』를 쓴 소설가 심훈이 살던 집이다. 4년 동안 살았다. 서울 영등포에서 태어난 심훈은 3·1 운동을 거쳐 중국 상해로 망명 후 조선으로 돌아와 소설을 썼다. 영화도 만들었고 출연도 했다. 그러다 1932년 장조카 심재영이 사는 당진으로 내려왔다. 사랑채에 묵으며 글을 쓰다가 집을 지었다. 그 집 이름이 필경사다. '붓으로 밭을 간다(以筆爲耕)'는 뜻이다.

이곳에서 심훈은 소설『상록수』를 탈고했다. 상록수에 나오는 지명은 모두 당진 내포 땅에서 나왔다. 장조카 심재영은 박동혁으로 등장했다. 박동혁은 농촌 개혁의지를 불태우는 사람이다. 심훈은 조카와 함께 직접 농촌을 체험하며 소설을 쓰고, 4년을 이곳에서 살고서 죽었다. 필경사는 이후 교회로 쓰이다가 장조카 심재영이 사들여 당진시에 기증했다. 지금은 심훈 기념관으로 쓰인다. 경기도 안성에 있던 심훈 묘도 이곳으로 이장했다.

예산 남연군묘

잠시 당진을 떠나 남하하면 수덕사로 유명한 예산 땅이 나온다. 예산에는 수시로 대형승용차가 나타나 주변을 꼼꼼히 살피고 사라지는 무덤이 하나 있다. 흥선대원군의 아버지 남연군묘다. 얘기인즉슨 이렇다. 정적(政敵)들 눈

을 피해 파락호 생활을 하던 이하응은 어느 날 '2대에 걸쳐 황제가 나올 명당'이라 얘기를 듣고 경기도 연천에 있던 선친 묘 이장을 결심한다. 그런데 충남 가야산 자락에 있는 그 명당 터에 이미 가야사라는 절이 있는 게 아닌가. 흥선은 주지를 매수한 뒤 사람을 시켜 절을 불태워버렸다.
그 무렵 형제들 꿈에 "나를 건드리지 말라"고 귀신이 출몰했다. 겁먹은 형제들에게 흥선은 "즉 진짜 명당이라는 말"이라고 쾌재를 부르며 이장을 감행했다. 과연 아들은 고종황제가 되고 손자는 순종황제가 되었다. 그리고 2대 만에 나라가 망했다. 그 명당 자리에 가면, 풍수에 일자무식한 사람도 감탄이 나온다. 과연 어디에 무엇이 모자라 2대 만에 나라가 망했는지 설은 분분하되 제대로 아는 사람은 없다.

영탑사 칠층석탑과 몽산리 석불

권력욕이 가야산 자락에 흔적을 남겼다면 아미산 영탑사와 태안 몽산리 석불에는 민초들의 무한한 애정이 숨어 있다. 영탑사는 신라 말 도선국사가 창건한 절이다. 유리광전 뒤편 언덕에는 칠층석탑이 있다. 고려 중기 보조국사 지눌이 절을 중건하면서 오층석탑을 세웠다. 이후 조선 초 무학대사가 석탑을 유리광전 뒤편 언덕으로 옮겼다. 그리고 1911년 신도들이 2층을 더 올려 7층 석탑으로 지었다. 일곱 층짜리 석탑 하나 만드는 데 1000년이 넘게 걸렸다. 흥선대원군이 가야사를 불태울 때 살아남은 석탑을 옮겨왔다는 말도 있다. 어느 이야기든 상관없다. 느껴지지 않는가. 석탑에 대해 민초들이 품고 있는 애정이.
태안 몽산리 야산에서 만나는 석가모니 석불은 더하다. 언제인지 모르겠지만, 철저하게 부서지고 훼손된 돌부처를 주민들이 정성을 들여 수선해놓았다. 미적 감각이 없는지라, 사라진 얼굴을 시멘트로 바른 뒤, 눈과 코와 입을 물기가 마르기 전에 그려 넣었다. 주변에 흩어져 있는 옛 석물들을 모아 아담한 돌탑도 복원해놓았다. 지독하게 못생겼고 지독히 엉성하지만 마을 입구를 지

< 영탑사 칠층석탑. 만드는 데 1000년이 걸린 탑이다.

키는 돌부처에 대한 애정이 가슴 뭉클하게 읽힌다. 이게 내포 문화다.

김대건은 내포 당진에서 태어나 천주교를 받아들여 조선 첫 신부가 되었다. 그가 나고 자란 곳이 솔뫼성지다. 고려시대 절터 안국사지에는 커다란 석불 3기가 서 있다. 지금 주지 원상 스님 10년 넘도록 그 앞에 돌로 만든 정원을 꾸미고 산속에 별세계를 꾸미고 있다. 대개 사라진 절터는 황량하고 허무하지만, 안국사지에서는 오히려 미래가 보이니 이 또한 내포 땅이 가지고 있는 적극성과 개방성이다. 영탑사가 있는 아미산자락에는 젊은 예술가 부부가 폐교된 초등학교를 개조한 아미미술관이 숨어 있다. 전국 팔도에서 그 미학을 보려고 당진으로 몰려온다. 교실마다 귀한 작품들이 빼곡하게 걸려 있다. 강산이 수십 번 바뀌고 세월은 여러 겁 흘렀지만 내포(內浦) 땅에는 여전히 사람들이 몰려든다.

태안 동산리 석가여래. 민초들은 망가진 부처님 얼굴을 이렇게 아름답게 복원해놨다.

볼거리

몽산리 석불 주차공간이 변변찮다. 주소 태안군 서면 몽산리 742-2

남연군묘 주소 예산군 덕산면 상가리 산5-28

영탑사 주소 당진시 면천면 성하로 139-33

안국사지 주소 당진시 정미면 수당리

아미미술관 입장료 5000원. 주소 당진시 순성면 남부로 753-4 전화번호 041-353-1555 홈페이지 amiart.co.kr.

신평양조장 15인 이상 양조 체험프로그램 운영. 1인당 2만 5000원. 전화번호 041-362-6080 홈페이지 www.koreansul.co.kr

필경사 심훈기념관과 함께 있다. 월요일 휴관. 주소 당진시 송악읍 상록수길 97 전화번호 041-356-8405

안국사지 삼존 석불

34

달이 머무는 영동 황간과 당재터널 무명씨(無名氏)들

달이 놀다 간다는 월류봉. 영동 황간에 있다.

추풍령은 영남과 한양을 잇는 고개다. 충북 영동과 경북 김천 사이에 뚫린 고개다. 강산은 셀 수 없이 변했다. 추풍령은 불변이다. 크게 두 번은 변했다. 1905년 1월 1일 고개 꼭대기에 추풍령역이 생겼다. 1970년 7월 7일 아스팔트 도로가 추풍령에 뚫렸다. 철도 이름은 경부선이고 길 이름은 경부고속도로다. 추풍령은 철도도 고속도로도 서울과 부산 사이 딱 중간에 있다. 아득한 옛날부터 사람이 오가던 고개다. 이야기가 없을 수 없다.

당재터널 이야기

충북 옥천과 영동 사이 경부고속도로 공사 이야기다. 긴 터널을 뚫을 기술이 없던 때라, 산과 산 사이를 골라 굴을 뚫었다. 금강IC와 영동IC 사이는 고속도로라고 부르기에는 쑥스러운 곡선도로 투성이었다. 1970년 고속도로 완공을 앞두고 마지막 남은 구간이 이곳 당재터널이었다. 터널 앞과 뒤를 흐르는 금강 구간에는 거대한 다리를 놓았다. 산 사이를 뚫다 보니 뚫으면 무너지고 뚫으면 무너졌다. 경부고속도로 공사 기간 사고로 죽은 사람이 일흔일곱 명이었다. 열한 명이 당재터널을 뚫다가 죽었다. 터널 개통을 끝으로 고속도로가 완공됐다. 7월 7일 대구에서 열린 개통식 다음 날 대통령 박정희는 금강휴게소 옆에 있는 순직자 위령탑에 와서 조문을 했다.

2003년 잔뜩 휘어 있는 이 구간 직선화공사가 완료됐다. 폐기된 당재터널 상행선 구간은 저온 저장고가 되었다. 한 시대 한 나라를 이끈 터널이었다. 터널을 떠받치는 아치형 콘크리트 기둥마다 현대사가 읽힌다.

대한민국 성장에 경부고속도로가 끼친 영향을 언급할 필요는 없겠다. 굳이 터널을 보기 위해 갈 필요도 없겠고 순직자 77명 이름이 새겨진 위령탑을 찾기 위해 일부러 금강휴게소에 정차할 이유도 없겠다.

영동을 목적지로 떠난 여행길이라면, 반드시 찾아본다. 당재터널 무명씨(無名氏)들이 없었다면 우리네 필부필부들은 지금 어찌 살고 있었을까. 터널이 이끄는 영동 땅 옛사람들 삶도 그러하다.

영동 당재터널. 경부고속도로 공사 당시 최난구간이며 최후로 개통된 터널이다.

달이 머무는 황간

터널에서 30km 동쪽으로 가면 영동군 황간면이 나온다. 물이 많아서 땅 이름도 누를 황(黃)에 시내 간(澗) 황간이었다. 가도 가도 첩첩산중이니, 숨어 살기에는 딱 좋은 땅이다. 농사는 거칠었고 경치는 좋았다. 『동국여지승람』에는 이렇게 적혀 있다.

'황간은 층층한 산마루를 의지하고 절벽을 굽어보고 있다. 동남쪽 모든 물들이 그 아래로 꺾여 서쪽으로 가는데, 돌에 부딪치면 거문고와 비파, 피리 같은 소리가 주야로 끊어지지 않는다. 고을 서쪽 5리쯤 되는 곳에 두어 봉우리가 솟아 있고 가운데 청학굴(靑鶴窟)이 있다. 그윽하고 깊으며 연기와 안개가 아득하여 지나는 사람은 인간 세상의 경계가 아니라고 의심한다.'

인간세가 아닐 정도로 깊었으니 꼭꼭 숨어서 살기에도 좋았고 경치 구경하면서 즐기기에도 좋았다. 승람이 '두어 봉우리'라 적은 그곳 이름은 월류봉(月留峰)이다. 달이 머문다는 뜻이다. 얼마나 아름답길래 달도 승천하지 못하고 머물렀을까.

우암 송시열과 월류봉

송시열(1607~1689)이 숨어 살 정도로 아름다웠다. 우암 송시열은 조선 중기 집권세력인 보수파 노론의 태두였다. 임진왜란 이후 명나라가 망하고 대륙에 청나라가 섰을 때, 조선이야말로 명나라를 계승하는 소중화라 생각했던 학자였다.

1637년 병자호란 때 남한산성에서 임금이 무릎을 꿇었다. 젊은 송시열은 외가가 있던 옥천 옆 이곳 월류봉 아래에 은둔하며 오랑캐 징벌을 꿈꿨다. 월류봉 앞 초가에는 숱한 동료들이 찾아와 함께 꿈을 꾸었다. 다시 조정으로 불려간 뒤 청나라로 끌려갔던 봉림대군이 효종으로 등극하자 북벌론을 외치며 중화 부활을 이끌었다. 효종이 일찍 승하했다. 동아시아 초강대국과 맞장을 뜨겠다는 의지는 실패로 돌아갔다. 이리저리 유배를 당한 송시열은 결국 제주도에서 한양으로 돌아오다 정읍에서 사약을 받고 죽었다.
그가 죽고서 영동 일대 제자들이 그가 살던 집터에 그를 기리는 한천서원을 지었다. 고종 때 대원군이 서원 철폐령을 내렸다. 한천서원도 철폐됐다. 이후 후학들이 그 자리에 한천정사를 세웠다. 월류봉을 바라보는 언덕 위에 후손들이 유허비를 세우며 건립 연대를 이리 적었다. '崇禎紀元後百三十六年(숭정기원후 백삼십육년).' 숭정은 명나라 마지막 황제 의종의 연호다. 1644년 대륙에서 사라진 나라 연호를 송시열 유허비는 136년째 잇고 있다. 조선 후기 유학자들 비석들은 상당수가 '숭정 기원후'를 고집했다. 기이하지 않은가.
그런 완고한 중화주의자가 반한 풍경이 월류봉이다. 금강 지류들이 백화산과 지장산을 감싸며 흐르다 야트막한 다섯 봉우리 앞에서 크게 휘돈다. 한눈에 다 들어올 만큼 풍경 규모도 적당하여, '한 폭 산수화'라는 상투적인 비유가 어색하지 않다. 춘하추동 사계절 모두 아름답다. 눈 덮인 겨울이 더 아름답다는 사람도 많다. 해 질 녘 월류봉 앞에 닿으면 달과 함께 놀아볼 준비를 한다. 달이 떠도 좋고 별들이 떠올라도 좋다. 그 천체들이 과연 봉우리를 떠나지 않고 밤새 함께 놀 요량인지도 확인해보자.

세조와 반야사 배롱나무

월류봉 아래에서 만나는 강줄기 하나는 석천(石川)이다. 월류봉에서 상류로 6km를 가면 백화산이 나온다. 백화산에는 반야사가 있다. 불교용어로 반야는 깨달음이다. 반야사는 문수보살로부터 깨달음을 얻은 수양대군 세조(1417~1468) 이야기를 품고 있다.
통일신라시대인 851년 무염대사가 창건했다. 통일 전 원효대사가 지었다는 말도 있다. 어느 쪽이 됐든 반야사 기원은 문수보살 신앙이다. 강원도 월정사, 상원사와 함께 반야사는 대표적인 문수보살 신앙지다.
세조는 문수보살과 관계가 깊다. 조카를 죽이고 왕위에 오른 뒤 얼마 지나서, 단종의 어머니인 현덕왕후가 현몽했다. 왕후가 "이 더러운 놈!"하고 침을 뱉

^
석천강변 백화산 반야사 배롱나무와 신라시대 삼층석탑

고 사라진 뒤 세조는 온몸에 난 종기로 고생을 했다. 명산, 명찰은 다 돌아다니며 기도를 하고 몸을 씻었다. 양양 낙산사도 갔고 오대산 월정사도 갔다. 오대산에서 몸 씻어준 아이에게 "임금 몸 봤다 말라"했다가 "그대는 문수보살 봤다 하지 말라"는 답을 들었다. 똑같은 전설이 반야사에도 있다. 세조 10년 반야사가 크게 중창을 하고 임금을 초대했다. 법회를 마친 세조가 강변에서 아이에 이끌려 몸을 씻었다. 드디어 부스럼이 치유되었고, 아이는 절벽 위로 올라가 사라졌다고 했다. 그곳에 문수전이 서 있다.

문수전으로 오르는 길은 그야말로 고행길이다. 안내문에는 '가벼운 10분 산행'이라 돼 있다. 새빨간 거짓말이다. 힘들게 내려와 절을 다시 보면, 극락전 앞에는 500살 먹은 배롱나무가 새빨갛게 꽃을 달고 있고, 그 앞에는 보물로 지정된 삼층석탑이 서 있는 것이다. 고개를 돌리면 백화산 중턱 너덜지대에 거대한 호랑이 한 마리가 발톱을 세우고서 용맹정진하고 있는 것이다. 정신을 똑바로 차리게 만드는 절이었다.

폭포, 그리고 악성 박연

영동의 서쪽 끝 옥계면에는 옥계폭포가 있다. 역시 세조와 관계가 있다. 고려말 이곳 영동에서 박연(1378~1458)이 태어났다. 박연은 고구려 왕산악, 가야 우륵과 함께 3대 악성이라 불린다. 세종의 왕자들 태실 터를 보는 일도 박연이 했다.

성리학이 중시하는 예(禮)와 악(樂) 가운데 박연은 악을 집대성했다. 사회를 규율하는 덕목이 예이고 악은 통합하는 덕목이다. 능력자를 등용하는 세종 임금 아래에서 박연은 조선의 모든 음악을 체계화했다. 피리에 능해서 그가 피리를 불면 새들도 화답했다고 했다.

그러다 셋째 아들 박계우가 단종 복위사건에 연루되자 함께 사형을 받게 되었다. 세조가 이를 보고 받고서 "세 임금을 섬겼으니 죄를 깎으라" 명했다. 그리하여 죽음을 면하고 고향으로 돌아와 81세로 죽었다. 그곳이 영동 옥계면이다. 그가 음악을 익힌 자리가 바로 옥계에 있는 옥계폭포다.

폭포를 본다. 폭포수 양쪽 웅장한 암벽에 푸른 나무들이 붙어 있다. 가끔 아랫물을 펌프로 끌어올려 수량 많은 폭포수를 볼 때도 있다. 무엇보다 저 바위 위에 앉아서 피리를 불며 악상을 정리했을 이 음악가를 상상해본다.

폭포에서는 피리 소리에 맞춰 산짐승들이 모여들었다. 동쪽 월류봉에서는 달이 놀았다. 피부병을 앓던 권력자가 강변 절을 찾아와 심신을 치유받았다. 다시 서쪽으로 가면 태곳적부터 산으로 서 있던 자리에 누군가 무명씨들이 땀 흘린 터널이 남아 있다. 산이라고 그저 산이 아니었다. 물이라고 그저 물이 아니었다.

옥계폭포. 조선 초기 악성 박연이 피리를 불며 음악을 공부한 곳이다.

볼거리

경부고속도로 순직자 위령탑 경부고속도로 금강휴게소 상행선 쪽 언덕. 휴게소에 차를 대고 걸어갈 수 있다.

당재터널 금강휴게소에서 하행 톨게이트를 나와 금강 강변 우산로를 지나 금강로로 2.8km. 터널 옆에 주차공간이 있다.

월류봉과 한천정사 내비게이션에 '월류봉' 검색. 한천정사는 개방돼 있지만 볼거리는 없다. 정사 건너편 텃밭 언덕에 송시열 유허비가 있다.

반야사 극락전 앞에 있는 500년 된 배롱나무 두 그루와 삼층석탑, 세조와 문수보살 전설이 얽힌 문수전. 문수전 산행은 극기훈련이다. 극락전 옆 호랑이 무늬 너덜지대도 볼 것. 템플스테이도 운영. 전화번호 043-742-4199 홈페이지 www.banyasa.com

옥계폭포 주말에 수량이 부족하면 폭포 아래 물을 끌어올린다.

관광정보 홈페이지 tour.yd21.go.kr

맛집

한천가든 월류봉 앞. 쏘가리, 빠가사리, 메기 매운탕 등 판매. 전화번호 043-744-9944

금강휴게소 언덕 경부고속도로순직자
위령탑에 있는 순직자 명단

35

파로호와 화전민 아내 김영순의 모진 삶

화천 '숲으로 다리'. 파로호에서 내려온 물줄기가 숲으로 들어간다.

파로호 호숫가 삶은 모질었다. 화전민 부부 장윤일과 김영순도 모질게 살았다. 72년째 장윤일은 생각 중이다. 왜 나는 고단하게 살고 있을까. 뱀도 잡아봤고 송이를 캐고 낚시꾼들 수발들며 네 아들딸 훌륭하게 키워냈지만, 부부는 다람쥐 꼬리만 한 비수구미 계곡을 벗어나지 못했다. 장윤일과 김영순은 파로호변 숨은 곳, 강원도 화천군 화천읍 동촌 비수구미에 산다.

미륵바위와 461번 지방도

화천읍 대이리 북한강변에는 바위가 다섯 개 있다. 구만교에서 읍내로 가는 길목에 있다. 어찌 된 것이 볼품없는 그렇고 그런 바위들에게 사람들은 미륵이라 이름하고 제사를 지낸다. 미륵은 미래불이다. 사람들은 미래를 관장하는 이 영험한 바위에 기도를 하며 징글맞은 현실을 잊는다. 미륵바위가 서 있는 이 도로 이름은 461번 지방도다.

파로호 이야기

깨뜨릴 파(破)에 오랑캐 로(虜), 호수 호(湖)이니, 파로호는 '오랑캐를 깨부순 호수'라는 뜻이다. 6.25 전쟁 때 국군과 유엔군이 중공군을 이곳 파로호에서 궤멸(潰滅)시켰다. 1951년 5월 경기도 양평 용문산 전투에서 화천까지 패퇴한 중공군은 철원으로 퇴각 중이었다. 중국 측 자료에 따르면 중공군은 '사상자 10만 명, 포로 1만 명을 기록한 미증유의 참패'를 당했다.

그 퇴각로가 461번 도로였다. 퇴각로가 막힌 중공군 병사들은 호수를 헤엄쳐 건너다 익사했다. 국군 1개 소대가 중공군 1개 대대를 생포했다는 기록도 있다. 도로는 물론 주변 능선과 계곡에는 중공군 시체가 산처럼 쌓였다. 작전 차량들은 중장비로 시체들을 길섶으로 치우며 전진했다.

1955년 11월 18일 대통령 이승만이 이곳 육군 6사단을 방문했다. 대한뉴스는 "대통령 각하께서 파로호라고 명명하신 화천 저수지의 명명 기념비 제막식이

^
피바다를 이뤘던 파로호. 지금은 지루할 정도로 평화롭다.

11월 18일 현지에서 거행되었다"고 보도했다. '파로호비'는 지금 안보전시관 위쪽 숲 속에서 파로호를 내려다본다.

이승만 대통령 친필을 새긴 '파로호비'

파로호는 1944년 일본 총독부가 수도권 군수공장 전력 공급용 발전소를 만들며 생긴 인공호수다. 원래는 파로호가 아니었다. 대붕(大鵬)호였다. 이후 7년 만인 1951년 호수 이름은 파로호로 바뀌었다. 대붕호라는 이름은 금세 잊혔다. 1987년 4월 호수 북쪽에 평화의 댐 건설이 시작됐다. 호수 물이 빠졌다. 화천댐 옆에서 비석 하나가 발견됐다. 이렇게 적혀 있었다. '大明鳥堤 昭和 十九年 十月 竣工(대명제 소화 십구년 시월 준공)'. 대붕이 사는 호수가 아니라 듣도 보도 못한 초명새가 사는 뚝방이라고? 간악한 일제 꼼수에 화천이 발칵 뒤집혔다. 과연 그럴까. 초명새(明鳥)는 남쪽 세계에 사는 전설 속 새다. 물에 감응하는(至水之感) 신조(神鳥)다. 봉황보다 초명새가 호수 이름에 더 어울린

일제강점기 때 만든 화천발전소 기념비 '대명제'와 이승만 대통령 친필을 새긴 '파로호비'

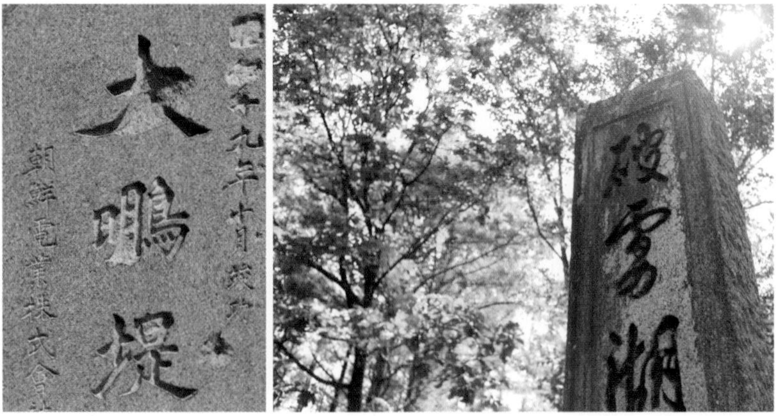

다. '간악' '꼼수' '만행' 같은 단어는 어울리지 않는 작법이다.

장윤일과 김영순

원주 사람 장윤일은 나이 스물에 화천 비수구미로 흘러들었다. 화전(火田)으로 먹고살리라 호수로 숨어들었다. 일찌감치 춘천에서 들어온 윗집 처녀 김영순을 만나 혼인을 했다. 김영순은 열일곱이었고 장윤일은 스물셋이었다. 1965년 4월 7일이었다.

일곱 남매 장녀 김영순이 말했다. "마을 사람들이 하도 착하다고 해서 결혼했다. 밥 하나 안 시킨다더니 밥 안 시키긴, 다 시켰어, 다. 이 사람이 거짓말을 그렇게 잘해." 남자가 말했다. "…그러지 않으면 여자들이 안 오거든. 누구나 다 그런 거야." 김영순이 말을 잇는다. "뭐? 밭 양쪽에 내 사진 걸어 놓고 김 한 번 맬 때마다 내 사진 보면서 살겠다고? 얼마나 근사해? 그 말에 속아서 내 나이 열일곱에 이 남자랑 결혼했다. 어이구, 사진 한 장 찍지도 못하고 살았네." 그 삶은 이러했다.

혼례 열흘 만에 남편 장윤일이 입대했다. 제대를 한 달 남기고 맏아들 복동이 태어났다. 돌아온 남편은 단양 탄광촌 잡부로 떠났다. 온통 새까만 세상에 질려, 아들을 둘러업고 따라간 아내는 40일 만에 남편을 끌어내 비수구미로 돌아왔다. 낚시꾼들 수발들며 돈을 벌었다. 남편은 나물 뜯으러 가고 아내는 밥을 했다. 조각배 저어가며 낚시꾼들 심부름을 했다. 비가 오면 물 퍼내며 노를 저었다. 살림집에는 손님 재우고 부부는 비닐하우스에 살았다. 눈을 뜨면 밤새 내뿜은 숨결이 이불이며 옷가지를 적셔 놓았다. 장작불에 옷가지를 말리며 밥을 짓고는 조각배로, 산으로 달려갔다.

산으로 간 남편은 비탈을 굴러 피투성이로 돌아오곤 했다. 뱀에게 물려 죽을 뻔도 했다. 그럴 때면 아내 김영순은 이리 말했다. "애들 안 가르치고 그냥 당신하고 나하고 그냥 우리 식구가 다 사는 게 행복하지 않을까." 다음 날이면 애들 가르치는 게 합당하다고 자동으로 마음이 변하곤 했다. 하여 뱀에게 물리고 비탈을 굴러 내려오는 삶이 반복됐다. 김영순이 말했다. "살아온 생각하면 혼자 자면서도 웃는다. 내가 맹추라, 그게 사는 건 줄 알고 살았다."

평화의 댐과 비수구미

겨울 넉 달 호수가 얼면 건넛마을까지 걸어서 마실을 다녔다. 밤새워 화투 치며 놀았다. 날이 새면 함께 다음 집으로 가서 또 놀았다. 보름밤이면 계곡 위로 올라가 플래시 비추며 메기를 잡았다. 딱 먹을 만큼만 잡았다. 1987년 그 이름도 유명한 평화의 댐 공사가 시작됐다. 계곡 꼭대기 해산령에 터널 공사가 시작됐다. 계곡 아래 마을까지 작업도로가 생겼다. 대단히 많이, 삶이 바뀌었다. 장윤일이 말했다.

"트럭 기사들이 차 배터리로 메기를 잡은 거라. 그 많은 트럭이. 한 시간에 비료 포대로 2개를 잡았느니, 3개를 잡았느니 소문이 나서 터널 공사 2년 내내 배터리로 계곡을 지져 놓은 거라. 나중에는 개울에 약을 풀어서 집 앞에까지 고기들이 떠올랐어." 충직하던 누렁이도 두 번 차로 쳐서 둘러업고 가버렸다. '귀한 생명들이니 먹을 만큼만 잡으라'고 네 남매에게 들려주던 교훈은 무색해졌다. 에티켓이라곤 전혀 없는 도시 사람들 손에 고추밭은 짓밟히고 익지도 않은 배나무는 가지째 꺾여 나갔다.

이리로 가기도 하고 저리로 흐르기도 하는 게 인생이다. 평생 못 볼 줄 알았던 길이 마을 어귀까지 뚫렸다. 무례한 도시 사람들이 비수구미에 돈을 뿌리고 갔다. 부부가 던져대는 날것 그대로 인생 이야기에 그 사람들이 울고, 또 찾아온다. 김영순이 말했다. "내 살아온 역사가 너무 힘들었는데, 남에게는 재밌나 봐."

그 돈으로 부부는 네 남매 어엿하게 키워 시집 장가 보냈다. 전기밥솥에 밥 안쳐 놓고 밭에서 일하다가 집에 가서 먹고 싶다던, 문명화의 꿈도 실현됐다. 김영순표 산나물밥 식객들이 팔도에서 몰려든다. 밥값 깜박하고 갔다가 입금해주는 손님들을 보면 "그래도 우리나라는 살 만한 세상"이라고 생각한다. 김영순이 말했다. "댐 공사 전에는 70리 뱃길뿐이었는데, 꿈같은 얘기였는데… 여기 길 날 줄 누가 알았냐고. 이럴 줄 알았으면 내가 면허증을 딸 걸. 어디 가고 싶어도 누가 데리고 가야 갈 수 있으니 이거 원, 더러워서." 목소리에 물기가 비쳤다.

평화의 댐, 미륵바위와 꺼먹다리

화천읍에서 461번 도로를 거쳐 평화의 댐으로 북상해본다. 화천댐을 건설할 때 만든 다리가 나온다. 목재 상판과 난간을 콜타르로 칠해 꺼먹다리다. 발전소에서 그 옆에 콘크리트로 또 다른 다리 기초를 만들다가 해방이 되었다. 해방 후 소련이 그 위에 교각을 만들었다. 전쟁이 끝나고 대한민국이 상판을 올려 다리를 완성했다. 세 나라가 합작한 다리 이름은 구만교다.

평화의 댐 옆 평화의 종 공원에 있는 날개 없는 비둘기

더 북상하면 비수구미를 격변시킨 해산터널이 나온다. '아흔아홉구비'라는 표현이 절대로 과장이 아닌 험한 길(내비게이션을 보면 한숨이 나온다) 끝에 평화의 댐이 나온다. 옆에는 공원이 있다. 전 세계 분쟁 지역에서 수집하고 기부 받은 탄피 1만 관(37.5톤)을 녹여 종을 만들어 놓았다. 평화의 종이다. 9999관으로 종을 완성했다. 1관은 따로 비둘기 오른쪽 날개를 만들어놓았다. 통일이 되는 날, 종 위에 날개 없이 앉아 있는 비둘기 한 마리에 날개를 붙일 계획이다.

공원 아래쪽에는 비목공원이 있다. 가곡 '비목(碑木)'을 기념하는 공원이다. 1960년대 ROTC 장교 한명희(전 대한민국예술원 부회장)는 화천 비무장지대에서 녹슨 철모와 돌무덤을 발견했다. 1967년 그가 쓴 시에 작곡가 장일남이 곡을 붙인 가곡이 비목이다. 10년이 지난 1977년 2월 17일자 경향신문은 "이

비목공원에 있는 비목과 녹슨 철모

장윤일-김영순 부부가 결혼 48년 만에 찍은 웨딩사진!

노래가 실린 음반 판매량은 이미자의 음반 '동백아가씨'(15만 장)를 크게 앞질렀다"고 보도했다. 공원에는 비목을 상징하는 조형물과 철조망이 설치돼 있다. 마음이 먹먹하다.

2009년 4월 25일 김영순이 환갑을 맞았다. 시동생 장윤옥이 비수구미 계곡 7㎞를 걸어 내려와 형수에게 감사패를 증정했다. '아궁이 앞에서 뜬눈으로 밤새우기 일쑤였던 나날들… 긴 세월 모진 세월 뒤로하고… 진심으로 감사드리며…' 모두 울었다. 거짓말쟁이 남편도 울었다. 김영순은 가보(家寶)라고 했다. 2013년 5월 10일, 결혼한 지 48년 한 달 3일 만에 김영순은 평생 소원이던 웨딩사진을 찍었다. "그런 쓸데없는 짓을 왜?"라고 묻는 사람들에게 이리 답한다. "너는 왜 했냐. 나도 여자다."

461번 도로변은 단장됐다. 주민들은 미륵바위에 기대어 미래를 꿈꾼다. 소설가 김훈이 '숲으로다리'라 명명한 낭만적인 다리가 숲으로 사라진다. 비수구미를 쑥대밭으로 만들었던 작업도로는 산책로가 되었다. 화천 사람들은 그

길을 선로(仙路)라고 부른다.

그 길에서 화전민 아들 장복동에게 물었다. 장복동은 2016년 현재 마흔아홉 살이다. "당신은 비수구미에 살 것인가." "죽을 때까지." 또 물었다. 20년 뒤 비수구미에 와도 반기겠냐고. "죽을 때까지." 부부가 떠나고 없을지도 모를 그 작은 계곡에서, 나는 칠십 노인 장복동과 재회하는 꿈을 꾸었다. 모진 삶 다 끝나고 훨훨 나는 꿈을 꾸었다.

파로호변에 만든 산책로. 이름은 선로(仙路), 신선의 길이다.

볼거리

추천코스 파로호비–미륵바위와 숲으로다리–구만교–꺼먹다리–해산터널–비수구미(터널 지나 10분 정도 아흔아홉구비길 가다 보면 오른쪽으로 비수구미 이정표. 비포장길 끝에 차를 대 놓고 오른쪽 나무데크로 만든 산책길로 걸어갈 것)–평화의댐–비목공원

관광정보 홈페이지 tour.ihc.go.kr

맛집

비수구미 장윤일–김영순 부부가 운영하는 집. 산채비빔밥 4000원.

여행의 품격

초판 1쇄 2016년 11월 21일

글과 사진 박종인

발행인 유철상
책임편집 황유라
디자인 노세희
마케팅 조종삼, 장다솜, 조윤선

펴낸 곳 상상출판
주소 서울시 동대문구 정릉천동로 58, 103동 206호(용두동, 롯데캐슬피렌체)
문의 **전화** 02-963-9891, 070-8886-9892 **팩스** 02-963-9892
이메일 cs@esangsang.co.kr
등록 2009년 9월 22일(제305-2010-02호)
찍은 곳 다라니

• 가격은 뒤표지에 있습니다.

ISBN 979-11-86517-96-3 (03810)

• 이 책은 방일영문화재단의 지원을 받아 저술 · 출판되었습니다.

• 이 도서의 국립중앙도서관 출판예정도서목록(CIP)은 서지정보유통지원시스템 홈페이지(http://seoji.nl.go.kr)와 국가자료공동목록시스템(http://www.nl.go.kr/kolisnet)에서 이용하실 수 있습니다. (CIP제어번호:CIP2016026898)

www.esangsang.co.kr